Porteurs-de-peau

Titre original : *Skinwalkers*

27, rue de Fleurus-75006 Paris
10, rue Fortia-13001 Marseille

ISBN : 2-86930-395-5
ISSN : 0764-7786

Tony Hillerman

Porteurs-de-peau

Traduit de l'américain
par Danièle et Pierre Bondil

Collection dirigée par
François Guérif

rivages/noir

Du même auteur
dans la même collection :

Là où dansent les morts (n° 6)
Le Vent sombre (n° 16)
La Voie du fantôme (n° 35)
Femme qui écoute (n° 61)
La Voie de l'ennemi (n° 98)

dans la collection Rivages/Thriller :

Le Voleur de temps
Porteurs-de-peau
Dieu qui parle
Coyote attend

Ce livre est dédié à Katy Goodwin, Ursula Wilson, Faye Bia Knoki, Bill Gloyd, Annie Kahn, Robert Bergman et George Bock, ainsi qu'à tous les Gens de la Médecine, Navajo et belagana qui prodiguent au Peuple intérêt... et soins. Mes remerciements au docteur Albert Rizzoli pour son aide et sa gentillesse, et un coup de chapeau personnel à l'excellent travail du trop souvent méconnu Service Indien de la Santé.

Note de l'auteur

Ceux qui lisent ces histoires policières du pays navajo en ayant à côté d'eux une carte de la Grande Réserve doivent être avertis que Badwater Wash, sa clinique et son comptoir d'échanges appartiennent autant au domaine de la fiction que les gens qui les habitent. Il en va de même pour Short Mountain. J'utilise également une forme non orthodoxe du nom qui sert à désigner le shaman/medecine man/chanteur, que l'on épelle d'ordinaire "hataalii". Enfin, mon excellent ami Ernie Bulow me rappelle à juste titre que des shamans plus traditionalistes s'offusqueraient à la fois de la façon dont Jim Chee est invité à exécuter la Voie de la Bénédiction dont il est fait état dans ce livre (de tels arrangements devraient être conclus face à face et non par lettre), et de celle dont Chee effectue une peinture de sable sur la terre à ciel ouvert. Des rites aussi forts et sacrés ne devraient être exécutés que dans le hogan.

Note des traducteurs

Le lecteur américain est tout aussi ignorant que le lecteur français des mœurs et des coutumes des Indiens Navajos. Nous avons donc décidé de respecter le choix de l'auteur, qui a disséminé ici et là dans son roman les informations nécessaires à en assurer la bonne compréhension, et de ne pas alourdir le texte d'une quantité de notes explicatives et de termes en italiques. Toutefois, il nous a semblé utile de faire figurer en fin d'ouvrage un glossaire qui devrait permettre au lecteur qui en éprouverait le besoin d'avoir une meilleure vue d'ensemble de ces civilisations. Les mots suivis d'un astérisque dans la traduction pourront renvoyer à ce glossaire. Le lecteur trouvera en outre une carte des territoires concernés dans le présent ouvrage.

Par ailleurs, certaines particularités orthographiques (accords, majuscules notamment) se retrouvent dans le texte de Tony Hillerman ; et des termes d'origine indienne peuvent présenter des différences d'un livre à l'autre : quelques lignes extraites du remarquable ouvrage de Harry Hoijer, *A Navajo Lexicon*, University of California Press 1974, permettront aisément de comprendre pourquoi (extrait consacré aux noms, les verbes étant environ dix fois plus nombreux en navajo).

N 102 táščìžìì 'swallow (the bird)'.
N 103 -tášŁòh 'hair of arms and legs'.
N 104 táčééh 'sweathouse'.
N 105 -táál : hàtáál 'chant ; ceremony'. See S 139.
N 106 táálàhòòyàn 'Awatobi ruin'. táálá- ? : hòòyàn. N 303A.
N 107 -tààł- : hàtààł 'singer (in ceremonies)'. Lit. 'one who sings' ; see S 139.4. E 5.
N 108 tą̀žìì 'turkey'. See S 147.1.

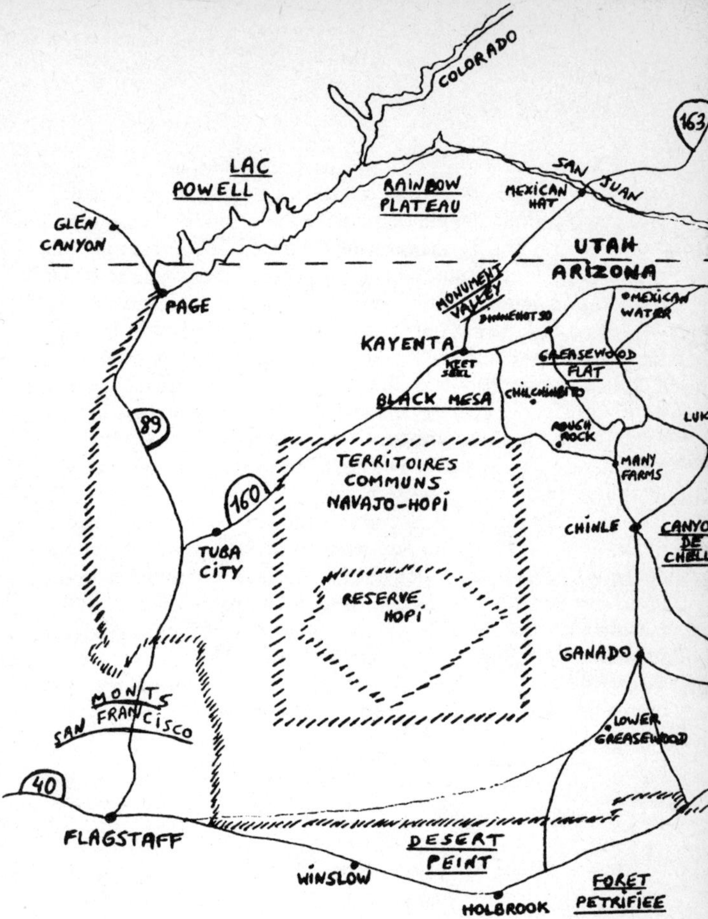
COLORADO
LAC POWELL
RAINBOW PLATEAU
SAN JUAN
MEXICAN HAT
163
GLEN CANYON
UTAH
ARIZONA
PAGE
MONUMENT VALLEY
DINNEHOTSO
MEXICAN WATER
KAYENTA
KEET SEEL
GREASEWOOD FLAT
CHILCHINBITO
BLACK MESA
ROUGH ROCK
LUK
89
MANY FARMS
TERRITOIRES COMMUNS NAVAJO-HOPI
160
CHINLE
CANYO DE CHELL
TUBA CITY
RESERVE HOPI
GANADO
MONTS SAN FRANCISCO
LOWER GREASEWOOD
40
FLAGSTAFF
DESERT PEINT
WINSLOW
HOLBROOK
FORET PETRIFIEE

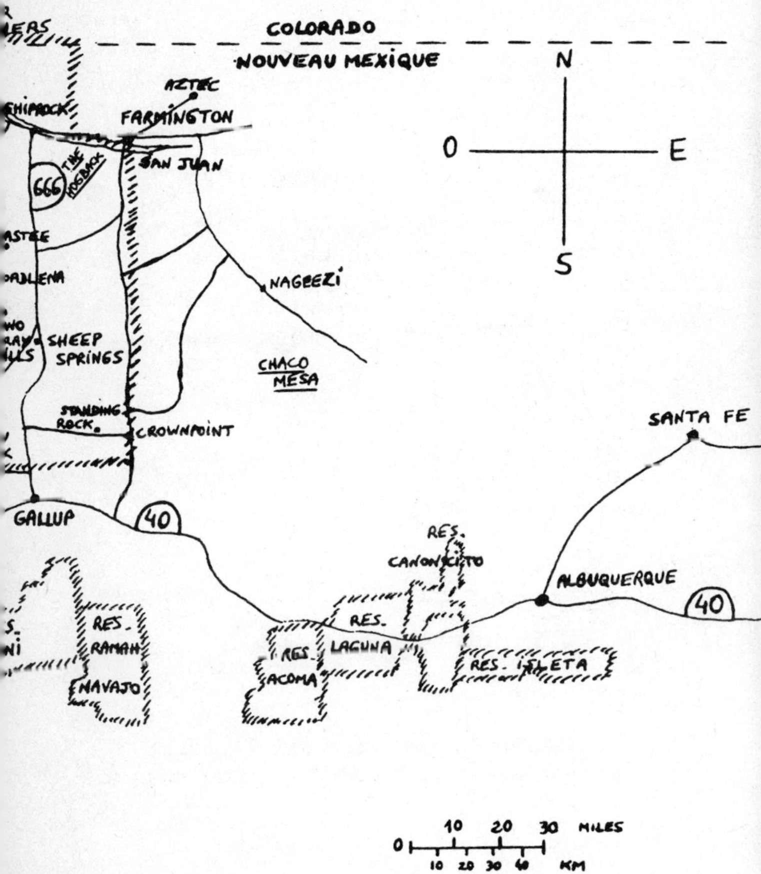

COLORADO
NOUVEAU MEXIQUE
AZTEC
SHIPROCK
FARMINGTON
THE HOGBACK
SAN JUAN
666
NAGEEZI
CHACO MESA
SHEEP SPRINGS
STANDING ROCK
CROWNPOINT
GALLUP
40
SANTA FE
RES. CANONCITO
ALBUQUERQUE
40
RES. RAMAH NAVAJO
RES. ACOMA
RES. LAGUNA
RES. ISLETA
N
O
E
S
0
10
20
30
MILES
10
20
30
40
KM

Nous, les Navajos, comprenons que Coyote est toujours là à attendre, juste hors de vue. Et Coyote a toujours faim.

Alex Etcitty,
né au Peuple de l'Eau-qui-est-proche

Aucun des personnages de ce livre de
fiction n'est basé sur un modèle réel, vivant ou mort

Chapitre 1

Lorsque la chatte entra par la petite chatière dans le bas de la porte moustiquaire, un petit bruit retentit : clac-clac. Léger, mais suffisant pour réveiller Jim Chee. Depuis un moment il était aux confins du sommeil, tantôt éveillé, tantôt assoupi, se tournant et se retournant dans son lit étroit, serrant son corps contre les tubes métalliques inconfortables qui renforçaient la carcasse d'aluminium de sa petite maison mobile. Le bruit le fit sortir suffisamment du sommeil pour qu'il se rende compte que son drap s'était enroulé autour de sa poitrine d'une manière désagréable.
Encore immergé dans un mauvais rêve dans lequel il avait maille à partir avec une corde dont il avait besoin pour empêcher les moutons de sa mère de franchir le bord de quelque chose d'imprécis et de dangereux, il remit de l'ordre dans son lit. Peut-être le malaise causé par le rêve entraîna-t-il un malaise concernant le chat ? Qu'est-ce qui l'avait chassé et obligé à entrer ? Quelque chose qui pouvait faire peur à un chat... ou à cette chatte bien précise ? Mais l'instant suivant il était complètement réveillé et le malaise avait cédé la place à la joie. Mary Landon allait venir. La mince, la fascinante Mary Landon aux yeux bleus allait revenir du Wisconsin. Plus que deux semaines à attendre.
Le conditionnement culturel de Chee (celui d'un Navajo traditionnel), lui fit repousser cette pensée. De la modération en toute chose. Il y repenserait plus longuement plus tard.

Pour l'instant il pensait au lendemain. Au jour même, en fait, car ce jour, Jay Kennedy et lui allaient se mettre en route pour procéder à l'arrestation de Roosevelt Bistie de telle sorte que Bistie puisse être placé sous le coup d'une accusation d'homicide, probablement volontaire. Pas une tâche compliquée, mais suffisamment désagréable pour amener Chee à changer une nouvelle fois le train de ses pensées. Il pensa à la chatte. Qu'est-ce qui l'avait poussée à entrer ? Le coyote, peut-être. Autrement ? De toute évidence, quelque chose que l'animal considérait comme une menace.

La chatte avait fait son apparition l'hiver précédent, adoptant une sorte de tanière sous un genévrier, à l'est de la maison mobile de Chee, un endroit où une branche basse, un gros rocher et un bidon rouillé formaient un parfait cul-de-sac. Elle était devenue un voisin familier quoique méfiant. Au cours du printemps, Chee avait pris l'habitude de laisser des déchets de table pour lui donner à manger après les grandes chutes de neige. Puis, quand la fonte des neiges s'était achevée et qu'était venue la sécheresse de printemps, il avait commencé à lui laisser de l'eau dans une boîte à café. Mais cette eau offerte attirait d'autres animaux, ainsi que des oiseaux, et des fois ils la renversaient. Et par conséquent, un après-midi où il n'y avait absolument rien d'autre à faire, il avait enlevé la porte, coupé avec une scie dans le bas un rectangle de la taille d'un chat, puis avait fixé un morceau de contreplaqué en utilisant des lanières en cuir comme charnières et de la colle Miracle Glue. Il avait fait ça comme ça, en partie pour voir s'il était possible d'apprendre à cette chatte ultra-prudente à s'en servir. Si elle le faisait, elle gagnerait libre accès à une colonie de mulots qui semblaient avoir élu domicile dans la caravane. Et le problème de l'eau serait résolu. Chee se sentait un peu embêté pour l'eau. S'il n'avait pas commencé à s'en mêler, la nature aurait suivi son cours normal. La chatte aurait descendu la pente et se serait trouvé un repaire plus proche de la San Juan... laquelle n'était

jamais à sec. Mais il avait fallu qu'il s'en mêle. Et maintenant il se retrouvait coincé avec un animal qui dépendait de lui.
A l'origine, l'intérêt qu'il avait manifesté n'avait été que simple curiosité. Il était clair qu'à une époque cette chatte avait appartenu à quelqu'un. Elle était maintenant tout efflanquée, avec une longue cicatrice en travers des côtes et un endroit sur la patte avant droite où elle avait perdu ses poils, mais elle portait encore un collier et, en dépit de sa condition présente, avait l'aspect d'un animal de pure race. Chee l'avait décrite à la femme qui tenait le magasin d'animaux de Farmington : poil fauve, pattes arrière courtes et puissantes, tête arrondie, oreilles pointues ; elle faisait penser à un lynx et, comme un lynx, n'avait qu'un soupçon de queue. La femme lui avait répondu que ça devait être un Manx.
— Il appartient à quelqu'un. Les gens emmènent toujours leurs animaux domestiques en vacances, lui avait-elle expliqué d'un ton de désapprobation, et puis ils ne s'en occupent plus, alors les bêtes sortent de la voiture et elles sont fichues.
Elle avait demandé à Chee s'il pouvait l'attraper et la lui apporter "de sorte que quelqu'un puisse s'en occuper".
Chee doutait de pouvoir approcher suffisamment de la chatte pour parvenir à mettre la main sur elle et il n'avait pas essayé. Il y avait trop du Navajo traditionaliste en lui pour intervenir dans la vie d'un animal sans avoir une raison de le faire. Mais il était curieux. Un animal comme celui-là, élevé et nourri parmi les hommes blancs saurait-il retrouver assez de ses instincts de chasseur pour survivre dans le monde des Navajos ? Sa curiosité s'était graduellement muée en une admiration sans exagération. Avant le début de l'été, l'animal avait acquis la sagesse en même temps que les traces dans sa chair. Il avait cessé de donner la chasse aux chiens de prairie et se concentrait sur les petits rongeurs et les oiseaux. Il avait appris comment se cacher, comment s'échapper. Il avait appris à s'endurcir et à survivre.

La chatte avait aussi appris à suivre la boîte remplie d'eau placée par la suite à l'intérieur de la maison mobile plutôt que d'emprunter le long chemin qui descendait jusqu'à la rivière. En moins d'une semaine, elle utilisait la chatière quand Chee n'était pas là. Vers le milieu de l'été elle avait commencé à entrer quand il était chez lui. Au début, sur le qui-vive, elle avait attendu près de la marche jusqu'à ce que l'homme se fût éloigné de la porte, avait gardé un œil inquiet rivé sur lui tout en buvant et avait filé par le battant relevable au premier geste. Mais maintenant, le mois d'août arrivé, elle l'ignorait pratiquement. Elle n'était encore entrée qu'une seule fois la nuit, chassée par une meute de chiens qui l'avaient levée alors qu'elle était dans son repaire sous le genévrier et l'avaient obligée à le fuir en toute hâte.

Des yeux, Chee fit le tour de la pièce. Bien trop noir pour savoir où la chatte était allée. Il repoussa le drap, posa les pieds sur le sol. Par la fenêtre protégée par un grillage, à côté de son lit, il remarqua que la lune était basse dans le ciel. A part au loin, vers le nord-ouest, où demeuraient les restes d'un orage, des étoiles étincelaient. Il bâilla, s'étira, alla jusqu'à l'évier et but dans sa main un peu d'eau chaude du robinet. L'air sentait la poussière, comme c'était le cas depuis des semaines. L'orage s'était levé au-dessus des Chuskas vers la fin de l'après-midi mais il avait dérivé vers le nord, avait franchi la frontière de l'Utah puis pénétré dans le Colorado et rien dans la région de Shiprock n'avait reçu l'aide la plus infime. Chee fit couler encore un peu d'eau, s'en aspergea la figure. La chatte, se dit-il, devait se tenir derrière la boîte à ordures, juste à côté de ses pieds. Il bâilla à nouveau. Qu'est-ce qui l'avait poussée à entrer ? Plusieurs jours auparavant, il avait vu les traces du coyote le long de la rivière mais il faudrait qu'il ait terriblement faim pour chasser aussi près de la maison mobile. Pas de chiens cette nuit, en tout cas il n'en avait pas entendu. Et les chiens, contrairement aux coyotes, étaient assez faciles à entendre. Mais probablement s'agissait-il des chiens, ou du coyote. Probablement d'un

coyote. Qu'est-ce que ça pouvait être d'autre ?
Debout à côté de l'évier contre lequel il s'appuyait, il bâilla encore. Allez, au lit. La journée du lendemain allait être désagréable. Kennedy lui avait dit qu'il serait là à huit heures du matin et l'agent du FBI n'était jamais en retard. Puis viendrait le long trajet à travers les Lukachukais pour trouver l'homme qui s'appelait Roosevelt Bistie et lui demander pourquoi il avait tué un vieil homme appelé Dugai Endocheeney avec un couteau de boucher. Depuis sept ans maintenant (tout de suite après l'obtention de son diplôme de l'Université du Nouveau Mexique), Chee faisait partie de la Police Tribale Navajo et il savait qu'il n'aimerait jamais cette partie de son travail qui consistait à s'occuper d'esprits malades d'une manière qui ne les ramènerait jamais dans l'harmonie. La manière fédérale pour guérir Bistie consisterait à le traîner devant un magistrat fédéral, à l'accuser d'homicide volontaire sur le territoire d'une réserve fédérale et à le mettre derrière les barreaux.
Enfin, se dit-il, la plus grande partie de son travail lui plaisait. Le lendemain, il allait faire contre mauvaise fortune bon cœur. Il repensa aux moments de bonheur quand il travaillait pour le compte de l'agence de Crownpoint. Mary Landon qui enseignait à l'école élémentaire. Mary Landon qui était toujours là. Qui était toujours disposée à l'écouter. Chee se sentait mieux. Dans un instant il allait retourner se coucher. A travers le grillage il ne distinguait qu'une lueur d'étoiles au-dessus d'un paysage noir. Qu'y avait-il, là, dehors ? Un coyote ? Fille Beno Timide ? Ce qui orienta ses pensées vers l'opposée de Fille Timide. Femme Couverture Sociale. Femme Couverture Sociale et l'Episode du Mauvais Begay. Cet incident avait fait naître un sourire ravi. Irma Onesalt était le nom de Femme Couverture Sociale. Elle travaillait dans le bureau des Services Sociaux de la tribu, elle était dure comme le cuir d'une selle et méchante comme un serpent. L'expression de son visage quand ils avaient appris qu'ils avaient sorti le mauvais Begay de la clinique de

Badwater et qu'ils avaient parcouru la moitié de la réserve pour le conduire à destination était une image qu'il conserverait précieusement. Elle était morte, maintenant, mais cela s'était produit bien au sud de la zone qui dépendait de Shiprock, en dehors de son rayon d'action à lui. Et, pour lui, qu'Irma Onesalt eût été abattue d'un coup de feu ne contribuait pas autant que ça aurait dû à atténuer le plaisir que faisait naître l'Episode du Mauvais Begay. Il était dit qu'ils ne parviendraient jamais à découvrir qui avait tué Femme Couverture Sociale parce que tous ceux qui avaient un jour été obligés de travailler avec elle feraient des suspects logiques possédant un sérieux mobile. Il ne parvenait pas à se souvenir qu'il eût rencontré femme plus odieuse.

Il s'étira. Au lit. Tout à coup il pensa à une solution autre que la théorie du coyote-qui-effraye-le-chat. La Fille Timide du campement de Theresa Beno. Elle avait voulu lui parler, avait attendu à distance tandis qu'il parlait avec Beno, avec le mari de Beno et la fille aînée de Beno. La jeune timide avait cette beauté que semblaient avoir en commun les femmes Beno, visage allongé, ossature légère. Il avait remarqué qu'elle avait grimpé dans un pick-up truck[1] Chevrolet de couleur grise alors qu'il quittait le campement de Beno, et quand il s'était arrêté au comptoir d'échanges de Roundtop pour boire un Pepsi, la Chevy était arrivée à son tour. Fille Timide s'était garée à bonne distance des pompes à essence. Il avait remarqué qu'elle le regardait et il avait attendu. Mais elle était repartie.

Il s'écarta de l'évier et s'arrêta à la porte moustiquaire, les yeux plongés dans l'obscurité, les narines pleines de l'odeur de sécheresse du mois d'août. Elle savait quelque chose pour les moutons, se dit-il, et elle voulait m'en parler. Mais elle voulait m'en parler à un endroit où personne ne pourrait la

1. Pick-up truck : omniprésent dans les Etats de l'Ouest, il s'agit d'un camion léger, en général monté sur un châssis d'automobile, dont l'arrière ouvert autorise tous les transports.

voir en discuter avec moi. C'est le mari de sa sœur qui vole les moutons. Elle le sait. Elle veut qu'on l'arrête. Elle m'a suivi. Elle attendait. Maintenant elle va venir jusqu'à la porte pour m'en parler aussitôt qu'elle aura surmonté sa timidité. Elle est là, dehors, et c'est elle qui a effrayé la chatte.
Tout cela, bien sûr, était une idée idiote, née du fait qu'il était à moitié endormi. Il ne distinguait rien à travers le fin grillage. Seulement les silhouettes noires des genévriers et, à quinze cents mètres en amont, les lumières que quelqu'un avait laissées sur l'aire d'entretien des routes de la Nation Navajo qui dépendait de l'agence de Shiprock, puis, au-delà, la faible lueur de la ville de Shiprock qui tentait de civiliser la nuit. Il respirait l'odeur de la poussière et l'arôme particulier des feuilles mortes et flétries, une odeur qui lui était familière comme à tous les Navajos, et qui évoquait des souvenirs désagréables de son enfance. Des souvenirs de chevaux efflanqués, de moutons à l'agonie, d'adultes inquiets. De ne pas avoir tout à fait de quoi manger à sa faim. De faire attention à ne pas prendre dans le godet de sa gourde davantage d'eau tiède qu'il n'allait en boire. Combien de temps cela faisait-il qu'il n'avait pas plu ? Une averse à Shiprock fin avril. Rien depuis. Ça ne pouvait pas être la fille timide de Theresa Beno qui était là, dehors. Peut-être un coyote. De toute façon, il retournait se coucher. Il fit couler à nouveau un peu d'eau dans sa paume, l'aspira en en remarquant le goût. Le niveau du réservoir devait être bas. Il faudrait qu'il le vidange avant de le remplir. Il repensa à Kennedy. Chee partageait les mêmes a priori que la plupart des policiers en exercice à l'égard du FBI, mais Kennedy semblait plutôt mieux que la majorité de ses collègues. Et plus intelligent. Ce qui était bien parce qu'il allait probablement rester longtemps en poste à Farmington et Chee devrait travailler...
A ce moment-là, il prit conscience de la silhouette au cœur des ténèbres. Un léger mouvement, peut-être, l'avait trahie. Ou peut-être ses yeux à lui s'étaient-ils enfin adaptés à la

vision nocturne. Elle n'était pas à trois mètres de la fenêtre sous laquelle il dormait, noire sur noir, indistincte. Mais c'était une forme verticale. Humaine. Petite ? Probablement la jeune femme du campement à moutons de Theresa Beno. Pourquoi restait-elle là aussi silencieusement si elle avait fait tout ce chemin pour lui parler ?
Bruit et lumière explosèrent en même temps : un éclair blanc-jaune qui lui brûla la rétine, derrière le cristallin de l'œil. Une détonation qui éclata dans ses tympans et se répéta. Encore. Encore. Et encore. Sans réfléchir, il s'était laissé tomber au sol, conscient de la présence de la chatte qui, toutes griffes dehors, escaladait frénétiquement son dos pour se ruer vers la chatière de la porte.
Puis ce fut le silence. Il se hâta de retrouver une position assise. Où était son revolver ? Dans le placard de la caravane, glissé dans sa ceinture. Il se précipita, avançant à quatre pattes, ne voyant toujours que l'éclair blanc-jaune et n'entendant que l'onde de bruit qui retentissait dans ses oreilles. Il tira la porte du placard, tendit le bras en aveugle et chercha à tâtons jusqu'à ce que ses doigts rencontrent son étui, en extraient le revolver, l'arment. Il s'assit, le dos appuyé contre la cloison du placard, n'osant respirer, essayant de se servir à nouveau de ses yeux. Il y parvint, petit à petit. La forme dessinée par la porte ouverte devint un rectangle noir tirant légèrement sur le gris dans un univers d'un noir absolu. La lumière de la nuit sombre pénétrait par la fenêtre au-dessus du lit. Et au-dessous de ce petit carré, il lui semblait distinguer un alignement irrégulier de marques rondes... des marques légèrement plus claires que les ténèbres.
Il prit conscience de la présence du drap sur le sol autour de lui, de son matelas en mousse contre son genou. Ce n'était pas lui qui l'avait fait tomber. La chatte ? Impossible. A travers l'onde de bruit qui décroissait dans ses oreilles, il percevait l'aboiement d'un chien, quelque part au loin dans la direction de Shiprock. Réveillé par les coups de feu, se dit-il.

Et ça avait bien dû être des coups de feu. Un gros calibre. Trois coups. A moins que ce ne soit quatre ?
Celui qui les avait tirés devait être là, dehors, à attendre. A attendre qu'il sorte. Ou à essayer de décider si quatre coups de feu tirés à travers la paroi en aluminium de la maison mobile, en plein dans son lit, étaient suffisants. Chee regarda à nouveau l'alignement des trous avec une vision qui redevenait normale. Ils paraissaient énormes... suffisamment gros pour pouvoir y passer le pied. Un fusil de chasse. Ce qui expliquerait l'explosion de bruit et de lumière. Il décida que ce serait une erreur de franchir la porte. Il resta assis, le dos appuyé contre la cloison du placard, les doigts crispés sur son revolver, à attendre. Un second chien, au loin, se joignit aux aboiements. A la fin, les aboiements cessèrent. L'air s'infiltrait dans la maison mobile, faisant entrer les odeurs de la poudre brûlée, des feuilles flétries et des bancs de boue émergeant de l'eau le long de la rivière. La tache blanc-jaune s'effaça de sa rétine. La vision nocturne lui revint. Maintenant il parvenait à distinguer les contours de son matelas qui avait été projeté au bas du lit par les coups de fusil. Et, à travers les trous qui avaient perforé la carcasse d'aluminium de la minceur du papier il vit un éclair illuminer brièvement le front orageux qui se mourait à l'ouest, sur l'horizon. Dans la mythologie navajo, l'éclair symbolisait la colère du yei, le Peuple* Sacré qui épanchait sa méchanceté sur la terre.

Chapitre 2

Le lieutenant Joe Leaphorn était allé à son bureau en avance. Il s'était réveillé un peu avant l'aube et était resté allongé sans bouger, sentant la hanche chaude d'Emma contre la sienne, écoutant le bruit de sa respiration, éprouvant une impression de vide paralysante. Il avait décidé, finalement, de l'obliger à voir un docteur. Il allait l'emmener. Il n'allait plus accepter ses excuses et ses reports. Il s'était avoué qu'il avait ménagé Emma : elle refusait de voir un docteur *belagana** à cause de ses propres craintes à lui. Il savait ce que le docteur allait leur dire. Le fait de se l'entendre dire serait la fin de tous ses espoirs. "Votre femme a la maladie d'Alzheimer," lui dirait-il. Son visage exprimerait la compassion et il expliquerait à Leaphorn ce que ce dernier ne savait déjà que trop bien. C'était incurable. La maladie serait marquée par une perte épisodique du fonctionnement de ces avenues du cerveau qui emmagasinent la mémoire humaine et contrôlent le reste du comportement. A la fin, cette perte deviendrait si grave que la victime, à ce qu'il semblait à Leaphorn, oublierait purement et simplement de demeurer en vie. Il lui semblait également que cette maladie tuait sa victime par degrés : qu'Emma était déjà en partie morte. Il était resté allongé là, à écouter sa respiration à côté de lui, l'esprit en deuil. Puis il s'était levé, avait préparé la cafetière, s'était habillé, assis à la cuisine, et avait regardé le ciel qui commençait à s'éclaircir derrière la paroi de rocher verticale qui donnait son nom à la petite ville de Window Rock. Agnes l'avait entendu ou avait senti le café : le bruit de l'eau qui coulait dans la salle de bains était parvenu aux oreilles de Leaphorn, puis elle était venue le rejoindre, le visage propre, les cheveux peignés, vêtue d'une robe de chambre couverte de roses rouges.

Il aimait bien Agnes et il avait été content et soulagé quand Emma lui avait annoncé (étant donné que ses migraines et ses pertes de mémoire avaient empiré) qu'elle allait venir vivre avec eux jusqu'à ce qu'elle ait recouvré la santé. Mais Agnes était la sœur d'Emma et, comme elle, comme tous les membres de cette branche de la famille Yazzie qu'il connaissait, elle était profondément traditionaliste. Il savait qu'elles étaient suffisamment de leur temps pour ne pas attendre de lui qu'il suive les vieilles coutumes et prenne une autre femme dans la famille à la mort d'Emma. Mais l'idée ne serait pas loin. Et, par suite, il se sentait mal à l'aise quand il était seul avec Agnes.

Il avait donc fini son café et, dans l'aube, il s'était rendu à pied au bâtiment de la police tribale, laissant derrière lui sa vaine inquiétude pour sa femme pour se tourner vers un problème qu'il pensait pouvoir résoudre. Il allait avoir un moment de tranquillité avant que le téléphone ne commence à sonner, et déterminer, une bonne fois pour toutes, s'il avait affaire à une coïncidence de plusieurs meurtres. Il y en avait trois. Apparemment il n'y avait aucun rapport entre eux si ce n'était le taux de frustration subtil qu'ils imposaient à Joe Leaphorn. Tout dans son sang de Navajo, dans ses os, dans son esprit et dans son conditionnement lui enseignait à se montrer sceptique à l'égard des coïncidences. Et pourtant, cela faisait des jours entiers qu'il n'arrivait pas à se débarrasser de celle-là ; un problème si insoluble et déroutant qu'en s'y plongeant il parvenait à échapper à ses pensées concernant Emma. Ce matin il avait l'intention de franchir une première étape vers la solution de ce puzzle. Il allait laisser le téléphone décroché, scruter la série d'épingles disposées sur sa carte de la Grande Réserve et contraindre ses pensées à s'organiser suivant une séquence raisonnée. Avec de la tranquillité et un peu de temps, le cerveau de Leaphorn était très, très fort pour ce genre d'exercice qui consistait à découvrir des causes logiques derrière des effets apparemment illogiques.

Un message avait été posé dans la corbeille réservée au courrier.

EXPEDITEUR : *Capitaine Largo, Shiprock.*

DESTINATAIRE : *Lieutenant Leaphorn, Window Rock.*

Trois coups de feu tirés dans la caravane du policier Jim Chee à environ 2h15 du matin, débutait le message.

Leaphorn le lut rapidement. Pas de description du suspect ni du véhicule avec lequel il avait pris la fuite. Chee indemne. *Chee déclare n'avoir aucune idée du mobile*, concluait le message.

Leaphorn relut la phrase finale. Tu parles, pensa-t-il. Tu parles qu'il ne le sait pas. Logiquement, personne ne tire sur un policier sans avoir de mobile. Et logiquement, le policier sur lequel on a tiré connaît en fait très bien le mobile en question. Logiquement, par ailleurs, ce mobile jette un éclairage si laid sur sa conduite qu'il est heureux de ne pas s'en souvenir. Leaphorn mit le message de côté. Quand sa véritable journée de travail commencerait, il appellerait Largo pour voir s'il avait quelque chose à ajouter. Mais pour le moment il voulait réfléchir à ses trois meurtres.

Il fit pivoter son fauteuil et regarda la carte de la réserve qui couvrait la majeure partie du mur derrière lui. Trois épingles marquaient l'emplacement des meurtres non élucidés : une près de Window Rock, une au nord sur la frontière entre l'Arizona et l'Utah, une au nord-ouest dans la région déserte, non loin de Grande Montagne. Elles étaient distantes de quelque deux cents kilomètres, formant un triangle aux côtés approximativement égaux. Il lui vint à l'esprit que si l'homme au fusil de chasse avait tué Chee, le triangle de sa carte serait devenu un rectangle de forme un peu curieuse. Il aurait quatre meurtres sans solution. Il repoussa cette pensée. L'affaire Chee ne resterait pas sans solution. Ce serait facile. Simple question consistant à identifier l'intention criminelle, à démontrer la mauvaise conduite du policier, à trouver le prisonnier qui était devenu sa victime. Contrairement aux trois épingles, il n'y aurait pas là représentation d'un crime sans mobile.

Le téléphone sonna. C'était le bureau de la salle d'accueil, en bas.

— Désolée, lieutenant. C'est la représentante de Cañoncito au Conseil* Tribal.

— Vous ne lui avez pas dit que je ne serai pas là avant huit heures ?

— Elle vous a vu arriver. Elle est en train de monter.

En fait, elle était en train d'ouvrir la porte de son bureau.

Et maintenant elle était assise dans la chaise de bois massive de l'autre côté de sa table de travail. C'était une femme solide dotée d'une forte poitrine ; d'âge moyen et de taille moyenne, elle portait un chemisier violet traditionnel et un lourd collier squashblossom* en argent. Elle était, apprit-elle à Leaphorn, descendue au motel de Window Rock à côté de la route. Elle avait couvert tout le trajet depuis Cañoncito dans l'après-midi de la veille à la suite d'une réunion au bâtiment* administratif local avec les gens qu'elle représentait. Les gens du Groupe de Cañoncito n'étaient pas satisfaits de la Police Tribale. Ils n'étaient pas contents de la protection qu'elle leur assurait car elle ne leur assurait absolument aucune protection. Et c'est pour cela qu'elle était venue ce matin au bâtiment de la Loi et de l'Ordre afin d'en parler avec le lieutenant Leaphorn, tout ça pour trouver le bâtiment fermé à double tour et seulement une ou deux personnes qui étaient présentes à leur poste : elle avait attendu dans sa voiture pendant presque une demi-heure avant que la porte d'entrée ne soit ouverte.

Cet exposé avait nécessité cinq minutes environ, donnant à Leaphorn le temps de penser que cette élue auprès du

Conseil Tribal était en réalité venue pour assister à la cession du Conseil qui commençait le jour même, que le Groupe de Cañoncito n'était pas satisfait de l'administration de la tribu depuis en fait 1868, date à laquelle les Navajos étaient revenus de leurs années de captivité à Fort* Stanton, qu'elle savait pertinemment qu'il n'était pas juste de s'attendre à ce qu'il y eût plus qu'un radiotélégraphiste et un permanent de nuit à leur poste à l'aube, qu'elle lui avait déjà fait part à deux reprises de cette récrimination et qu'elle mettait bien en avant le fait qu'elle se levait tôt pour rappeler à Leaphorn que les bureaucrates navajo devraient être debout à l'aube pour célébrer le lever du soleil par une prière et une pincée de pollen.

Maintenant elle se taisait. Leaphorn, à la manière des Navajos, attendit le signal qui lui indiquerait si elle en avait fini avec ce qu'elle avait à dire ou si ce n'était qu'une pause qu'elle marquait pour rassembler ses idées. Elle soupira et secoua la tête.

— Pas l'ombre d'un policier navajo, résuma-t-elle. Pas un seul sur toute la Réserve de Cañoncito. Tout ce qu'on a c'est un policier de Laguna*, par-ci, par-là, de temps en temps.

Elle observa une nouvelle pause. Leaphorn attendit.

— Il reste là, assis, dans sa petite baraque au bord de la route, et il ne fait rien de rien. La majeure partie du temps il n'y est même pas.

Consciente que Leaphorn avait déjà entendu tout cela, l'élue au Conseil Tribal ne prenait pas la peine de le regarder en lui débitant son discours. Elle étudiait sa carte.

— On l'appelle au téléphone et il n'y a personne qui répond. On passe devant et on va frapper, personne à l'intérieur.

Ses yeux abandonnèrent la carte pour revenir se poser sur Leaphorn. Elle avait fini.

— Votre policier, à Cañoncito, dit Leaphorn, relève du Bureau des Affaires Indiennes. Un Indien Laguna, mais en réalité c'est un policier du BIA[1]. Il ne travaille pas pour les

---

1. BIA : Bureau of Indian Affairs.

Lagunas. Il travaille pour vous.

Il lui expliqua, ainsi qu'il l'avait fait déjà à deux reprises, que puisque le Groupe de Cañoncito vivait sur une réserve là-bas, du côté d'Albuquerque, si loin de la Grande Réserve, et puisque douze cents Indiens Navajos seulement y habitaient, la commission judiciaire du Conseil Tribal avait décidé par un vote de parvenir à une entente avec le BIA plutôt que de garder des policiers de la NTP[1] en poste sur place vingt-quatre heures sur vingt-quatre. Il omit de rappeler que son interlocutrice faisait elle-même partie de cette commission et elle n'en parla pas non plus. Elle l'écouta avec la politesse patiente des Navajos, parcourant sa carte des yeux.

— Seulement deux genres d'épingles sur la Cañoncito, remarqua-t-elle quand il eut terminé.

— Elles datent d'avant que le Conseil Tribal ne vote le transfert des responsabilités au Bureau des Affaires Indiennes.

Il le dit en essayant d'éviter la question suivante qui allait être : que signifient les épingles ? Elles étaient toutes dans la gamme des rouges, ou alors noires, le système adopté par Leaphorn pour signaler les arrestations ayant un rapport avec l'alcool ou les accusations de sorcellerie. C'étaient en vérité les deux seuls troubles de l'ordre public existant à Cañoncito. Leaphorn ne croyait pas aux sorciers*, mais il y avait des habitants de la Grande Réserve qui prétendaient que tous ceux de Cañoncito étaient forcément des porteurs-de-peau*.

— Par suite de cette décision du Conseil Tribal, c'est le BIA qui s'occupe de Cañoncito, conclut-il.

— Non, répliqua-t-elle. Il ne le fait pas.

La matinée s'était passée de la sorte. La représentante au Conseil Tribal avait fini par s'en aller, remplacée par un petit homme blanc couvert de taches de rousseur qui avait déclaré être le propriétaire d'une compagnie qui fournissait les animaux pour le rodéo navajo. Il voulait obtenir l'assurance que ses broncos, ses taureaux à monter et ses veaux à

1. NTP : Navajo Tribal Police.

prendre au lasso seraient, la nuit, gardés comme il fallait. Ce qui entraîna Leaphorn dans le dédale des divisions administratives, des messages transmis et à transmettre et de la paperasserie rendus nécessaires pour le rodéo, un événement redouté par tous ceux qui travaillaient dans le contingent de Window Rock de la Police Tribale Navajo. Avant qu'il eût pu mettre un terme aux ajustements nécessaires pour encadrer pendant trois jours le déferlement de cow-boys blancs machos, de cow-boys indiens machos, de groupies, ivrognes, voleurs, escrocs, Texans, arnaqueurs, photographes, et également de simples touristes, le téléphone sonna à nouveau.

C'était le principal du pensionnat de Kinlichee qui signalait qu'Emerson Tso avait repris ses activités de bootlegger[1]. Non seulement il vendait à tous les élèves de Kinlichee qui étaient prêts à parcourir à pied la courte distance qui les séparait de chez lui, mais il introduisait des bouteilles dans les dortoirs la nuit. Le principal voulait que Tso se retrouve derrière les barreaux une bonne fois pour toutes. Leaphorn, qui détestait le whisky aussi ardemment qu'il haïssait la sorcellerie, promit de faire arrêter Tso le jour même. Sa voix était si menaçante en émettant cette promesse que le principal lui dit juste merci et raccrocha.

Et ainsi, enfin, juste avant l'heure du déjeuner, il eut le loisir de réfléchir à trois meurtres non résolus et à la question des coïncidences. Mais auparavant, il décrocha le téléphone. Il alla jusqu'à la fenêtre et regarda au dehors, de l'autre côté de l'étroite chaussée asphaltée de la Route Navajo 27, les bâtiments de pierre rouge éparpillés qui abritaient l'administration bureaucratique de sa tribu, les falaises de grès derrière le village et les nuages d'orage qui commençaient à se former dans le ciel d'août, des nuages qui, en cet été de sécheresse, ne s'élèveraient probablement pas assez haut dans le ciel pour laisser échapper la moindre humidité. Il rejeta de son esprit les membres du Conseil

1. Bootleger : trafiquant d'alcool.

Tribal, les rodéos et les bootleggers. Se rasseyant, il fit pivoter son fauteuil pour faire face à sa carte.

La carte de Leaphorn était connue de toute la Police Tribale... un symbole de son excentricité. Elle était montée sur une plaque de liège contre le mur, derrière son bureau : c'était une carte ordinaire du "Pays Indien", publiée par l'Automobile Club de Californie du Sud et rendue populaire pour sa grande échelle et la précision de ses détails. Ce qui attirait l'attention sur la carte de Leaphorn, c'était la façon dont il s'en servait.

En des centaines d'endroits elle était décorée d'épingles de couleur, chacune représentant son propre type de crime. En des centaines d'endroits elle était agrémentée d'inscriptions manuscrites rédigées dans son hermétique sténo personnelle. Ces inscriptions lui rappelaient des informations qu'il avait accumulées pendant toute une vie passée sur la réserve, dont la moitié en tant que policier. Le minuscule *m* à l'ouest des Ruines des Trois Dindons signifiait sables mouvants dans Tse Des Zygee Wash*. Le *o* à côté de la route d'Ojleto sur la frontière de l'Utah (et à côté de dizaines d'autres routes semblables), lui rappelait les endroits où les orages rendaient le passage problématique. Les *c* associés à des initiales de noms de famille indiquaient les emplacements des campements d'été pour les moutons sur les pentes des montagnes. Des myriades de rappels de ce genre tachetaient la carte. Les *S* indiquaient les lieux où des incidents liés à la sorcellerie avaient été signalés. Les *B* indiquaient les maisons des bootleggers.

Ces messages restaient à demeure mais les épingles apparaissaient et disparaissaient au gré du flux et du reflux des délits. Les bleues indiquaient les endroits où du bétail avait été volé. Elles étaient retirées quand on arrêtait le voleur sur une route secondaire au volant d'un plein camion de génisses. D'éclatantes éruptions de couleur grenat, rouge et rose aussi (les couleurs qu'il associait aux crimes liés à l'alcool), avançaient et reculaient à l'intérieur de la réserve parallèlement au destin des trafiquants. Elles formaient une tache rosée autour des villes frontalières et bordaient les routes qui pénétraient dans la réserve. Les marques signalant les viols, les agressions, les bagarres familiales et autres pertes de contrôle de soi, moins violentes et aux conséquences moins graves, avaient tendance à suivre le rouge et à se mélanger avec lui. Quelques épingles, surtout aux confins de la réserve, représentaient des crimes spécifiques du monde des Blancs tels que cambriolages, vandalisme, vol à main armée. Pour le moment, Leaphorn ne s'intéressait qu'à trois épingles marron dotées d'un rond blanc au milieu. Elles symbolisaient ses meurtres.

Les meurtres étaient chose inhabituelle sur la réserve. La mort violente, habituellement, était accidentelle ; un ivrogne qui trébuchait devant une voiture, des rixes entre ivrognes à l'extérieur d'un bar, l'explosion des tensions familiales déclenchée par l'alcool : le genre de violence non-préméditée qui appelait des solutions immédiates. Quand les épingles de couleur marron et blanche apparaissaient, elles restaient rarement plus d'un jour ou deux.

Et là, il y en avait trois. Et elles étaient plantées dans la plaque de liège de Leaphorn, et dans sa conscience, depuis des semaines. En fait, la plus ancienne y était depuis presque deux mois.

Irma Onesalt était son nom : épingle numéro un. Leaphorn l'avait plantée à côté de la route qui allait de Upper Greasewood à Lukachukai, cinquante-quatre jours plus tôt. La balle qui l'avait tuée avait été tirée par un 30-06, le second calibre dans le monde par ordre d'utilisation et celui que l'on voyait accroché au râtelier à fusils en travers de la fenêtre arrière d'un pick-up truck sur trois dans la réserve et ses alentours. Tout le monde semblait en posséder un, quand ce n'était pas un 30-30. Et parfois même, c'était les deux. Irma Onesalt, née au Clan* de l'Eau Amère pour le Peuple de la Maison Haute, fille d'Alice et de Homer Onesalt, trente et un ans, célibataire, employée par le Bureau Navajo des

Services Sociaux, découverte sur le siège avant de sa Datsun deux portes qui s'était retrouvée sur le toit, atteinte à la mâchoire et à la gorge par une balle qui avait traversé la vitre du côté du conducteur et, après l'avoir tuée, s'était logée dans la portière opposée. Ils avaient trouvé un témoin, plus ou moins, enfin peut-être. Une élève du pensionnat de Toadlena qui était partie pour aller voir ses parents. Elle avait remarqué un homme (un vieil homme, avait-elle dit), assis dans un pick-up truck qui était garé à peu près à l'endroit d'où le coup de feu avait dû être tiré. Cette théorie présumait qu'Irma Onesalt avait perdu le contrôle de la Datsun dès l'instant où elle avait été touchée. Leaphorn avait vu le corps. Cela semblait une présomption tout à fait raisonnable.

L'épingle numéro deux, deux semaines plus tard, représentait Dugai Endocheeney, né au Peuple de la Boue, pour le Clan des Rivières-qui-Courent-Ensemble. Peut-être soixante-quinze ans, peut-être soixante-dix-sept, suivant les propos auxquels on prêtait foi. Poignardé (le couteau de boucher encore planté dans son corps) dans l'enclos à moutons situé derrière son hogan* sur Nokaito Bench*, non loin de l'endroit où Chinle Creek se jette dans la San Juan. Dilly Streib, l'agent fédéral chargé de l'enquête, avait dit qu'il existait un lien évident entre l'épingle un et l'épingle deux.

— Onesalt n'avait pas d'amis et Endocheeney n'avait pas d'ennemis, avait-il expliqué. Quelqu'un les attaque des deux côtés à la fois. Il va continuer à trucider les bons et les mauvais jusqu'à ce qu'il ne reste plus que ceux du milieu.

— Juste nous qui sommes dans la moyenne, avait dit Leaphorn.

— Je suis persuadé qu'il va très vite en arriver à vous, du côté des odieux.

Delbert Streib n'était pas l'agent du FBI ordinaire. Il avait toujours donné à Leaphorn, lequel avait passé un certain temps à l'Académie du FBI et la moitié de sa vie à courir à droite et à gauche pour le compte de l'Agence, l'impression d'être plus intelligent que la plupart des autres. Il avait un

esprit vif, inventif, qui avait fait de lui quelqu'un d'affreusement inadapté dans les années J. Edgar Hoover et lui avait valu de se voir exiler en pays indien. Mais Streib, de qui l'affaire relevait puisqu'il s'agissait d'un homicide perpétré sur le territoire d'une réserve fédérale, avait fait chou blanc pour Onesalt. Et pour Endocheeney. Et Leaphorn aussi.
Quand il avait vu la carte de Leaphorn, Streib avait déclaré que l'épingle numéro deux devrait être la numéro trois. Et peut-être avait-il raison. Leaphorn avait attribué l'épingle trois à Wilson Sam, né au Clan de Celui-qui-Marche-Beaucoup pour le Peuple de la Montagne-qui-Tourne. Le regretté monsieur Sam avait cinquante-sept ans ; c'était un berger qui, à l'occasion, travaillait dans l'équipe de nivelage du Service des Routes de l'Arizona. Il avait été frappé à la nuque à l'aide d'une pelle, avec une violence telle que la question de savoir s'il était mort sur le coup ne se posait même pas. Mais la question de savoir quand il avait été frappé se posait, elle. Le neveu de Sam avait trouvé le chien de berger appartenant à la victime, sans voix à force d'avoir hurlé et à demi mort de soif, assis sur le bord de Chilchinbito Canyon. Le corps de Wilson Sam se trouvait en contrebas, dans le lit du canyon, ayant apparemment été traîné jusqu'au bord puis poussé. L'autopsie avait avancé une heure de décès qui était à peu près identique à celle d'Endocheeney. Alors lequel était mort en premier ? Chacun pouvait en penser ce qu'il voulait. Là non plus, ni témoins, ni indices, ni mobile apparent, pas grand-chose à part cet élément négatif : si le coroner avait raison, il avait dû être extrêmement difficile pour le même homme de les tuer tous les deux.
— Sauf si c'était un porteur-de-peau, avait dit Dilly Streib d'un air sombre, et vous autres avez raison quand vous dites que les porteurs-de-peau peuvent voler, battre de vitesse des pick-up trucks au moteur gonflé, etc., etc.
Cela n'ennuyait pas Leaphorn que Streib le mette en boîte, mais il n'aimait pas qu'on le fasse quand il s'agissait de

sorciers. Il n'avait pas ri.
Maintenant, tandis qu'il se remémorait la scène, il ne riait toujours pas. Il poussa un soupir, se gratta l'oreille, changea de position dans son fauteuil. Le fait de regarder la carte comme ça l'amena exactement au même point que la dernière fois qu'il l'avait fait. L'une des épingles était une épingle de Window Rock, toute proportion gardée. Les deux suivantes étaient des épingles du fin fond de la cambrousse.
La première victime était une bureaucrate, une femme plutôt jeune, ayant de l'éducation. Tuée par balle. Les deux dernières étaient des hommes qui avaient suivi le groupe dont ils étaient issus, des hommes de tradition qui parlaient probablement mal l'anglais, tués de très près. Etait-il confronté à deux affaires distinctes ? Ça en donnait l'impression. Dans celle de Window Rock, la préméditation (chose on ne peut plus rare sur la réserve), était évidente. Dans les affaires de la cambrousse, c'était possible mais paraissait peu probable. Une pelle ne donnait guère l'impression de pouvoir être une arme choisie à l'avance. Et si leur volonté était de tuer quelqu'un, Leaphorn n'ignorait pas que la majorité des Navajos pouvaient se munir d'une arme plus pratique qu'un couteau de boucher.
Il réfléchit à ces meurtres en les prenant séparément. N'aboutit nulle part. Il y réfléchit en les considérant comme un trio. Même résultat. Il prit à part l'assassinat de Onesalt, reconsidéra tout ce qu'ils avaient appris sur cette femme. Aussi venimeuse qu'un reptile, à ce qu'il semblait. Les gens hésitaient à dire du mal des morts, mais ils avaient du mal à trouver quelque chose de bien à dire sur elle. Non, Irma était une emmerdeuse. C'était une militante. Une jeune femme en colère. Elle faisait des histoires. A ce qu'il savait, elle n'avait pas éconduit de prétendant. En fait, le seul qui paraissait la pleurer, à l'exception de sa proche famille, était un petit ami de longue date apparemment fidèle qui vivait avec elle, un maître d'école de Lukachukai. Les soupçons de Leaphorn se portaient toujours sur les petits amis fidèles dans les affaires

d'homicide. Mais celui-là se trouvait en présence de vingt-huit élèves auxquels il enseignait les mathématiques quand Onesalt avait été tuée.
Le courrier arriva. Sans mettre en péril sa concentration face à ce problème, il le tria négligemment, les pensées toujours fixées sur Onesalt. Deux télex en provenance du FBI étaient posés sur la pile. Le premier contenait des détails relatifs à l'affaire Jim Chee. Il le lut rapidement. Pas grand-chose de neuf. Chee ne s'était pas lancé à la poursuite du tireur. Il déclarait n'avoir aucune idée de l'identité de celui qui avait pu tirer les coups de feu. Des traces laissées par des semelles en caoutchouc appartenant à des chaussures de sport taille trente-huit avaient été découvertes le long de la maison mobile. Elles conduisaient à un endroit situé à environ quatre cents mètres de distance où un véhicule avait été garé. Les traces indiquaient qu'il avait les pneus usés. La tache, à l'endroit où il avait été garé, indiquait soit un arrêt prolongé soit une sérieuse fuite d'huile.
Leaphorn, le visage maussade, mit le message de côté. Une fois de plus, pas de mobile. Mais il y en avait un, bien sûr. Quand quelqu'un essaye de tendre un piège à un policier, il a un bon mobile pour ça, lequel a tendance à être peu plaisant. Enfin, Chee était sous les ordres du capitaine Largo, et découvrir ce que le policier faisait pour provoquer pareille réaction était le problème de Largo.
Le second télex stipulait que l'agent Jay Kennedy du bureau de Farmington allait ce jour localiser et interroger le dénommé Roosevelt Bistie en liaison avec le meurtre de Dugai Endocheeney. Deux témoins avaient été trouvés qui signalaient un véhicule appartenant à Bistie au hogan d'Endocheeney à l'heure du meurtre. Un autre témoin précisait que le conducteur du véhicule avait déclaré avoir l'intention de tuer Endocheeney. Tout policier possédant des informations sur le dénommé Roosevelt Bistie était prié de contacter l'agent Kennedy.
Leaphorn retourna le papier et en regarda le verso. Vierge,

bien entendu. Il jeta un coup d'œil sur sa carte, retirant mentalement l'épingle Endocheeney. Le triangle des crimes non résolus devint une ligne : deux points et aucune raison véritable de les relier entre eux. Il lui sembla tout à coup que son épidémie d'homicides n'était, en fait, que coïncidence. Deux meurtres non résolus, c'était infiniment mieux que trois. Et peut-être Bistie s'avérerait-il être également l'assassin de Wilson Sam. La vie des deux hommes pouvait avoir de nombreux points de convergence. Leaphorn se sentait beaucoup mieux. L'ordre revenait dans son univers.

Le téléphone sonna.

— C'est la journée des politiciens, lieutenant, lui annonça l'accueil. Le docteur Yellowhorse veut vous parler.

Leaphorn essaya de trouver une raison plausible afin de justifier son refus de voir le docteur Yellowhorse qui était membre du Conseil Tribal où il représentait la division administrative de Badwater et membre de la commission judiciaire du Conseil Tribal, en plus de sa profession de docteur. Et qui, en tant que docteur, était le fondateur et le patron de l'équipe médicale de la clinique de Badwater.

Aucune raison ne lui vint à l'esprit.

— Dites-lui de monter, dit-il.

— Je crois qu'il est déjà là-haut.

La porte du bureau s'ouvrit.

Le docteur Bahe Yellowhorse était charpenté comme un tonneau. Il portait un chapeau de feutre noir typique de la réserve, orné d'une bande argent et turquoise et d'une plume de dindon. Comme il est de coutume chez les Sioux, une tresse de cheveux serrés comme une corde pendait derrière chacune de ses oreilles, l'extrémité de l'une et de l'autre étant attachée par une ficelle de couleur rouge. La ceinture de cinq centimètres qui retenait son jean sur son large ventre plat était ornée de turquoises et la boucle, en argent fondu au sable, représentait Homme Arc-en-Ciel décrivant son arc de cercle autour du Soleil Père.

— *Ya-tah*, fit Yellowhorse avec un sourire.

Mais ce sourire semblait mécanique.
— *Ya-tah-hey*, répondit Leaphorn. Asseyez...
— J'ai une réunion de la commission judiciaire cet après-midi, reprit Yellowhorse en s'installant sur une chaise de l'autre côté du bureau de Leaphorn. Les gens que je représente veulent que je demande à la commission de faire quelque chose pour mettre la main sur le type qui a tué Hosteen* Endocheeney.
Yellowhorse plongea dans la poche de sa chemise et en extirpa un paquet de cigarettes, donnant à Leaphorn la possibilité de faire un commentaire. Il n'en fit pas. Grand-Père Endocheeney avait habité dans ces vastes étendues situées le long de la frontière entre l'Utah et l'Arizona qui dépendent de la division administrative de Badwater.
— Nous y travaillons, dit-il simplement.
— Ce qui signifie que vous n'avancez pas. Vous avez quand même découvert quelque chose ?
— C'est une affaire qui relève du FBI, expliqua Leaphorn qui se fit la réflexion que c'était son jour pour apprendre aux gens ce qu'ils savaient déjà. Les délits graves commis sur les terres qui sont placées sous la responsabilité financière de l'Etat fédéral tombent sous...
Yellowhorse leva une énorme main brune.
— Epargnez-vous cette peine, dit-il. Je sais comment ça marche. Les fédéraux ne savent absolument rien que vous ne leur ayez dit. Vous êtes sur la piste de celui qui a tué Endocheeney ? Il faut que j'aie quelque chose à répondre à mes électeurs quand je vais revenir au bâtiment administratif.
Il s'appuya contre le dossier de la chaise en bois, sortit une cigarette du paquet et en tapa de manière superflue l'extrémité pourvue d'un filtre sur l'ongle de son pouce, les yeux rivés sur Leaphorn.
Celui-ci considéra le conditionnement qu'on lui avait inculqué à l'école de police, selon lequel il avait appris à ne jamais révéler quoi que ce soit à quiconque, mit cet acquis à l'épreuve du bon sens. Yellowhorse était parfois un

emmerdeur rare mais on ne pouvait lui dénier une raison légitime de vouloir être au courant. A un autre niveau, Leaphorn admirait l'homme qu'il était et respectait ce qu'il essayait d'accomplir. Bahe Yellowhorse était né au Dinee Dolii, le Peuple de l'Oiseau Bleu de sa mère. Mais il n'avait pas de clan paternel. Son père était un Sioux Oglala. Yellowhorse avait fondé la clinique de Badwater en majeure partie avec ses propres fonds. Certes, une importante bourse de la Fondation Kellogg y avait été investie ainsi que d'autres fonds provenant d'autres fondations et qu'une subvention fédérale. Mais d'après ce que Leaphorn savait, la majeure partie de l'argent et l'énergie toute entière étaient venues de Yellowhorse lui-même.

— Vous pourrez leur dire que nous avons un suspect pour le meurtre d'Endocheeney. Des témoins l'ont vu au hogan à une heure qui correspond. Nous pensons l'appréhender aujourd'hui et l'interroger.

— C'est le bon type que vous avez ? insista Yellowhorse. Il a un mobile ?

— Nous ne l'avons pas interrogé. On nous a dit qu'il avait déclaré avoir l'intention de tuer Endocheeney, on peut donc supposer qu'il en a un.

Yellowhorse haussa les épaules.

— Et l'autre meurtre ? Je ne sais plus comment il s'appelait ?

— On ne sait rien. Peut-être sont-ils liés.

— Votre suspect, là..., commença Yellowhorse.

Il s'interrompit, mit la cigarette entre ses lèvres, l'alluma avec un briquet en argent et souffla la fumée.

— ...C'est aussi l'un de mes électeurs ?

— Il semble qu'il habite dans les Lukachukais. Loin de votre coin.

Yellowhorse, les yeux fixés sur Leaphorn, attendait d'autres renseignements. Ils ne vinrent pas. Il aspira à nouveau la fumée, la garda dans ses poumons, la laissa ressortir par ses narines en un mince filet. Il retira sa cigarette et en arriva suffisamment près de la pointer sur le policier pour suggérer l'insulte contenue dans le geste sans la rendre effective. Les Navajos ne dirigent jamais rien directement sur leurs congénères.

— Vous autres, vous êtes censés ne pas vous mêler des affaires de la religion*, pas vrai ? Depuis que le tribunal fédéral vous est tombé dessus pour avoir fait des histoires à ceux du peyote* ?

Le visage foncé de Leaphorn devint plus foncé encore.

— Cela fait des années que nous n'avons pas arrêté quelqu'un parce qu'il était en possession de peyote, répondit-il.

Il était très jeune lorsque le Conseil Tribal avait adopté sa loi malheureuse interdisant l'usage des hallucinogènes, une loi qui visait ouvertement à supprimer la Native* American Church, laquelle utilisait le peyote de manière sacramentelle. Il n'avait pas aimé cette loi et avait été content quand la cour fédérale avait décrété qu'elle était en violation du Premier Amendement[1] de la Constitution des Etats-Unis, et il n'aimait pas qu'elle lui soit rappelée. Il n'aimait pas, en particulier, qu'elle lui soit rappelée de cette manière insultante par Yellowhorse.

— Et la religion navajo ? insista ce dernier. La Police Tribale a quelque chose contre en ce moment ?

— Non.

— C'est bien ce qui me semblait. Mais il y a un flic, chez vous, qui est à Shiprock et qu'a l'air de penser que si.

Yellowhorse aspira la fumée de sa cigarette. Leaphorn attendit. Yellowhorse attendit. Leaphorn attendit le plus longtemps.

— Je suis un homme-qui-lit-dans-le-cristal, dit-il. J'ai toujours eu un don pour ça, depuis mon enfance. Mais je ne pratique que depuis ces dernières années. Les gens viennent me voir à la clinique. Je leur dis ce qu'ils ont qui ne va pas. Le genre de traitement qu'il leur faut.

Leaphorn ne dit rien. Yellowhorse aspira la fumée puis la

1. Le Premier Amendement protège les libertés individuelles du citoyen contre l'Etat ou les Etats.

rejeta. L'aspira à nouveau.
— S'ils ont été en contact avec du bois touché par la foudre, s'ils ont trop traîné autour d'une tombe ou s'ils ont la maladie du fantôme*, alors je leur dis qu'il leur faut un chant* du Sommet de la Montagne, une Voie* de l'Ennemi, enfin, le traitement qu'il leur faut. S'il faut leur retirer un calcul biliaire, leur enlever les amygdales ou les mettre aux antibiotiques pour enrayer une infection de streptocoques, alors je les fais entrer dans ma clinique. Bon, l'Association des Médecins d'Amérique n'approuve pas cette pratique mais elle est gratuite. Je ne prends rien. Et beaucoup de gens des alentours commencent à savoir que je fais ça et ça les fait venir là où nous pouvons regarder ce qu'ils ont. Les malades viennent. Autrement ils ne seraient pas venus. Ils seraient allés voir un autre medecine-man* et pas moi. Et comme ça, nous récupérons beaucoup de cas de diabète peu avancés, des glaucomes, des cancers de la peau, des empoisonnements par le sang. Dieu sait quoi encore.
— J'en ai entendu parler, dit Leaphorn.
Il se souvenait de ce qu'il avait entendu dire d'autre. Il avait entendu dire que Yellowhorse aimait raconter comment sa mère était morte par là, dans cette région sauvage, des suites d'une coupure superficielle à un pied. Cela avait entraîné une infection puis la gangrène parce qu'elle n'avait jamais bénéficié d'assistance médicale. Telle était la manière, à ce que racontait la légende, dont Yellowhorse était devenu orphelin, avait abouti dans un orphelinat mormon, avait été adopté par une grosse fortune du Middle West bâtie sur les machines agricoles et avait hérité de la possibilité de se construire une clinique : le cercle parfait en somme.
— Ça me semble une bonne idée à moi, remarqua Leaphorn. Nous ne risquons pas d'avoir quelque chose contre.
— Un de vos flics, si. Il raconte aux gens que je suis un charlatan et qu'ils ne doivent pas venir me voir. A ce qu'on m'a raconté, ce petit fumier essaye lui-même de devenir yataalii*. Il trouve peut-être que je suis un concurrent

déloyal. En tout cas, je veux que vous me disiez comment ce qu'il fait cadre avec la loi. Si ça ne cadre pas avec elle, je veux qu'on y mette un terme.

— Je vais m'en occuper, assura Leaphorn en tendant la main vers son bloc-notes. Comment s'appelle-t-il ?

— Il s'appelle Jim Chee, répondit Yellowhorse.

Chapitre 3

Roosevelt Bistie n'était pas chez lui, leur dit sa fille. Il était parti la veille à Farmington pour y chercher des médicaments et il allait passer la nuit chez son autre fille, à Shiprock, puis rentrer ce matin.

— A quelle heure* pensez-vous qu'il sera là ? demanda Jay Kennedy.

L'implacable soleil qui, du haut du ciel, dardait ses rayons sur la réserve désertique avait consumé le blond de ses cheveux courts pour les laisser presque blancs et sa peau pelait. Il regarda Chee, attendant qu'il traduise. Fille de Bistie comprenait probablement l'anglais aussi bien que Kennedy, et le parlait aussi bien que Chee, mais selon la façon dont elle avait choisi de jouer le jeu en l'occurrence, elle ne connaissait que le navajo. Chee se dit qu'elle ne devait pas se sentir très à l'aise, qu'elle n'avait pas vu beaucoup d'hommes blancs blonds et bronzés de près avant ce jour.

— C'est le genre de questions que les *belagana* posent, lui dit Chee en navajo. Je vais lui dire que vous le saurez quand vous le verrez. Il est vraiment malade ?

— Très malade, je crois, répondit-elle. Il est allé voir un homme-qui-lit-dans-le-cristal, là-bas à Two Story, et l'homme-qui-lit-dans-le-cristal lui a dit qu'il lui fallait un chant du Sommet de la Montagne. Je crois qu'il a un problème de foie.

Elle marqua une pause puis reprit :

— Qu'est-ce que vous lui voulez, vous autres policiers ?
— Elle a dit qu'elle le saura quand il sera là, transmit Chee à Kennedy. Nous pourrions rebrousser chemin et le rencontrer sur la route. Ou l'attendre tranquillement ici. Je vais lui demander si elle sait où le vieil homme est allé, quand était-ce, il y a deux semaines ?
— Un instant.
Kennedy entraîna Chee vers le véhicule de l'Agence.
— Je crois qu'elle comprend un peu d'anglais, dit-il d'une voix à peine plus forte qu'un murmure. Il faut que nous fassions attention à ce que nous disons.
— Ça ne me surprendrait pas, répondit Chee.
Il se tourna à nouveau vers Fille de Bistie.
— Il y a deux semaines ? demanda-t-elle. Voyons. Il est allé voir l'homme-qui-lit-dans-le-cristal le deuxième lundi de juillet. C'est le jour où je descends tout mon linge au comptoir d'échanges de Red Rock. Il m'y a emmenée. Et alors c'était...
Elle réfléchit. C'était une robuste jeune femme qui portait un T-shirt avec l'inscription "I love Hawaii", un jean et des bottes de squaw. Avec les pieds tournés en dedans, remarqua Chee. Il se souvenait de son professeur de sociologie à l'Université du Nouveau-Mexique qui leur avait dit que la dentisterie moderne avait fait, des dents poussées de travers, une marque identifiable de la frange inférieure de l'échelle socio-économique américaine. Dents non redressées pour les pauvres Blancs, défauts de naissance non corrigés pour les Navajos. Ou, pour être juste, pour ces Navajos qui vivaient hors d'atteinte du Service Indien de la Santé. Fille de Bistie fit passer son poids de l'une de ces chevilles déformées sur l'autre.
— Eh bien, reprit-elle, ça devait être environ une semaine plus tard. Il y a à peu près deux semaines. Il a pris la camionnette. Je ne voulais pas qu'il parte parce que sa maladie avait empiré. Il rendait sa nourriture. Mais il m'a répondu qu'il fallait qu'il aille trouver quelqu'un tout là-bas,

quelque part du côté de Mexican Hat ou de Montezuma Creek.
D'un geste du menton elle désigna grossièrement le nord, ajouta :
— Du côté de l'Utah.
— A-t-il dit pourquoi ?
— Qu'est-ce que vous lui voulez ? redemanda-t-elle.
— Elle dit que Bistie est allé voir quelqu'un du côté de la frontière de l'Utah il y a deux semaines, traduisit Chee pour Kennedy.
— Ah ! fit celui-ci. Le moment concorde. L'endroit aussi.
— Je ne crois pas que je vais continuer à vous parler, menaça Fille de Bistie. Pas si vous ne me dites pas de quoi vous voulez parler avec mon père. Qu'est-ce qu'il a au visage, ce *belagana* ?
— C'est ce que le soleil fait à la peau des hommes blancs. Quelqu'un a été tué là-bas, vers Mexican Hat, il y a deux semaines. Peut-être votre père a-t-il vu quelque chose. Peut-être pourrait-il nous apprendre quelque chose.
Fille de Bistie avait l'air bouleversée.
— Tué ?
— Oui, répondit Chee.
— Je ne vais pas continuer à vous parler, dit-elle. Je vais rentrer dans la maison maintenant.
Ce qu'elle fit.
Chee et Kennedy débattirent. Chee conseillait de rester un moment. Kennedy décida qu'ils allaient attendre une heure. Ils s'installèrent dans la voiture, les pieds dépassant de chaque côté par les portières, et burent à petites gorgées les boîtes de Pepsi-Cola que Fille de Bistie leur avait données à leur arrivée.
— Du Pepsi chaud, dit Kennedy d'une voix pleine d'étonnement.
Cette remarque arriva au moment où Chee pensait à la façon dont les chevrotines avaient transpercé le caoutchouc mousse de son matelas, l'effilochant, en arrachant de gros morceaux

exactement vers l'endroit où ses reins se seraient trouvés. Au moment où il pensait à qui voulait le tuer. Pourquoi. Il avait pensé aux mêmes choses toute la journée, n'interrompant de temps à autre ses sombres ruminations que par une anticipation ardente du retour imminent de Mary Landon à Crownpoint. Ni les unes ni les autres de ces pensées ne produisaient de résultats positifs. Il valait mieux penser au Pepsi-Cola chaud. Pour lui c'était un goût bien connu, empreint de nostalgie. Pourquoi la culture des Blancs refroidissait-elle les choses ou les faisait-elle chauffer avant de les consommer ? La première fois qu'il avait bu une bouteille de soda froid ça avait été au comptoir d'échanges de Teec Nos Pos. Il avait une douzaine d'années. Le conducteur du bus scolaire avait acheté une bouteille à tous ceux qui faisaient partie de l'équipe de base-ball. Chee se souvenait qu'il l'avait bue debout, à l'ombre de la véranda. Le souvenir de ce plaisir se fondit dans la pensée que n'importe qui, dans une voiture qui passait, aurait pu le faucher avec un fusil de chasse. Et en ce moment, quelqu'un pouvait se trouver sur la crête, derrière le hogan de Bistie et braquer une carabine munie d'une lunette télescopique au milieu de son dos.

Mal à l'aise, il remua les épaules. Il prit une gorgée de Pepsi. Ramena ses pensées sur la question de savoir pourquoi les Blancs le buvaient glacé. Moins de chaleur. Moins d'énergie. Moins de mouvement des molécules. Il chercha à cela une conclusion d'ordre culturel, se trouva à nouveau tiré de ses pensées par le bruit de la détonation, par l'éclair de lumière. Qu'est-ce que lui, Jim Chee, avait fait qui puisse justifier cette réaction violente ?

Soudain, il eut très envie d'en parler à quelqu'un.

— Kennedy, qu'est-ce que vous en pensez, de ce qui s'est passé la nuit dernière ? Du fait que...

— Qu'on vous ait tiré dessus ?

Ils avaient abordé la question à deux ou trois reprises sur la route qui les amenait de Shiprock et Kennedy avait déjà dit ce qu'il en pensait. Il le redit une nouvelle fois avec des mots

légèrement différents.
— Merde, j'en sais rien, moi. Si c'était moi, je fouillerais dans ma conscience. Question de savoir après la femme de qui je courais. Qui j'aurais pu blesser. Les ennemis que je m'étais faits. Ceux que j'avais arrêtés et qui étaient récemment sortis de prison. Des trucs comme ça.
— Le genre de types que j'arrête sont généralement trop soûls pour se souvenir de qui les a arrêtés. Ou ils s'en fichent. S'ils ont assez d'argent pour s'acheter des cartouches de chevrotine, ils s'achètent une bouteille à la place. C'est le genre de gens qui ont avalé beaucoup de soupe à la tremblote.
Quant à la femme après laquelle il avait couru, il n'y en avait eu aucune ces derniers temps.
— De la soupe à la tremblote ?
— Une blague du coin, expliqua Chee. Il y a une femme à Gallup qui organise sa propre distribution de soupe pour les ivrognes quand les policiers les laissent sortir de taule. Ils ont la tremblote, alors tout le monde appelle ça la soupe à la tremblote.
Il décida de ne pas essayer d'expliquer une autre raison pour laquelle on l'appelait la soupe à la tremblote : la combinaison de sons gutturaux que les Navajos utilisent pour exprimer cette idée est presque identique aux sons qui désignent le pénis, donnant de ce fait naissance à l'un de ces jeux de mots truculents que prisent les Navajos. Une fois il avait essayé d'expliquer à Kennedy comment la ressemblance qui existait entre les mots navajo signifiant rodéo et poulet[1] pouvait être utilisée pour amener des plaisanteries. Kennedy n'avait pas compris ce que ça avait de drôle.
— Ouais, fit Kennedy. Je fouillerais dans ma conscience, alors. Quelqu'un qui tire sur un flic...
Il haussa les épaules, laissant le silence s'installer sans finir d'exprimer cette insinuation. Le capitaine Largo n'avait pas

1. En américain, par exemple, le terme "chicken" peut désigner aussi une jeune femme, un homosexuel, ou un trouillard.

pris la peine de faire preuve d'une telle politesse le matin même dans son bureau.

— Par expérience, avait-il grommelé, je sais que quand un policier s'est mis dans une situation telle que quelqu'un veuille le tuer, c'est que le policier en question s'est rendu coupable de quelque chose.

Quand il avait prononcé ces paroles, le capitaine Largo était assis derrière son bureau d'où il observait Chee pensivement au-dessus de ses doigts joints à leurs extrémités comme pour former une tente, et cela n'avait déclenché la colère de Chee que plus tard au moment où, une fois remonté dans sa voiture de police, il avait repensé à leur entrevue. Cette fois-ci, sa réaction fut plus rapide. Il sentit une vague de sang chaud lui monter au visage.

— Ecoutez, dit-il, je n'aime pas...

Au même instant ils entendirent un véhicule qui avançait sur la piste dans un grondement de moteur et en faisant des bruits métalliques.

Kennedy sortit le pistolet de l'étui dissimulé sous sa veste, laquelle était posée sur le siège, enfila la veste, glissa l'arme dans sa poche. Chee surveillait la piste. Un vieux pick-up truck GMC, d'un vert piqué de rouille, émergea des genévriers. Une carabine 30-30 à insertion des munitions par levier était accrochée au râtelier en travers de la vitre arrière. Le pick-up ralentit pour s'arrêter lentement, presque sans poussière. L'homme qui le conduisait était maigre et âgé, un feutre noir typique de la réserve repoussé sur l'arrière de la tête. Il les regarda d'un air curieux tandis que son moteur bruyant se taisait, resta un moment assis à les observer puis mit pied à terre.

— *Ya-tah-hey*, fit Chee qui se tenait à côté du véhicule de la police.

Bistie lui répondit avec gravité par la salutation navajo, les yeux fixés sur lui puis sur Kennedy.

— Je suis né pour le Peuple du Front Rouge, le fils de Tessie Chee, mais maintenant je travaille pour le Dinee* tout entier.

Pour la Police Tribale Navajo. Cet homme (Chee désigna Kennedy suivant la coutume des Navajos, en bougeant ses lèvres du côté où il se trouvait), est un policier du FBI. Nous sommes venus ici pour vous parler.

Roosevelt Bistie poursuivit son inspection. Il mit sa clef de contact dans la poche de son jean. C'était un homme de grande taille, légèrement voûté maintenant à cause de l'âge et de la maladie, et son visage avait l'étrange couleur cuivrée symptomatique de la jaunisse avancée. Mais il arborait un petit sourire.

— La police ? dit-il. Alors je suppose que je l'ai touché cet enfant de salaud.

Il fallut un moment à Chee pour digérer cela, cet aveu, puis la nature de l'aveu.

— Qu'est-ce qu'il... commença Kennedy.

Chee leva la main.

— Vous l'avez touché ? demanda-t-il. Comment ça ?

Bistie eut l'air surpris.

— Je lui ai tiré dessus à cet enfant de salaud, précisa-t-il. Avec le fusil qu'est là, dans le camion. Il est mort ?

Kennedy fronçait les sourcils :

— Qu'est-ce qu'il raconte ?

— Vous avez tiré sur qui ? demanda Chee. Où ça ?

— Là-bas, de l'autre côté de Mexican Hat. Presque à la San Juan, là-bas. Il appartenait au Clan de la Boue. J'ai oublié comment ils l'appellent. (Il adressa un sourire à Chee). Il est mort ? J'ai cru que je l'avais peut-être raté.

— Oh, il est mort, assura Chee qui se tourna vers Kennedy. Celle-là, elle est pas mal. Il dit qu'il a tiré sur Grand-Père Endocheeney. Avec son fusil.

— Tiré dessus ? Et le couteau de boucher alors ? Il n'était pas...

Chee l'arrêta.

— Il parle probablement un peu anglais. Discutons. Je crois que nous devrions le reconduire là-bas. Lui demander de nous montrer ce qui s'est passé.

Le visage de Kennedy rougit sous l'épiderme en train de peler.
— Nous ne lui avons pas rappelé ses droits, protesta-t-il. Il n'est pas...
— Il ne nous a encore rien dit en anglais. C'est un Navajo. Il conserve le droit de garder le silence en anglais jusqu'à ce qu'il s'entretienne avec un avocat.
Bistie leur dit pratiquement tout pendant le long trajet poussiéreux qui leur permit de quitter les Lukachukais, de retraverser Shiprock puis de se diriger à l'ouest vers l'Arizona et au nord vers l'Utah.
— Navajo ou pas, avait dit Kennedy, on ferait bien de lui rappeler ses droits.
Ce qu'il avait fait, avec Chee qui traduisait en navajo.
— Mieux vaut tard que jamais, je suppose, avait conclu Kennedy. Mais qui pourrait s'attendre à ce qu'un suspect arrive comme ça et vous dise qu'il a abattu le type ?
— Alors qu'il ne l'a pas fait, corrigea Chee.
— Alors qu'il lui a planté un couteau de boucher dans le corps, compléta Kennedy.
— Pourquoi cet homme blanc raconte-t-il toutes ces conneries à propos d'un couteau ?
— Je vais vous expliquer, répondit Chee. Vous ne nous avez pas dit pourquoi vous lui aviez tiré dessus ?
Et Bistie ne le dit pas. Il poursuivit son récit. Raconta comment il s'était assuré que le 30-30 était chargé. Comment il s'était assuré que la ligne de mire était droite parce qu'il ne s'en était pas servi depuis qu'il avait tué un cerf l'hiver précédent. La longue route jusqu'à Mexican Hat. Comment il avait demandé aux gens de là-bas la façon de trouver l'homme du Clan de la Boue. Comment il était venu en voiture jusqu'à son hogan, pratiquement à la même heure que maintenant, alors qu'un orage s'amoncelait, comment il avait décroché son fusil du râtelier, l'avait armé, n'avait trouvé personne au hogan, juste un pick-up truck qui était garé là, et s'était dit que l'homme du Clan de la Boue devait être

quelque part dans les environs. Et comment il avait entendu les bruits que faisait quelqu'un qui frappait avec un marteau, comment il avait vu l'homme du Clan de la Boue travailler à une remise, plus loin, dans un arroyo* qui se trouvait derrière le hogan : il clouait des planches qui ne tenaient plus. Ensuite Bistie décrivit la façon dont, debout là, l'homme du Clan de la Boue dans sa ligne de mire, il l'avait vu qui regardait droit dans sa direction au moment où il avait tiré sur la détente. Et il leur dit comment, une fois la fumée dissipée, l'homme ne se trouvait plus sur le toit. Il leur raconta intégralement ce qui concernait la chronologie et les mécanismes de toute l'histoire. Mais il ne leur dit absolument rien sur la raison de son acte. Quand Chee lui posa à nouveau la question, Bistie se contenta de rester assis en gardant un silence résolu.

Et Chee ne lui demanda pas pourquoi il revendiquait l'assassinat par balle d'un homme qui avait été tué à coups de couteau.

Pendant que Roosevelt Bistie parlait, décrivant cette folie de sa voix calme et neutre de vieillard, Chee trouva d'autres questions qui prenaient forme dans son cerveau.

— Vous étiez à Shiprock hier soir ? Dans la maison de votre fille ? Donnez-moi son nom. Son adresse.

Chee inscrivit le nom et le lieu dans son calepin. Il aurait fallu dix minutes à Grand-Père Bistie pour conduire de cette adresse de Shiprock à la maison mobile de Chee.

— Qu'est-ce que vous notez ? lui demanda Kennedy.

Chee émit un grognement.

— Vous avez un fusil de chasse ? demanda-t-il à Bistie.

Les Navajos n'ont pas de mot pour désigner un fusil de chasse et Kennedy reconnut le mot.

— Hé ! fit-il. Où en êtes-vous, là ?

— Juste mon fusil, répondit Bistie.

— J'en suis à essayer de savoir qui a voulu tuer Jim Chee, répondit le policier navajo.

Chapitre 4

Le réveil fut brutal. Une forme oblongue de semi-ténèbres sur fond de ténèbres absolues. La porte du hogan d'été demeurée ouverte. Par l'ouverture, à l'est sur l'horizon, la lueur diffuse annonciatrice de l'aube. Le garçon avait-il crié ? Il n'y avait que le silence maintenant. Aucun souffle d'air. Aucun insecte de nuit ne se manifestait. L'angoisse seule semblait avoir vaincu le sommeil. Il y avait une odeur de poussière, celle de la sécheresse infinie tueuse de moutons. Et le relent, très faible, de quelque chose de chimique. D'huile, peut-être. De plus en plus, le moteur du camion perdait de l'huile. Là où il était garé au-dehors à côté de l'abri de broussailles, la terre était toute dure et noire à cause de ce qui en avait coulé. Un quart de litre, au moins, chaque fois qu'ils le prenaient. Plus d'un dollar le litre. Et pas assez d'argent, plus maintenant, pour le faire réparer. Tout l'argent était parti avec la naissance du garçon, le temps qu'ils avaient passé à l'hôpital pendant que les docteurs l'examinaient. Une encéphalite, c'est le nom que la doctoresse avait employé. Elle leur avait marqué le mot sur une feuille de papier, debout à côté du lit dans une pièce qui leur paraissait trop froide, trop imprégnée de l'odeur des médicaments des hommes blancs.

— Inhabituel, avait-elle dit. Mais je connais deux autres cas sur la réserve au cours des vingt dernières années. Cela arrive à tout le monde. Alors ça arrive aussi aux Navajos.

Que signifiait encéphalite ? Cela signifiait que Garçon Nouveau-Né, son fils, ne vivrait que peu de temps.
— Vous voyez, avait-elle dit en repoussant les cheveux fins au sommet du crâne de Garçon Nouveau-Né.
Mais cela se voyait déjà avant. Le sommet de sa tête était presque plat.
— Le cerveau ne s'est pas développé, avait-elle expliqué, et l'enfant ne peut pas vivre longtemps sans cela. Juste quelques semaines. Nous ignorons quelle en est la cause. Et nous ne savons absolument pas comment le soigner.
Oui, il y avait des choses que les docteurs *belagana* ne savaient pas. Il y avait une cause, à cela et à toute chose. Et puisqu'il y avait une cause, quelque chose pouvait être fait. La guérison résidait dans la suppression de cette cause, il fallait restaurer l'harmonie dans le petit crâne fragile de Garçon Nouveau-Né. Le porteur-de-peau avait causé ça, pour une raison ou une autre égarée dans le cœur sombre de la méchanceté et de la malfaisance. Le porteur-de-peau devait donc mourir. Son cerveau devait se faner pour que le cerveau de Garçon Nouveau-Né puisse croître. Et vite. Vite. Vite. Tuer le sorcier. L'angoisse s'accrut jusqu'à devenir quelque chose qui était voisin de la panique. Le ventre noué. En dépit de la fraîcheur qui précède l'aube, la couverture contre sa joue était mouillée de sueur.
Le fusil de chasse lui avait semblé une bonne solution, déchargé à travers la mince carcasse de la caravane droit sur le lit dans lequel le sorcier dormait. Mais les porteurs-de-peau étaient durs à tuer. D'une façon ou d'une autre, le porteur-de-peau l'avait su. Il avait fui le lit et l'os l'avait manqué.
Garçon Nouveau-Né bougea. Le sommeil pour lui était toujours momentané, c'était une perte de conscience qui excédait rarement une heure. Puis les geignements reprenaient. Un appel à ceux qui l'aimaient, qui étaient la chair de sa chair et l'os de ses os. Les geignements commencèrent, le seul bruit dans les ténèbres. Juste un bruit,

comme celui que font les bébés animaux qui viennent de naître. Il semblait dire : aidez-moi. Aidez-moi ! Aidez-moi !
Il n'y aurait plus de sommeil possible maintenant. Plus pendant un certain temps. Plus le temps de dormir. Garçon Nouveau-Né paraissait chaque jour plus faible. Il avait déjà vécu plus longtemps que la femme *belagana* ne l'avait dit à l'hôpital. Plus le temps de faire autre chose que de trouver un moyen de tuer le sorcier. Il y en avait forcément un. Le sorcier était un policier, dur à tuer, et étant un porteur-de-peau il disposait des pouvoirs que les porteurs-de-peau acquièrent : il pouvait voler dans les airs, courir aussi vite que souffle le vent, se changer en chien, en loup et peut-être en d'autres animaux. Mais il devait y avoir un moyen de le tuer.

Le rectangle de la porte se fit plus clair. Des possibilités apparurent qui furent envisagées, modifiées, puis rejetées. Certaines furent rejetées parce qu'elles pouvaient ne pas marcher. La plupart parce qu'elles étaient suicidaires : le sorcier mourrait mais il n'y aurait plus personne pour empêcher Garçon Nouveau-Né de mourir de faim. Il devait y avoir un moyen de s'en sortir sans se faire repérer. Rien d'autre ne constituait une solution satisfaisante.

Dans la boîte en carton où on le gardait, Garçon Nouveau-Né geignait sans interruption... un motif sonore aussi régulier et dépourvu de sens que pourrait en produire un insecte. Une légère brise agita l'air, faisant trembler l'étoffe qui était accrochée à côté de l'entrée du hogan : Fille Aube qui s'éveillait pour préparer le jour. A peu près au même moment, l'idée vint : comment ça pouvait être fait. Simple. Ça marcherait. Et le sorcier qu'ils appelaient Jim Chee mourrait à coup sûr.

Chapitre 5

Le lieutenant Joe Leaphorn rangea le nez de sa voiture de police dans l'ombre de l'olivier de Bohême qui se trouvait à la limite du parking. Il coupa le moteur, s'installa plus confortablement et réfléchit à nouveau à la manière dont il allait s'y prendre avec ce policier nommé Chee. Le véhicule de Chee était garé dans une rangée de cinq voitures de police alignées le long du trottoir devant l'entrée du poste de la Police Tribale Navajo, sous-agence de Shiprock. C'était l'unité 4. Leaphorn savait que Chee conduisait l'unité 4 parce qu'il savait tout ce qu'il était officiellement possible de connaître le concernant. Il avait appelé l'employé du service des personnels le matin même à neuf heures dix et s'était fait monter le dossier personnel de Chee. Il l'avait lu jusqu'à la dernière ligne. Juste avant, il avait reçu un appel de Dilly Streib. Streib avait de mauvaises nouvelles.

— Vraiment bizarre, avait-il dit. Kennedy a ramassé Roosevelt Bistie et celui-ci lui a dit qu'il avait abattu Endocheeney.

Il n'avait fallu qu'une fraction de seconde pour que l'incompatibilité s'enregistre :

— Abattu, avait repris Leaphorn. Pas poignardé ?

— Abattu, avait confirmé Streib. Il a dit qu'il était allé au hogan d'Endocheeney et qu'Endocheeney était occupé à réparer le toit d'une remise alors Bistie lui a tiré dessus et Endocheeney a disparu, tombé du toit, je pense, et Bistie est

rentré chez lui.
— Qu'en pensez-vous ?
— Kennedy ne semblait pas avoir le moindre doute qu'il ait dit la vérité. Il m'a raconté qu'ils l'attendaient à sa maison quand il est arrivé en voiture et qu'il a vu qu'ils étaient des policiers alors il leur a tout de suite dit quelque chose qui voulait dire qu'il avait abattu Endocheeney.
— Bistie parle anglais ?
— Navajo.
— Qui c'était, de chez nous, qui était avec lui ?
Ce que Streib lui disait paraissait délirant. Peut-être y avait-il eu une sorte de quiproquo.
— Une petite seconde.
Leaphorn avait entendu un froissement de papiers.
— Un simple policier, Jim Chee, avait répondu Streib. Vous le connaissez ?
— Je le connais, avait acquiescé Leaphorn en regrettant de ne pas le connaître mieux.
— En tout cas, je vais vous envoyer les rapports sur tout ça. Je me suis dit que ça vous intéresserait de savoir que ça avait pris une drôle de tournure.
— Ouais. Merci. Pourquoi Bistie voulait-il tuer Endocheeney ?
— Il n'a pas voulu le dire. Ce connard a absolument refusé d'en parler. Kennedy a dit qu'il semblait penser qu'il avait peut-être raté sa cible, et qu'après il a été très heureux quand il a appris que l'autre était mort. Il a refusé de dire un mot sur ce qu'il avait contre lui.
— C'est Chee qui a dirigé l'interrogatoire ?
— Sûr. Je suppose. Kennedy ne parle pas navajo.
— Encore une chose. C'était Chee qui était dessus depuis le début ? Qui travaillait avec Kennedy, je veux dire, au début quand l'enquête a commencé ?
— Petite seconde, avait dit Streib.
Un froissement de papiers.
— Voilà, je l'ai. Ouais. Chee.

— Bien, merci. Je vais chercher son rapport.
Il avait coupé la communication en appuyant du doigt sur le support du téléphone, appelé la salle des archives et demandé le classeur de Chee.
Pendant qu'il l'attendait, il avait ouvert le tiroir de son bureau, en avait sorti une épingle marron avec le centre blanc et, en faisant attention, l'avait remise dans le trou où l'épingle d'Endocheeney avait été enfoncée. Il avait contemplé la carte un instant. Puis il avait plongé à nouveau la main dans le tiroir, avait pris une autre épingle marron et blanche et l'avait enfoncée dans le p de "Shiprock". Quatre épingles désormais. Une au nord de Window Rock, une dans la région limitrophe avec l'Utah, une dans Chilchinbito Canyon, une là-bas au Nouveau-Mexique. Et maintenant il y avait un lien entre elles. Faible, problématique, mais présent. Jim Chee avait enquêté sur le meurtre d'Endocheeney avant que quelqu'un n'essaye de tuer le policier. Avait-il appris quelque chose qui faisait de lui une menace pour l'assassin d'Endocheeney ?
Leaphorn s'était mis à sourire mais, pendant qu'il réfléchissait, son sourire s'était atténué et avait disparu. Il ne voyait pas vraiment en quoi cela pouvait aider. C'est l'âge, s'était-il dit. Il avait atteint le sommet et maintenant la pente était descendante. Cette pensée ne le déprimait pas, mais elle lui donnait une étrange impression d'urgence, le sentiment que le temps continuait sans lui, qu'il lui restait des choses à faire avant qu'il ne lui fasse totalement défaut. Il y avait réfléchi et s'était mis à rire. Une manière de penser qui n'avait vraiment rien de navajo. Cela faisait trop longtemps qu'il était au contact des hommes blancs.
Il s'était emparé du téléphone et avait appelé le capitaine Largo à Shiprock. Il lui avait dit qu'il voulait parler à Jim Chee.
— Qu'est-ce qu'il a encore fait ?
Et le capitaine Largo avait paru soulagé, avait-il semblé à Leaphorn, quand il lui avait expliqué.

La courte distance qui sépare Window Rock de Shiprock en passant par Crystal et Sheep Springs est de cent quatre-vingt-dix kilomètres et franchit la bosse des Monts Chuska. Leaphorn, qui dépassait rarement les limites de vitesse, l'avait couverte beaucoup trop vite. C'était surtout une question de nerfs.

Et, assis là sur le parking de Shiprock, il se sentait toujours tendu. Des cumulus qui montaient dans le ciel au-dessus des Monts Chuska étaient suffisamment haut pour former les enclumes qui promettaient la pluie. Mais ici, l'éclat éblouissant du soleil d'août se réfléchissait sur l'asphalte au-delà de l'ombre limitée donnée par l'olivier de Leaphorn. Il avait dit à Largo qu'il serait là à une heure de l'après-midi, dans presque quarante-cinq minutes. Largo lui avait répondu qu'il aurait Chee sur place à une heure. Pour l'instant, Largo devait être parti déjeuner. Leaphorn se posa la question de savoir s'il allait faire de même. Un hamburger rapide au Burgerchef sur la route. Mais il n'avait pas faim. Il en arriva à penser à Emma, au rendez-vous qu'il avait pris avec le neurologue de l'hôpital du Service Indien de la Santé à Gallup.

("Joe, avait-elle dit. Je t'en prie. Tu sais ce que j'en pense. Qu'est-ce qu'ils peuvent faire ? Ce sont des migraines. J'ai perdu *hozro**. Je vais faire exécuter un chant et tout ira bien à nouveau. Que peuvent faire les *belagana* ? M'ouvrir la tête avec une scie ?" Elle avait ri alors, comme elle riait toujours quand elle parlait de sa santé. "Ils m'ouvriraient la tête et ils laisseraient mon souffle partir," avait-elle continué en lui souriant. Il avait insisté et elle avait refusé. "Qu'est-ce que j'ai, à ton avis ?" lui avait-elle demandé et il avait vu que, pour une fois, elle était à moitié sérieuse. Il avait essayé de répondre, "La maladie d'Alzheimer," mais les mots refusaient de se former et il avait simplement dit, "Je ne sais pas, mais cela m'inquiète," et elle avait répondu, "En tout cas, il est hors de question que je laisse un docteur aller farfouiller dans ma tête." Mais il avait quand même arrangé le rendez-vous. Il emplit ses poumons d'air, le rejeta. Peut-être Emma avait-elle raison. Elle pouvait aller voir un de ceux ou de celles qui écoutent, dont la main tremble ou qui lisent dans le cristal comme prétendait le faire Yellowhorse, et se faire prescrire un rite* guérisseur. Ensuite elle appellerait le chanteur* pour qu'il mène à bien la cérémonie et tous les membres de sa famille* pour qu'ils s'associent à la bénédiction. Cela pouvait-il être pire pour elle que le jour où les docteurs de Gallup allaient lui dire que quelque chose qu'ils ne comprenaient pas était en train de la tuer et qu'ils ne pouvaient rien faire pour l'empêcher ? Que lui dirait Yellowhorse si elle allait le voir ? Le connaissait-il suffisamment pour le deviner ? Que savait-il de lui ? Il savait que Yellowhorse investissait l'argent dont il avait hérité ainsi que sa vie dans la clinique de Badwater, qu'il nourrissait une obsession. Il savait qu'il engageait des docteurs et infirmiers formés à l'étranger, des réfugiés, un Vietnamien, un Cambodgien, un Salvadorien, un Pakistanais, parce qu'il ne pouvait plus s'offrir ceux dont la formation était nationale. Alors peut-être l'argent était-il plus limité que l'obsession. Il savait que Yellowhorse était très versé en politique. Mais il ne le connaissait pas suffisamment pour deviner quel serait son remède pour Emma. La destinerait-il aux chanteurs ou aux neurologues ?)

La porte du poste de police s'ouvrit et trois hommes émergèrent, vêtus de l'uniforme d'été kaki des policiers navajo. L'un d'eux était George Benaly, qui, il y avait bien longtemps, avait travaillé avec Leaphorn à Many Farms. Un autre était un garçon bien en chair avec une petite moustache, d'allure joviale, que Leaphorn ne connaissait pas. Le dernier était Jim Chee. Le bord arrondi de son chapeau était incliné, projetant de l'ombre sur son visage, mais Leaphorn en distinguait suffisamment pour comparer avec la photo qui se trouvait dans le dossier personnel de Chee. Un visage plutôt long et étroit qui complétait un corps plutôt long et étroit : tout en épaules et sans hanches. Le "Navajo de Tuba City" ainsi que plusieurs anthropologues avaient baptisé ce type particulier. Hérédité athabascane* pure. Torse haut et long, pelvis étroit, destiné à faire un vieillard maigre. Leaphorn, quant à lui, tombait dans le "type Réserve-aux-Mille-Parcelles*." Représentatif (si l'on prenait cette autorité-là pour référence), d'un mélange gènes/sang avec les Indiens pueblos*. Leaphorn n'aimait pas particulièrement cette théorie, mais elle lui fournissait des arguments utiles quand Emma le pressait de faire un peu baisser son poids et rétrécir la taille de ses ceintures.

Les trois policiers, tout en continuant à discuter, avançaient d'un pas tranquille vers leurs voitures. Celui qui était bien en chair ne remarqua pas la voiture de Leaphorn garée sous l'olivier. Benaly la vit sans faire preuve du moindre intérêt. Seul Chee en ressentit clairement la présence, instantanément, fut conscient qu'elle était occupée, que l'occupant regardait. Peut-être cette vigilance était-elle le résultat des coups de feu qui lui avaient été destinés deux nuits plus tôt. Leaphorn eut le sentiment qu'elle était permanente : un aspect naturel du caractère de cet homme.

Benaly et Flic Bien-en-Chair montèrent dans leurs voitures et quittèrent le parking. Chee prit quelque chose sur le siège arrière de son véhicule et retourna d'un pas tranquille vers le poste de police, conscient de la présence et du regard de Leaphorn. Pourquoi attendre ? se dit celui-ci. Il irait signaler son arrivée à Largo plus tard.

Suivant la proposition de Leaphorn, ils prirent la voiture de patrouille de Chee pour se rendre à sa petite maison mobile. Chee tenait le volant, très droit sur son siège, nerveux. Abîmée, trouée, paraissant vieille et fatiguée, la maison mobile de Chee était installée sous un bouquet de trembles à moins d'une douzaine de mètres des éboulements de la rive nord de la San Juan. Un coin frais, pensa Leaphorn. Parfait pour quelqu'un qui n'était pas, comme lui, attaqué par les moustiques. Il inspecta les trois pansements faits à l'aide d'isolant que Chee avait utilisés pour soigner les plaies causées par le fusil dans la carcasse d'aluminium de sa maison. A intervalles à peu près égaux, remarqua-t-il. A environ soixante centimètres les uns des autres. Chacun légèrement plus haut que le niveau de la hanche. Fort bien placés pour tuer quelqu'un de couché si l'on savait exactement où le lit était situé dans ce genre de caravane.

— Ça n'a pas l'air d'avoir été fait au hasard, observa Leaphorn en s'adressant à moitié à lui-même.

— Non, répondit Chee. Je crois que la réflexion a tenu un certain rôle là-dedans.

— Une caravane comme celle-là... Ça serait un problème pour quelqu'un de trouver où le lit peut être placé ? A quelle distance par rapport au sol ?

— A quelle hauteur tirer ? Non. C'est un modèle ordinaire. Quand je l'ai achetée à Flagstaff il y en avait trois d'occasion à vendre, presque comme celle-là. On en voit partout. Enfin, moi je trouve qu'elles sont toutes pratiquement identiques. Pour l'endroit où ils mettent les lits.

— Je pense que nous allons quand même poser la question à droite et à gauche. Voir si quelqu'un qui en vend à Farmington, Gallup ou Flag se souvient de quelque chose. (Il jeta un coup d'œil à Chee). Peut-être un client est-il venu leur demander de regarder ce modèle précis avant de sortir un mètre ruban en expliquant qu'il devait prendre les mesures du lit afin de savoir où il devait tenir son fusil pour s'offrir un policier navajo.

Le visage sans expression de Chee se détendit pour se muer en ce qui pouvait être un sourire.

— En général je n'ai pas ce genre de chance.

Les doigts de Leaphorn étaient posés sur l'isolant qui recouvrait le trou le plus proche de l'avant de la maison mobile. Il tourna à nouveau son regard vers Chee.

— Arrachez-le, lui dit Chee. Il m'en reste.

Leaphorn détacha la pièce d'adhésif isolant, inspecta le trou aux bords déchiquetés qui perforait l'aluminium puis se pencha pour regarder à l'intérieur. Il ne vit qu'un tissu blanc et bleu. Des fleurs. La taie d'oreiller de Chee. Elle avait l'air neuve. Un trou dans l'ancienne, supposa-t-il. Il était heureusement surpris de voir un célibataire qui mettait une taie d'oreiller. Drôlement soigneux.

— Vous avez eu de la chance quand c'est arrivé, dit-il.

Il était toujours sceptique vis-à-vis de la chance, toujours sceptique vis-à-vis de tout ce qui transgressait les lois bien établies de la probabilité.

— Votre rapport signale que c'est votre chat qui vous a réveillé. Vous avez un chat ?

— Pas exactement. C'est un voisin. Il habite là-bas.

Chee tendit le doigt vers une pente, en amont, desséchée par le soleil et couverte de genévriers. Mais Leaphorn considérait toujours pensivement le trou fait par le fusil, en mesurant la largeur avec ses doigts.

— Il habite là-bas sous ce genévrier, ajouta Chee. Des fois, quand quelque chose lui fait peur, il vient à l'intérieur.

— Comment ?

Chee lui montra la chatière qu'il avait découpée dans la porte. Leaphorn la regarda. Elle n'avait pas l'air suffisamment neuve pour avoir été fabriquée après les coups de feu. Il remarqua que Chee était conscient de cette inspection et des soupçons qu'elle sous-entendait.

— Qui a essayé de vous tuer ? demanda Leaphorn.

— Je ne sais pas.

— Une nouvelle femme ? Cela peut entraîner des problèmes.

Le visage de Chee se fit totalement inexpressif.

— Non. Rien de ce genre.

— Ça pourrait être quelque chose d'assez innocent. Peut-être juste le fait de parler trop souvent avec une jeune femme dont le petit ami serait paranoïaque.

— J'en ai déjà une, dit lentement Chee.

— Vous avez bien réfléchi à tout ça ? demanda Leaphorn en désignant les trous dans le côté de la maison mobile. C'est à vos fesses que quelqu'un en a.

— J'y ai bien réfléchi, répondit Chee qui écarta les mains

dans un brusque geste de colère dirigé contre lui-même. Absolument rien, bon sang !
Leaphorn l'étudia et se trouva à moitié persuadé. Cela tenait au geste autant qu'aux mots.
— Où avez-vous dormi la nuit dernière ?
— Là-bas, fit Chee en montrant du bras le versant de la colline. J'ai un sac de couchage.
— Le chat et vous, dit Leaphorn.
Il se tut un instant, sortit son paquet de cigarettes, en offrit une à Chee, en prit une pour lui.
— Que pensez-vous de Roosevelt Bistie ? Et d'Endocheeney ?
— C'est drôle. Toute cette histoire est bizarre. Bistie...
Il s'arrêta, hésita :
— Pourquoi on n'entrerait pas ? Prendre une tasse de café ?
— Pourquoi pas, acquiesça Leaphorn.
C'était du café qui restait du petit déjeuner. Leaphorn, qui avait appris à devenir une autorité en matière de mauvais café durant plus de deux décennies de vie professionnelle passées dans la police l'évalua légèrement pire que la majorité. Mais il était chaud, et c'était du café, si bien qu'il le but à petites gorgées en l'appréciant tandis que Chee, assis sur la banquette où il avait frôlé la mort de si près, lui racontait la rencontre avec Roosevelt Bistie.
— Je ne crois pas qu'il jouait du tout la comédie, conclut-il. Il n'a pas paru surpris de nous voir. Il a semblé content quand il a appris qu'Endocheeney était mort, et ensuite toute l'histoire avec Endocheeney sur le toit et lui qui lui avait tiré dessus, qui pensait l'avoir tué, qui ne s'était pas vraiment posé de question avant de rentrer chez lui, qui n'était pas retourné s'en assurer parce qu'il s'était dit que s'il ne l'avait pas tué, Endocheeney n'allait pas rester dans le coin pour lui donner une seconde chance de le faire. (Chee haussa les épaules, secoua la tête). Satisfaction sincère quand il a appris qu'Endocheeney était mort. Je ne pense pas qu'il aurait été capable de jouer la comédie pour tout ça. Aucune raison de

le faire. Pourquoi ne pas tout nier tout simplement ?

— D'accord, dit Leaphorn. Maintenant, redites-moi exactement ce qu'il a répondu quand vous lui avez demandé pourquoi il voulait tuer Endocheeney.

— Exactement ce que je vous ai dit.

— Redites-le moi.

— Il a refusé de répondre. Il a juste fermé la bouche, a pris un air mauvais et a refusé de parler.

— Qu'en pensez-vous ?

Chee haussa les épaules. La lumière qui entrait par la fenêtre au-dessus de l'évier de la caravane baissa légèrement. L'ombre du nuage orageux qui recouvrait les Chuskas s'étendait maintenant sur les alentours de Shiprock. Avec l'ombre, la brise qui formait l'avant-garde de l'orage murmura à travers le grillage de la fenêtre. Mais il n'allait pas pleuvoir. Leaphorn avait étudié le nuage. Maintenant il observait le visage de Chee qui arborait une expression d'aversion embarrassée. Leaphorn sentit un sourire naître sur ses propres traits, un sourire ironique. Nous y voilà à nouveau, pensa-t-il.

— De la sorcellerie ? demanda-t-il. Un porteur-de-peau ?

Chee ne répondit pas. Leaphorn but son café réchauffé. Chee haussa les épaules.

— Ben, fit-il, ça expliquerait pourquoi Bistie a refusé d'en parler.

— C'est exact, dit Leaphorn.

Il attendit.

— Bien sûr, ajouta Chee, d'autres choses aussi. Protéger quelqu'un de sa famille.

— Exact. S'il nous donne son mobile, c'est aussi le mobile pour le type au couteau de boucher. Frère. Cousin. Fils. Oncle*. Qu'est-ce qu'il a comme famille?

— Il est né au Dinee des Rivières-qui-Courent-Ensemble, pour le Peuple du Rocher Debout. Trois tantes, quatre oncles du côté maternel. Deux tantes, cinq oncles du côté paternel. En plus il a trois sœurs et un frère, sa femme est morte, deux filles et un fils. Donc sans même compter ses frères et sœurs de clan, il a des liens de famille avec pratiquement tout le monde au nord de Kayenta.

— Autre chose à quoi vous pensez ? Sur la raison pour laquelle il refuse de parler ?

— Quelque chose dont il ait honte. L'inceste. Quelque chose de mal qu'il aurait fait à l'un de ses proches. La sorcellerie.

Leaphorn voyait bien que Chee n'aimait pas plus que lui cette troisième possibilité.

— Si c'est une question de sorcellerie, lequel est le porteur-de-peau ?

— Endocheeney.

— Pas Bistie, dit Leaphorn pensivement. Donc si vous avez raison, Bistie s'est offert un sorcier sur son tableau de chasse, ou il en a eu l'intention.

Leaphorn avait déjà envisagé cette théorie liée à la sorcellerie. Pas grand-chose contre l'idée elle-même, si ce n'est l'obtention des preuves.

— Vous avez trouvé quelque chose sur Endocheeney pour étayer ça ? Ou vous avez testé Bistie ?

— J'ai testé Bistie. Il a juste pris l'air têtu. J'en ai parlé à des gens de là-haut, sur la frontière de l'Utah, qui connaissaient Endocheeney. Rien du tout.

Chee regardait Leaphorn, évaluant sa réaction.

Il a entendu raconter ce que je pense des sorciers, pensa Leaphorn.

— Autrement dit, tout le monde se tait, quoi, conclut-il. Et Wilson Sam ? Quelque chose de ce côté-là ?

Chee hésita :

— Est-ce qu'il y a un lien avec le reste, c'est ça ?

Leaphorn hocha la tête. C'était exactement là qu'il voulait en venir. Ils avaient raison. Chee était intelligent.

— Ce n'est pas de notre ressort à nous. Quand il a été tué, ça s'est passé sur le territoire de Chinle. C'est la sous-agence de Chinle qui est chargée de l'affaire.

— Je le sais. Y êtes-vous allé pour jeter un coup d'œil ?

Poser quelques questions ?
C'était exactement ce que Leaphorn aurait fait lui-même en de telles circonstances : avec deux meurtres presque dans la même heure.
Chee eut l'air surpris et un peu penaud.
— Pendant mon jour de repos, avoua-t-il. Kennedy et moi n'avions encore rien trouvé d'utilisable sur l'affaire Endocheeney et je me suis dit...
Leaphorn leva la main.
— Pourquoi pas ? dit-il. Vous voyez quelque chose qui établirait un rapport ?
Chee secoua la tête.
— Pas de lien au niveau de la famille. Ou au niveau du clan. Endocheeney s'occupait des moutons, il travaillait avec cette entreprise qui installe des rails pour les chemins de fer de Santa Fe. Il avait des bons de nourriture et de temps en temps il vendait du bois à brûler. Wilson Sam était berger lui aussi, il avait un travail sur un chantier de construction de route à côté de Winslow, c'était lui qui agitait le drapeau. Il avait cinquante et quelques années. Endocheeney avait dans les soixante-quinze ans.
— Avez-vous essayé le nom de Sam auprès des gens qui connaissaient Endocheeney ? Pour voir si...
Leaphorn eut une sorte de geste global.
— Ça n'a rien donné. Ils ne semblaient pas connaître les mêmes gens. Ceux d'Endocheeney ne connaissaient pas Sam. Ceux de Sam n'avaient jamais entendu parler d'Endocheeney.
— Les aviez-vous rencontrés l'un ou l'autre ? Jamais ? En aucune manière ? Même comme ça en passant ?
— Aucun lien avec moi non plus. Ce ne sont pas le genre de gens à qui les policiers ont affaire. Pas des ivrognes. Ni des voleurs. Rien à voir.
— Pas d'amis communs ?
Chee éclata de rire.
— Et pas d'ennemis communs, à ma connaissance.
Ce rire, sembla-t-il à Leaphorn, était naturel.

— Bon, fit-il. Venons-en à cette histoire de coups de feu tirés contre vous.

Chee en refit le récit. Pendant qu'il parlait, le chat entra par la chatière pratiquée dans le grillage.

C'était un grand chat, au poil court et fauve, qui avait un moignon de queue et les oreilles pointues. Il s'arrêta juste après avoir franchi le grillage, figé sur place, ramassé sur lui-même, fixant Leaphorn de ses intenses yeux bleus. Un sacré chat, pensa celui-ci. Des hanches lourdes comme celles d'un lynx. Ses poils étaient collés sur le côté gauche de sa tête et ce qui semblait être une cicatrice altérait l'aspect lisse et soyeux de son flanc. L'animal d'un touriste *belagana*, supposa-t-il. Probablement emmené en vacances et égaré. Leaphorn ne prêtait qu'à demi attention au récit de Chee, uniquement à l'affût d'une variante dans un récit qu'il avait déjà lu deux fois sur le rapport officiel et entendu au téléphone de la voix de Largo. L'autre moitié de sa conscience se concentrait sur le chat. Il était toujours ramassé sur lui-même à côté de la porte, évaluant la menace que cet être humain inconnu pouvait représenter. Lorsque le chat était entré, la chatière avait probablement fait assez de bruit pour réveiller un homme qui avait le sommeil léger, estima-t-il. L'animal était maigre, les os apparents ; ses muscles étaient noueux comme des cordes, tels ceux des prédateurs en liberté. Si, en réalité, il avait été choyé en tant qu'animal domestique, il s'était bien adapté. Il avait trouvé l'harmonie avec sa nouvelle vie. Comme un Navajo, il s'endurcissait et survivait.

Chee avait achevé son récit, sans rien relater de neuf. Ou de différent. Le siège en métal de la chaise pliante meurtrissait le coccyx de Leaphorn. Il se sentait plus fatigué qu'il n'aurait dû après n'avoir guère fait plus que le trajet depuis Window Rock. Chee avait la réputation d'être intelligent. Il avait l'air de l'être. Largo insistait dans ce sens. Quelqu'un d'intelligent aurait une idée sur la personne qui essayait de le tuer. Et sur le pourquoi. S'il n'était pas un imbécile, était-il un menteur ?

— Quand le jour est venu, vous avez inspecté les alentours, souffla Leaphorn. Qu'avez-vous trouvé ?
— Trois cartouches de fusil vides, répondit Chee dont les yeux indiquaient qu'il savait que Leaphorn savait déjà tout cela. Calibre douze. Percussion centrale. Traces de semelle en caoutchouc provenant d'une petite chaussure. Taille trente-huit. Assez neuve. Qui menait vers la pente et grimpait jusqu'à la route. En haut de la pente, un véhicule avait été garé. Pneus usés et perte d'huile importante.
— S'était-il approché par le même chemin ?
— Non, dit Chee dont cette question avait soulevé l'intérêt. Les traces suivaient le bord de la rivière.
— Elles passaient devant l'endroit où ce chat a sa tanière.
— Exactement, fit Chee.
Leaphorn attendit. Après un long silence, Chee dit :
— Il me semblait qu'il s'était peut-être passé quelque chose de ce côté-là. Pour effrayer le chat et lui faire quitter sa cachette. Alors j'ai regardé par là. (Il eut un geste pour s'excuser à l'avance). Il y avait des marques sur le sol. Je pense que quelqu'un s'est agenouillé là-bas, derrière le genévrier. Ce n'est pas loin de l'endroit où les gens jettent leurs ordures et il y a toujours tout un tas de trucs que le vent fait tourbillonner par là. Mais j'ai trouvé ça.
Il s'empara de son portefeuille, en sortit un petit morceau de papier jaune et le tendit à Leaphorn.
— Il est neuf, ajouta-t-il. Il n'était pas là-bas, dans la poussière, depuis longtemps.
C'était le papier d'emballage d'une barre de chewing-gum Juicy Fruit.
— Ce n'est pas grand-chose, conclut-il d'un air embarrassé.
Effectivement, ce n'était pas grand-chose. Leaphorn ne pouvait imaginer comment ça pourrait leur être utile. En vérité, ça semblait symboliser le peu dont ils disposaient pour travailler sur chacune de ces affaires.
— Mais c'est quelque chose, dit-il.
En imagination il se représenta la silhouette accroupie

derrière le genévrier, surveillant la caravane de Chee, une petite silhouette qui tenait un fusil à pompe dans la main droite, qui plongeait sa main gauche dans la poche de sa chemise, en retirait un paquet de chewing-gum. Pas de fureur incontrôlée à cet instant-là. Du calme. Un homme qui avait une tâche à mener à bien, qui faisait preuve de prudence, prenait son temps. Et, par voie de conséquence, qui avait accidentellement déclenché chez le chat tapi sous le genévrier une crise de panique, annihilant l'instinct de l'animal qui consistait à rester caché jusqu'à ce que l'homme parte, le faisant s'élancer dans une fuite éperdue vers un lieu plus sûr. Leaphorn eut un léger sourire, goûtant l'ironie de la chose.

— Nous savons qu'il mâche du chewing-gum, dit Chee. Il ou elle. Et nous savons quelle marque il lui arrive de prendre. Et qu'il est...

Chee chercha le mot juste.

— ...maître de lui.

Et je sais, pensa Leaphorn, que Jim Chee est suffisamment intelligent pour réfléchir à ce qui a pu effrayer le chat. Il jeta un regard vers l'animal, toujours accroupi près de la chatière, les yeux bleus fixés sur lui. Ce regard fut suffisant pour faire basculer la décision. Deux êtres humains dans un lieu clos cela faisait trop. Le chat, d'un bond, fut à la trappe, clac-clac, disparu. Assez fort pour réveiller quelqu'un qui avait le sommeil léger, surtout s'il était inquiet. Chee avait-il une raison de se montrer inquiet ? Leaphorn changea de position sur sa chaise, essayant d'en trouver une qui fût plus confortable.

— Vous avez lu le rapport sur Wilson Sam, dit-il. Et vous y êtes allé. Quand ? Reparlons de ça.

Ils en reparlèrent. Chee s'était rendu sur les lieux quatre jours après le meurtre et il n'avait rien trouvé qui pût ajouter des données significatives au rapport d'origine. Lequel disait vraiment peu de choses. Une mare d'eau affleurant au sol dans laquelle s'abreuvaient les moutons de Wilson Sam se tarissait. Sam y était allé pour chercher un moyen de résoudre ce problème, vérifier où en était son troupeau. Il n'était pas rentré à la tombée de la nuit. Le lendemain matin certains membres de la famille Yazzie élargie dans laquelle Sam s'était marié étaient partis à sa recherche. Un fils de sa belle-sœur s'était souvenu avoir entendu un chien qui hurlait. Ils avaient trouvé le chien qui regardait le corps dans un arroyo qui se jette dans Tyende Creek au sud de Greasewood Flats. Les policiers de Chinle chargés de l'enquête étaient arrivés un peu avant le milieu de la journée. L'arrière du crâne de Sam avait été enfoncé, juste au-dessus de l'endroit où le cou et la tête se rejoignent. L'autopsie qui avait suivi avait confirmé qu'il avait été frappé au moyen d'une pelle que l'on avait retrouvée sur les lieux. Ses proches étaient d'accord pour affirmer que ce n'était pas la pelle de Sam. Le corps était apparemment tombé, ou avait roulé, le long du talus et l'agresseur était descendu à sa suite. Le neveu s'était immédiatement rendu en voiture au comptoir d'échanges de Dennehotso, avait appelé la police, puis il avait appliqué les instructions qui consistaient à empêcher tout le monde d'approcher du corps avant l'arrivée des policiers.

— Il y avait encore quelques traces très nettes quand je suis arrivé, dit Chee. Il y avait eu une petite averse là-bas le jour qui avait précédé le meurtre et un peu d'eau d'écoulement dans le fond de l'arroyo. Des bottes de cow-boy, les deux talons usés, taille quarante-et-un, bouts pointus. Quelqu'un de lourd, probablement cent kilos ou plus, ou alors qui portait quelque chose de lourd. Il a fait le tour du corps, s'est accroupi à côté de lui. (Chee marqua une pause, le visage songeur). Il a posé les deux genoux à terre à côté du corps. Il y a passé un petit moment à en juger d'après les marques de frottement etc. Je m'étais dit qu'elles avaient peut-être été faites par ceux de chez nous quand ils avaient enlevé le corps. Mais j'ai posé la question à Gorman et il m'a répondu que non. Elles étaient déjà là quand il avait regardé la première fois.

— Gorman ?
— Il est revenu chez nous. Mais il y a eu un échange avec Chinle au mois de juin dernier. Congé de stage. C'était ce type qui marchait avec moi sur le parking à midi. Gorman et Benaly. Gorman c'est celui qui est plutôt gros.
— Est-ce que l'assassin était un Navajo ? demanda Leaphorn.
Chee hésita, surpris.
— Oui, dit-il, un Navajo.
— Vous avez l'air d'en être sûr. Pourquoi un Navajo ?
— C'est drôle. Je savais que c'en était un. Mais je ne me suis pas demandé pourquoi.
Chee compta sur ses doigts, énumérant ses raisons :
— Il n'a pas enjambé le corps ce qui pourrait très bien être une question de hasard. Mais quand il est descendu dans l'arroyo, il a fait attention à ne pas marcher là où l'eau avait coulé. Et sur le chemin qu'il a pris pour rejoindre la route, il y avait un serpent qui était passé par là et quand il a croisé ses traces il a traîné les pieds par terre. (Chee marqua une pause). A moins que les hommes blancs ne le fassent aussi ?
— J'en doute, fit Leaphorn.
Cette habitude du "on-n'enjambe-pas-les-gens" venait du fait que les familles vivaient dans des hogans n'ayant qu'une seule pièce où l'on dormait à même le sol. Une question de respect. Et le respect du berger du désert à l'égard de la pluie avait dû être à l'origine du tabou qui interdisait de poser le pied sur les empreintes laissées par l'eau. Les serpents ? Leaphorn essaya de se souvenir. Sa grand-mère lui avait dit que si l'on croise la trace laissée par un serpent sans l'effacer en frottant ses pieds par terre, le serpent vous suit chez vous. Mais sa grand-mère lui avait aussi dit que c'était un tabou, pour un enfant, d'avoir des secrets vis-à-vis de sa grand-mère et que cela pouvait rendre fou de regarder un chien qui urine.
— Et le tueur chez Endocheeney ? Encore un Navajo ? Est-ce que ça aurait pu être la même personne ?
— Pas beaucoup de traces là-bas. Le corps se trouvait à une

centaine de mètres du hogan avec toute la famille qui était là à tourner autour une fois qu'il a été découvert. Et là-bas nous n'avions pas eu la pluie. Tout était sec.
— Mais qu'en pensez-vous ? Encore un Navajo ?
Chee réfléchit :
— Je ne sais pas. Je ne pourrais pas l'affirmer catégoriquement. Mais quand nous avons fini d'éliminer tout ce que les gens présents avaient aux pieds, je pense qu'il restait une botte avec un talon plat en caoutchouc. Et peut-être un petit trou dû à l'usure dans la semelle droite.
— Un suspect différent, alors. Ou des chaussures différentes. En fait, trois suspects différents. En fait, peut-être quatre suspects différents, en comptant Onesalt. Il secoua la tête, considérant l'invraisemblable, l'irrationnelle démence de l'ensemble. Puis il réfléchit à Chee. Un jeune homme impressionnant. Mais pourquoi n'avait-il pas au moins un vague soupçon sur celui qui avait essayé de le tuer ? Ou sur ses raisons ? Etait-il possible qu'il n'en sache rien ? Son dos faisait souffrir Leaphorn. Cela lui faisait ça, maintenant, quand il restait assis trop longtemps. Se levant lentement de la chaise, il marcha vers la fenêtre au-dessus de l'évier et regarda au dehors. Il sentit quelque chose qui avait la consistance du gravier sous la semelle de sa botte, se pencha, trouva ce dont il s'agissait. Un plomb arrondi provenant d'une cartouche de fusil.
Il le montra à Chee.
— Ça vient de là ?
— Je suppose que oui. J'ai balayé, mais quand ils ont traversé la literie ils ont rebondi à droite et à gauche. Il y en a partout.
Partout sauf dans Chee, se dit Leaphorn. Dommage qu'il éprouve autant de difficultés à croire à la chance.
— Avez-vous remarqué quelque chose qui établisse un lien entre les affaires Endocheeney et Sam ? Rien ? Rien qui établisse un lien entre l'un ou l'autre et ça, là ?
Leaphorn désigna du geste les trous calfeutrés causés par les

coups de feu.
— J'y ai pensé, répondit Chee. Non.
— Est-ce que le nom d'Irma Onesalt a été mentionné à l'un ou l'autre endroit ?
— Onesalt ? La femme sur qui quelqu'un a tiré à côté de Window Rock ? Non.
— Je vais demander à Largo de vous libérer de tout le reste et de vous faire reprendre depuis le début tout ce qui concerne Endocheeney et Sam. Vous êtes partant ? Je veux dire parler de tout à tout le monde. Savoir à qui les gens ont parlé. Qui ils ont vu. Essayer de se faire une idée de ce que les assassins conduisaient. Essayer simplement de découvrir tout et n'importe quoi. Travailler là-dessus jour après jour sans interruption jusqu'à ce que nous touchions du doigt la raison de ce qui s'est passé. D'accord ?
— Absolument, fit Chee. Ça me convient.
— Autre chose sur ce qui vous est arrivé ici, à vous, et qui ne semblait pas pouvoir s'inscrire dans le rapport au FBI ?
Chee considéra la question. Ses lèvres eurent une crispation pour signifier le doute ou le peu d'importance de ce qu'il allait dire.
— Je ne sais pas. Ce matin, là, j'ai trouvé ça. Il se peut que ça n'ait aucun rapport avec quoi que ce soit. Probablement, même.
Il ressortit son portefeuille et en préleva quelque chose de petit, d'arrondi, et qui avait la couleur de l'ivoire. Il tendit l'objet à Leaphorn. C'était une perle apparemment taillée dans un os.
— Où était-ce ?
— Par terre, derrière la couchette. Peut-être que c'est tombé quand j'ai changé les draps.
— Qu'en pensez-vous ?
— Je crois n'avoir jamais rien eu en ma possession qui ait des perles comme ça dessus, ni connu quelqu'un dont c'était le cas. Et je me demande comment elle est arrivée là.
— Ou pourquoi ?

— Oui. Pourquoi.

Si l'on croyait aux sorciers, pensa Leaphorn, comme c'était probablement le cas de Chee, on était obligé de considérer cette perle comme un moyen utilisé par eux pour tuer : l'os étant celui d'un être humain et la maladie fatale étant "la maladie du cadavre". Et si l'on fabriquait ses propres cartouches, ou même si on ne le faisait pas, on savait combien il serait simple d'enlever le petit culot situé à l'arrière, puis la bourre, et d'ajouter aux plombs une perle taillée dans un os.

Chapitre 6

Le vent chargé de sable, chaud et sec, soufflait du sud-ouest, cinglait la route creusée d'ornières devant la voiture de police de Jim Chee, qui s'était arrêté à une centaine de mètres en retrait de la chaussée menant au comptoir d'échanges de Badwater Wash. Il s'était garé sous les bras noueux d'un genévrier monosperme, un endroit qui lui permettait d'avoir un peu d'ombre et une excellente vue sur la route par laquelle il était arrivé. Pour l'instant il restait simplement assis là, à attendre et à observer. Si quelqu'un le suivait, Chee avait l'intention de le savoir.

Je vais suivre l'idée du lieutenant, lui avait dit le capitaine Largo. Leaphorn souhaite que je me réorganise et que je vous laisse travailler sur nos meurtres.

Comme d'habitude quand il parlait, les mains du capitaine Largo vivaient leur vie à elles, triaient des papiers sur son bureau, remettaient de l'ordre dans ce qu'il pouvait bien ranger à l'intérieur de son tiroir du haut, essayaient de redonner forme à la fente de son chapeau.

— Je pense qu'il a tort, poursuivit-il. Je pense que nous devrions laisser ces affaires au FBI. Le FBI ne va pas les résoudre, et nous non plus, mais ils sont payés pour ça et personne ne va réussir à progresser jusqu'à ce que nous ayons de la chance... et ce n'est pas de vous détacher de votre travail normal qui va nous porter chance. Pas vrai ?

— Non, capitaine, avait répondu Chee.

Il n'était pas sûr que Largo attendît une réponse, ou qu'il en voulût une, mais cela lui semblait de bonne politique d'abonder dans son sens. Il ne voulait pas que le capitaine change d'avis.

— Je pense que Leaphorn pense que le fait que l'on vous ait tiré dessus a un rapport avec l'un ou l'autre de ces meurtres. Il ne l'a pas dit, mais c'est ce que je crois qu'il pense. Moi, je ne vois pas de rapport. Et vous ?

Chee haussa les épaules.

— Je ne vois pas comment il pourrait y en avoir un.

— Absolument, acquiesça Largo.

Ses traits, lorsqu'il regarda Chee, exprimèrent le scepticisme.

— A moins, reprit-il, qu'il y ait quelque chose que vous ne m'ayez pas dit.

Le ton de sa phrase incluait un point d'interrogation.

— Il n'y a rien que je ne vous aie pas dit.

— C'est déjà arrivé, dit Largo sans pousser sa réflexion plus loin. La vraie raison qui me fait accepter cet arrangement c'est que je tiens à ce que vous restiez vivant. Rien que de se faire tirer dessus c'est déjà suffisamment désagréable. (Largo montra du doigt le classeur posé sur son bureau). Regardez ça, et ce n'est pas fini. Si quelqu'un vous tue, imaginez un peu ce que ça va donner. (D'un geste ample il écarta les bras pour délimiter des montagnes de documents officiels). Lorsque nous avons eu ce policier tué à la sous-agence de Crownpoint dans les années soixante, ils ont rédigé des rapports là-dessus pendant deux ans.

— D'accord, fit Chee. Moi, je suis d'accord.

— Ce que je veux dire c'est ça : allez fouiner du côté d'Endocheeney et de Wilson Sam pour voir ce que vous pourrez apprendre, mais je veux surtout que vous soyez loin, dans un coin où il sera difficile à quelqu'un de vous tirer dessus. Au cas où ils essaieraient toujours. Qu'ils aient le temps de se calmer. Soyez prudent.

— Parfait, avait dit Chee et c'était bien ce qu'il pensait.

Et pendant qu'il était loin, avait ajouté Largo, il pouvait en profiter pour faire du travail utile. Par exemple, les gens de la raffinerie de Montezuma Creek étaient furieux parce que quelqu'un volait des distillats sur le pipe-line collecteur. Et quelqu'un semblait traîner autour des endroits où se garaient les touristes aux Goosenecks et autres lieux du même genre, et leur voler des trucs dans les voitures. Etc. La litanie avait été assez longue, indiquant que le déclin de la nature humaine sur la partie de la réserve située en Utah était à peu près le même que dans la zone d'influence habituelle de Chee au Nouveau-Mexique.

— Je vais vous donner ce qu'on a là-dessus, ajouta Largo en prélevant des papiers dans divers classeurs pour les ranger dans une seule chemise. Des photocopies. J'aimerais bien que nous mettions un terme à cette histoire de vol dans les voitures. Après, les gens font un foin pas possible, alors ça monte jusqu'au bureau du président du Conseil Tribal et c'est lui à son tour qui fait un foin pas possible. Soyez prudent. Et que ça ne vous empêche pas de travailler.

Et maintenant, garé hors de vue à cet endroit d'où il surveillait la route qu'il venait de parcourir, Chee faisait preuve de prudence, exactement comme il en avait reçu l'ordre. Si l'homme (ou la femme) au fusil de chasse le suivait, c'était forcément sur cette route. Le seul autre moyen d'atteindre le comptoir d'échanges à Badwater Wash consistait à descendre le cours de la San Juan puis à emprunter l'une des pistes qui reliaient la rivière aux hogans disséminés le long des berges aux endroits où le sol le permettait. Badwater n'était pas un endroit où l'on passait par hasard en se rendant ailleurs.

Et, pour l'heure, la seule poussière qui montait de la route de Badwater était celle que soulevait le vent. Les nuages de l'après-midi s'étaient formés au-dessus de Black Mesa*, loin au sud, provoquant éclairs et mouvements des masses d'air. Pour autant que Chee puisse en juger à cinquante kilomètres de distance, il ne tombait pas de pluie. Il étudia le nuage, appréciant la gamme des bleus et des gris, leurs formes et leurs mouvements. Mais ses pensées étaient centrées sur des choses plus sombres. Les heures de réflexion qu'il avait consacrées à se demander qui pouvait vouloir le tuer avaient des effets déprimants. Son imagination avait engendré une image dans son cerveau, celle de lui-même face à la paroi d'une immense falaise de roche lisse, aussi régulière qu'un miroir, désespérément en quête de prises qui n'existaient pas. Il y avait un second effet désagréable. Cette recherche obstinée de la malveillance, de la rancune, de la haine (l'examen approfondi, mené avec un scepticisme cynique, de ses relations d'amitié et de travail), l'avait démoralisé. Et puis il y avait le lieutenant Leaphorn. Il avait obtenu ce qu'il voulait de cet homme, plus qu'il ne s'y était attendu. Mais le lieutenant n'avait pas eu confiance en lui quand ils s'étaient rencontrés, et il n'avait pas eu confiance en lui quand ils s'étaient séparés. Leaphorn n'avait pas aimé la perle taillée dans l'os. Quand Chee la lui avait tendue, le visage du lieutenant avait changé, exprimant le dégoût et ce qui pouvait être du mépris. Dans le petit univers de la Police Navajo, d'un nombre de membres qui, au total, n'atteignait peut-être pas cent vingt hommes assermentés, le lieutenant Leaphorn était un FIP[1], quelqu'un de fort important, et un peu une légende. Tout le monde savait qu'il détestait les trafiquants d'alcool. Chee partageait ce sentiment. Tout le monde savait également qu'il n'avait nulle indulgence pour la sorcellerie ou tout ce qui s'y rattachait, pour ceux qui croyaient aux sorciers, aux histoires de porteurs-de-peau, de maladie du cadavre, de remèdes afférents, et pour tout ce qui avait un lien avec les Loups* Navajos. Deux histoires couraient sur la façon dont cette obsession était venue à Leaphorn. On racontait qu'autrefois, alors qu'il venait d'entrer dans la police, il s'était trompé sur des rumeurs ayant trait à un porteur-de-peau sur la Réserve-aux-Mille-Parcelles. Il n'avait pas pris de mesures allant dans le sens de ce qu'il

1. FIP : Fairly Important Person, assonance rappelant VIP (Very Important Person).

avait entendu et un individu avait tué trois sorciers avant d'écoper d'une peine de prison à perpétuité et de se suicider. C'était censé être là la raison pour laquelle le lieutenant n'aimait pas la sorcellerie, et c'était une raison très suffisante. L'autre histoire disait qu'il était un descendant du grand Chee Dodge et qu'il avait hérité de l'idée bien arrêtée de Dodge selon laquelle la croyance aux porteurs-de-peau n'avait aucune place dans la culture navajo ; la tribu avait été contaminée par cette idée alors qu'elle se trouvait parquée à Fort* Sumner. Chee avait le sentiment que ces deux histoires étaient vraies.

Quoi qu'il en soit, Leaphorn avait gardé la perle taillée dans l'os.

— Je vais voir ça, avait-il dit. L'envoyer au labo. Savoir si c'est de l'os, et de quel genre d'os il s'agit.

Il avait déchiré une page de son calepin, en avait enveloppé la perle et l'avait rangée dans le compartiment de son porte-monnaie réservé aux pièces. Puis il avait regardé Chee un moment en silence.

— Une idée de la façon dont c'est arrivé ici ?

— Ça paraît bizarre, avait répondu Chee. Mais vous savez qu'on pourrait parfaitement ôter le fond d'une cartouche de fusil, en retirer la bourre et enfoncer une perle comme ça à l'intérieur avec les plombs.

L'expression de Leaphorn était presque devenue sourire. Etait-ce par mépris ?

— Comme un sorcier qui projette l'os dans le corps ? avait-il demandé. Ils sont censés le faire à l'aide d'un petit tube.

Il fit le geste de souffler avec ses lèvres.

Chee avait hoché la tête, rougissant très légèrement.

Et maintenant, en s'en souvenant, il se sentait à nouveau en colère. Ah ! Et puis, qu'il aille se faire voir, Leaphorn ! Il pouvait bien croire ce qu'il voulait. L'histoire des origines des Navajos expliquait clairement la sorcellerie, et c'était un élément logique de la mythologie sur laquelle le Dinee avait fondé sa culture. S'il y avait le bien, l'harmonie et la beauté sur la face est de la réalité, alors il devait y avoir le mal, le chaos et la laideur à l'ouest. Tel un chrétien non fondamentaliste, Chee croyait en la métaphore poétique de l'histoire navajo concernant la genèse de l'homme. Sans croire particulièrement à la côte d'Adam, ou à la taille du roseau par lequel le Peuple Sacré avait émergé* sur le Monde de la Surface de la Terre, il croyait aux enseignements qu'une telle imagerie avait pour but de faire passer. Il se moquait éperdument de Leaphorn et de ce à quoi il ne croyait pas. Il lança son moteur et redescendit en cahotant la pente qui menait à la route. Il voulait arriver à Badwater Wash avant le milieu de la journée.

Mais il ne parvenait pas complètement à chasser Leaphorn de ses pensées. Le lieutenant lui posait un problème.

— Encore une chose, lui avait-il dit. Nous avons reçu une plainte contre vous.

Et il lui avait raconté ce que le docteur de la clinique de Badwater avait dit sur lui :

— Yellowhorse prétend que vous vous êtes immiscé dans la manière dont il fait usage de sa religion.

Et quand bien même l'expression du lieutenant signifiait qu'il ne considérait pas cette plainte comme quelque chose d'une importance capitale, le fait qu'il l'eût mentionnée impliquait que Chee devrait renoncer à agir de la sorte.

— Je dis aux gens que Yellowhorse est un charlatan, avait répondu celui-ci avec raideur. Je dis aux gens, chaque fois que j'en ai l'occasion, que le docteur prétend être un homme-qui-lit-dans-le-cristal dans le seul but de les faire entrer dans sa clinique.

— J'espère que vous ne faites pas ça sur votre temps de travail. Pas pendant que vous êtes de service.

— Ça s'est probablement produit. Pourquoi pas ?

— Parce que c'est contraire au règlement, avait réagi Leaphorn dont l'expression n'était plus, ne serait-ce que légèrement, amusée.

— Comment ça ?

— Je crois que vous le voyez très bien, comment. Nous n'avons aucun moyen de donner le droit d'exercer à nos shamans*, pas plus que le gouvernement fédéral ne peut le faire pour les prêtres. Si Yellowhorse dit qu'il est medecine-man, homme-dont-la-main-tremble, chef itinérant de la Native American Church ou le Pape, cela ne regarde en rien la Police Tribale Navajo. Aucun règlement ne l'interdit. Aucune loi.

— Je suis Navajo, avait répliqué Chee. Je vois quelqu'un qui utilise notre religion avec cynisme... quelqu'un qui ne croit pas à notre religion et qui l'utilise de cette manière cynique...

— Quel mal fait-il ? Si j'ai bien compris, il recommande aux gens d'aller voir un yataalii s'il leur faut un chant cérémoniel. Et il les dirige vers l'hôpital des hommes blancs s'ils ont un problème d'homme blanc. Du diabète, par exemple.

Chee n'avait pas eu de réponse à opposer à ça. Si Leaphorn n'était pas capable de voir le problème, le sacrilège que cela impliquait, alors il était aveugle. Leaphorn était aussi cynique que Yellowhorse.

— Vous-même, avait repris Leaphorn, vous avez décrété que vous étiez yataalii, à ce qu'on m'a dit. On m'a dit que vous aviez exécuté une Voie* de la Bénédiction.

Chee avait acquiescé de la tête. Il n'avait rien dit.

Leaphorn l'avait observé un moment puis avait soupiré.

— J'en parlerai à Largo, avait-il conclu.

Et cela signifiait que l'un de ces jours, Chee aurait une discussion là-dessus avec le capitaine et que si ce n'était pas son jour de chance, Largo lui intimerait l'ordre net et sans équivoque de ne plus rien dire sur Yellowhorse en tant que shaman. Quand cela se produirait, il s'en accommoderait du mieux possible. Pour l'instant, l'état de la route menant à Badwater était de mal en pis. Il se concentra sur la conduite.

C'était la politique de la Police Tribale Navajo, par question de commodité, de considérer que Badwater se trouvait dans la portion de la Grande Réserve qui était en Arizona. La sagesse locale voulait que le magasin lui-même fût en réalité situé en Utah, à une petite dizaine de mètres au nord de la ligne imaginaire qui marquait la frontière. L'une des plaisanteries de l'endroit racontait que Grand-Père Isaac Ginsberg, qui avait construit le bâtiment, avait l'habitude de déserter sa chambre qui se trouvait sur l'arrière du comptoir d'échanges et d'aller s'installer dans un hogan de pierre de l'autre côté de la route à cent mètres plus au sud parce qu'il ne pouvait pas supporter les hivers glacés de l'Utah. Personne ne semblait savoir exactement où le comptoir se trouvait, quand on se référait à la carte. Son site, dans une fente étroite encerclée par les fantastiques falaises rouges-noires-bleues-ocres de trois cents mètres de haut faisait essentiellement de sa localisation précise sur les cartes une affaire de devinette. Et personne ne s'y intéressait au point de dépasser le stade de la devinette.

Historiquement, ça avait été un endroit où les bergers trouvaient de l'eau. Dans les immenses mauvaises terres arides de Casa del Eco Mesa, c'était un endroit rare où une source sur laquelle on pouvait compter produisait des flaques d'eau buvable. L'eau consommable est partout un aimant en région désertique. Dans un paysage tel celui de Caso del Eco, où le gypse et quantité d'autres minéraux solubles teintent l'eau de pluie presque aussi vite qu'elle tombe, le liquide qui filtre sous le lit sableux des arroyos est un tel mélange chimique qu'il tue jusqu'aux herbes-qui-roulent et aux tamaris. Ainsi les sources de Badwater Wash étaient-elles un aimant pour toutes les créatures vivantes. Elles attiraient ces petits mammifères coriaces et les serpents qui survivent dans les contrées aussi hostiles. Puis elles avaient attiré les chèvres qui s'égaraient en s'écartant des troupeaux que les Navajos avaient volés aux Indiens pueblos. Ensuite étaient venus les bergers avec leurs troupeaux de chèvres. Puis ceux aux troupeaux de moutons. Enfin, les géologues avaient découvert le gisement de pétrole peu profond mais persistant d'Aneth qui avait entraîné sur le plateau une éphémère et poussiéreuse activité. L'intense activité de forage avait laissé derrière elle une petite raffinerie à Montezuma Creek, des pompes automatiques disséminées et une toile d'araignée à demi effacée laissée par les traces des camions qui les rattachaient au monde. A un moment de cette période comprise entre activité et poussière, le plateau avait attiré Isaac Ginsberg qui avait construit le comptoir d'échanges avec des plaques de grès rouge, avait gagné le nom navajo de Homme-qui-a-Peur-de-sa-Femme, et était mort. La femme à qui Ginsberg devait son titre était une Navajo du Clan de la Boue appelée Lizzie Tonale qui avait épousé Ginsberg à Flagstaff, s'était convertie au judaïsme et, à ce que l'on croyait dans les environs, l'avait persuadé de choisir pour théâtre de son commerce ce lieu incroyablement isolé parce que c'était l'endroit le plus difficile d'accès qui soit pour ceux de sa famille. Ça aurait été là un mobile rationnel. Sinon, le comptoir d'échanges aurait fait faillite en moins d'un mois car Lizzie Tonale n'aurait pu opposer de refus à aucun de ses proches qui manquaient de boîtes de conserves, d'essence, ou voulaient faire un emprunt, et, en même temps, conserver son statut de femme respectable. Quels qu'eussent été ses mobiles, la veuve Tonale-Ginsberg avait tenu le comptoir pendant vingt ans avant de mourir à son tour, fermant résolument le jour du sabbat. Elle l'avait laissé à leur fille, le seul produit de leur union. Chee n'avait rencontré celle-ci qu'à deux reprises. C'était suffisant pour comprendre comment elle avait acquis son nom local qui était Femme de Fer.

Et maintenant, tandis qu'il guidait sa voiture de police sur l'ultime pente puis sur le terrain plein d'ornières entourant le comptoir d'échanges de Badwater Wash, il vit la sihouette imposante de Femme de Fer debout sur la véranda. Il rangea le plus possible sa voiture à l'ombre maigrichonne d'un tamaris et attendit. C'était une politesse apprise dès l'enfance dans une société où l'on fait grand cas de la discrétion, où l'on attache une valeur essentielle au respect de l'intimité et où les visiteurs, même à un comptoir d'échanges, ne sont que

trop rares.
— On n'entre pas comme ça en courant dans le hogan de quelqu'un, lui avait appris sa mère. On pourrait voir quelque chose qu'on n'a pas envie de voir.
Aussi Chee resta-t-il assis, sans même y réfléchir, pour donner le temps aux habitants de Badwater Wash de se mettre en harmonie avec l'idée qu'ils avaient la visite d'un membre de la Police Tribale, de se boutonner et de ranger, ou de faire tout ce qui était exigé par le code des bonnes manières des Navajos. Tandis qu'il était assis là, à transpirer abondamment, il observa dans son rétroviseur les gens qui se trouvaient sur la véranda. Femme de Fer avait été rejointe par une autre femme, aussi maigre et voûtée qu'elle-même était corpulente et droite comme un i. Puis deux hommes jeunes apparurent à la porte d'entrée et, dans le miroir poussiéreux du rétroviseur, ils donnaient l'impression d'être habillés absolument pareil. Chacun portait un bandeau rouge autour du front, une chemise à carreaux d'un rouge passé, un jean et des bottes de cow-boy. Femme de Fer disait quelque chose à la femme voûtée qui acquiesça de la tête en paraissant trouver cela drôle. Les deux jeunes hommes, côte à côte, avaient le regard fixé sur la voiture de Chee avec une impolitesse implacable. Une vieille conduite intérieure Ford était garée au coin du bâtiment, l'essieu arrière reposant sur un bloc de ciment du côté droit. A proximité, haut perché sur sa suspension tout-terrain, il y avait un 4x4 GMC neuf. Il était noir avec des bandes jaunes. Chee s'était informé du prix d'un modèle similaire à Farmington et était bien loin de pouvoir se l'offrir. Il en profita pour l'admirer. Un véhicule comme celui-là pouvait passer partout. Mais il était plus onéreux que ce que l'on pouvait s'attendre à trouver garé à Badwater Wash.
De l'autre côté de son pare-brise, au-delà du maigre écran de feuilles d'olivier de Bohême, la masse rouge de la falaise se dressait jusqu'au ciel, réfléchissant la lumière du soleil. Une chaleur étouffante régnait à l'intérieur de la voiture. Un

sentiment de malaise se manifesta en lui. Il commençait à s'y habituer, découvrant l'aspect familier de cette angoisse, mais n'apprenant pas à l'aimer. Il descendit de voiture et marcha vers la véranda tout en gardant les yeux fixés sur les hommes qui gardaient les yeux fixés sur lui.

— *Ya-tah-hey*, dit-il en s'adressant à Femme de Fer.

— *Ya-tah*, répondit-elle. Je me souviens de vous. Vous êtes le nouveau policier de Shiprock.

Chee acquiesça de la tête.

— Vous êtes venu ici l'autre jour avec l'agent du gouvernement pour enquêter sur l'affaire Endocheeney.

— Exact, fit Chee.

— Cet homme est né au Peuple à la Parole Lente pour le Sel, dit Femme de Fer à Femme Voûtée.

Elle nomma la mère de Chee, sa tante maternelle, sa grand-mère maternelle puis énuméra les membres de sa famille du côté de son père.

Femme Voûtée semblait satisfaite. Elle se tourna vers Chee en tenant la tête en arrière et en fermant presque les yeux, le regardant sous ses paupières, une technique que la cécité croissante due au glaucome et à la cataracte enseigne à ses victimes.

— Il est mon neveu, conclut-elle. Je suis née au Peuple de l'Eau Amère pour le Clan de la Source des Cerfs. Ma mère était Femme-Grise Nez.

Chee sourit, reconnaissant leur parenté. Elle était lointaine, les Eaux Amères étant liés au Clan du Sel et, par voie de conséquence, à la famille de son père. Le système signifiait que Chee, de même que tous les autres Navajos, avait un nombre important de parents.

— Venu là pour le travail ? lui demanda Femme de Fer.

— Je regarde juste à droite et à gauche, répondit-il. Pour voir ce que je peux trouver.

Femme de Fer avait l'air sceptique.

— Vous ne venez pas souvent par ici, insista-t-elle. Personne ne vient par ici à moins d'avoir une raison pour ça.

Chee avait conscience que les deux jeunes hommes le regardaient. Pas encore vingt ans, se dit-il. Visiblement frères, mais pas jumeaux. Celui qui était le plus près de lui avait le visage plus mince et une cicatrice en forme de demi-lune à proximité de l'orbite de l'œil gauche. Selon les vieilles règles de la courtoisie navajo, ils auraient dû d'abord se présenter puisque c'était lui l'étranger venu sur leur territoire. Ils ne semblaient pas se préoccuper des vieilles règles.
— Mon clan est le Peuple à la Parole Lente, dit-il en s'adressant à eux. Né pour le Dinee du Sel.
— Peuple de la Feuille, répondit le plus mince. Né pour la Boue.
Son visage était fermé.
Le nez de Chee, qui remplissait bien son office, repéra un relent d'alcool. De la bière. L'adolescent du Clan de la Feuille lâcha Chee des yeux pour étudier la voiture de police. Il eut un geste vague en direction de son compagnon.
— Mon frère, dit-il.
— Qu'est-ce qui se passe par chez vous, là-bas ? demanda Femme de Fer. J'ai entendu à la radio qu'il y avait eu des coups de couteau à un mariage à Teec Nos Pos. Un des membres de la famille Gorman qui a été blessé. Y a du vrai là-dedans ?
Chee ne savait pas grand-chose sur cette affaire-là, si ce n'est ce qu'il en avait entendu avant le rassemblement du matin destiné à l'attribution des tâches. Normalement, il travaillait vers l'est et le sud à partir de Shiprock, pas dans cette région du nord-ouest essentiellement désertique. Il écarta la bière de son esprit (en avoir en sa possession était illégal sur la réserve), et essaya de se souvenir de ce qu'il avait entendu.
— Vraiment pas bien grave, dit-il. Un type embêtait une fille et elle avait un couteau. Elle le lui a planté dans le bras. Il me semble que c'était une fille du Rocher Debout. Pas grave du tout.
Femme de Fer parut déçue.
— Ils en ont quand même parlé à la radio, protesta-t-elle. Il y

a beaucoup de gens par ici qui sont apparentés à la famille Gorman.

Chee s'était approché de la glacière rouge fatiguée qui, à peine franchie la porte d'entrée, abritait les boissons gazeuses, y avait inséré deux pièces de vingt-cinq cents et avait essayé d'ouvrir le couvercle.

— Il en faut trois, lui dit Femme de Fer. Ça coûte trop cher de faire amener ces trucs-là jusqu'ici. Et de les rendre glacés. Maintenant tout le monde les veut glacés.

— Plus de monnaie, expliqua Chee.

Il sortit un dollar et le tendit à Femme de Fer. Il faisait sombre à l'intérieur du magasin, et beaucoup plus frais. A la caisse enregistreuse, Femme de Fer lui donna quatre pièces de vingt-cinq cents.

— La dernière fois vous étiez avec le gars du FBI à poser des questions sur celui qui s'est fait tuer, dit-elle en respectant le tabou navajo qui interdit de prononcer le nom des morts. Vous avez découvert qui l'a tué ?

Chee secoua la tête.

— Ce type qui est passé par ici en le cherchant le jour où il a été tué, reprit-elle. J'avais l'impression que c'était lui qui l'avait fait.

— C'est une histoire de fous. On a trouvé cet homme à son hogan dans les Chuskas. Un homme qui s'appelle Roosevelt Bistie. Bistie nous a dit qu'il est venu ici pour tuer cet homme qui a été tué. Et l'homme à qui Bistie en avait était sur son toit en train de réparer quelque chose, alors Bistie lui a tiré dessus et il est tombé du toit. Mais celui qui a tué cet homme l'a fait avec un couteau de boucher.

— Absolument. Y a pas à se tromper, c'était un couteau. Je me souviens que sa fille me l'a dit. (Elle secoua la tête, dévisagea à nouveau Chee). Quelle raison ce type avait de vous dire qu'il lui a tiré dessus ?

— Ça non plus, nous n'arrivons pas à le savoir. Bistie nous a dit qu'il voulait tuer son homme, mais il refuse de dire pourquoi.

Femme de Fer fronça les sourcils.
— Roosevelt Bistie, dit-elle. Jamais entendu parler de lui. Je me souviens de quand il s'est arrêté ici pour demander son chemin, jamais je ne l'avais vu. Ceux de la famille de l'homme, ils le connaissent ce Bistie ?
— Aucun de ceux à qui nous avons parlé.
Chee pensait à quel point Kennedy désapprouverait s'il pouvait l'entendre discuter comme ça de l'affaire avec le profane. Le capitaine Largo aussi, d'ailleurs, Largo étant membre de la police depuis assez longtemps pour commencer à faire des mystères. Mais Kennedy appartenait au FBI jusqu'à la moelle, et la première règle de l'Agence était : Ne dites rien à personne. Si Kennedy était là, à écouter cette discussion en navajo, il attendrait impatiemment la traduction, sachant que Chee devait être en train d'en raconter plus à cette femme qu'elle n'avait besoin d'en savoir. Néanmoins, Kennedy n'était pas là et Chee possédait sa propre théorie sur la façon de s'y prendre. Plus on en dit aux gens, plus les gens vous en disent. Personne, surtout pas un Navajo, ne veut être à la traîne quand il s'agit de raconter des choses.
Il inséra ses pièces et choisit un Nehi Orange. Froid et délicieux. Femme de Fer parlait. Chee sirotait sa boisson. Dehors, la chaleur du milieu de la journée irradiait en montant de la terre tassée de la cour, faisant trembler la lumière. Chee finit son soda. Le 4x4 s'éloigna dans un rugissement de moteur, la poussière jaillissant derrière ses roues. La bière était dans le 4x4, se dit Chee. A moins que les garçons ne l'aient achetée ici. Mais si Femme de Fer faisait du trafic d'alcool, il n'en avait pas entendu parler et il ne se souvenait pas avoir vu cet endroit sur la carte où Leaphorn indiquait les lieux où l'on pouvait s'approvisionner en alcool sur le territoire de sa sous-agence. De la bière le matin et une bagnole qui coûtait cher. Femme de Fer lui avait dit que ces deux-là faisaient partie de la famille Kayonnie élargie, laquelle élevait des chèvres le long de la San Juan vers le nord, et qu'ils travaillaient parfois sur les champs de

pétrole. Mais Femme de Fer ne tenait visiblement pas à discuter des garçons Kayonnie, ses voisins, avec quelqu'un de l'extérieur. La victime du meurtre local c'était autre chose. Elle ne comprenait pas qui avait pu vouloir faire ça. C'était un vieil homme inoffensif. Il restait chez lui. Depuis que sa femme était morte, il s'éloignait rarement, ne serait-ce que jusqu'au comptoir d'échanges. Peut-être deux ou trois fois par an, parfois à cheval, parfois avec un des membres de sa famille quand l'un d'eux venait le voir. Pas de filles Endocheeney pour ramener leur mari chez elles, si bien que le vieil homme vivait seul. La seule chose importante le concernant dont elle se souvenait, c'était qu'il s'était fait faire une Voie de la Fourmi Rouge six ou sept ans auparavant pour le guérir d'une chose ou d'une autre après la mort de sa femme. Au cours de toutes les années qu'elle avait passées à Badwater, c'est-à-dire sa vie tout entière, elle ne parvenait pas à se souvenir qu'il eût connu le moindre ennui ou qu'il se fût retrouvé mêlé à des problèmes graves.

— Comme par exemple prendre son bois à l'endroit où quelqu'un d'autre s'approvisionne, se servir de l'eau d'une autre famille, faire paître ses moutons là où ils ne devraient pas être ou ne pas aider quelqu'un qui en a besoin. Jamais rien entendu dire contre lui. Jamais eu la moindre histoire. Toujours là pour donner un coup de main au lavage des moutons, toujours prêt à s'occuper des membres de sa famille, toujours présent quand quelqu'un faisait exécuter un chant.

— Je ne sais pas si je vous ai jamais dit que j'ai moi-même travaillé pour devenir yataalii. Je fais la Voie de la Bénédiction et quelques autres.

Il prit son portefeuille, en sortit une carte qu'il tendit à Femme de Fer. L'inscription disait :

LA VOIE DE LA BENEDICTION
et autres chants cérémoniels exécutés
par un chanteur qui a étudié avec Frank Sam Nakai
Contactez Jim Chee

Les lignes suivantes donnaient son adresse et son numéro de téléphone au poste de police de Shiprock. Il en avait fait part à la standardiste, se disant qu'il arrangerait ça avec le capitaine Largo si le capitaine l'apprenait un jour. Jusque-là le risque paraissait minime. Il n'y avait eu ni appels, ni lettres.

Femme de Fer sembla partager le manque d'enthousiasme général. Elle jeta un coup d'œil à la carte et la posa sur le comptoir.

— Tout le monde l'aimait, dit-elle en revenant au sujet antérieur. Mais maintenant qu'il est mort, certains racontent que c'était un porteur-de-peau.

Son visage reflétait le dégoût.

— Les salauds, ajouta-t-elle pour exprimer clairement que son dégoût n'allait pas aux porteurs-de-peau mais aux racontars. Quand on vit seul, les gens racontent des trucs comme ça.

Ou quand on est tué d'un coup de couteau, pensa Chee. La mort violente donne l'impression d'entraîner des histoires de sorcellerie.

— Si tous les gens d'ici l'aimaient, dit Chee, celui qui l'a tué devait venir d'ailleurs. Comme Bistie. Connaissait-il quelqu'un ailleurs ?

— Je ne crois pas. Tout le temps que j'ai été là, il n'a reçu qu'une seule lettre.

Chee sentit une pointe d'excitation. Enfin quelque chose.

— Vous vous souvenez de quelque chose là-dessus ? De qui elle venait ?

Bien sûr, qu'elle devait s'en souvenir. Toute arrivée de courrier dans cet avant-poste isolé était forcément un sujet de conversation, surtout une lettre adressée à un homme qui n'en recevait jamais et qui n'aurait pu les lire s'il en avait reçu. Elle avait dû être posée dans la petite boîte à chaussures sur laquelle était écrit le mot COURRIER, sur l'étagère au-dessus de la caisse enregistreuse de Femme de Fer, un sujet de conjectures et de spéculations jusqu'à ce

qu'Endocheeney vienne, ou que passe l'un de ses proches à qui on puisse la confier pour qu'il la lui remette.
— Elle ne venait de personne, répondit Femme de Fer. Elle venait de la tribu. De Window Rock.
L'excitation s'envola.
— De l'un des bureaux de la tribu ?
— Des Services Sociaux, je crois. L'un de ceux qui sont toujours à embêter les gens.
— Et ce qu'il avait en gage ? demanda Chee. Quelque chose qui sorte de l'ordinaire là-dedans ?
Femme de Fer le précéda derrière le comptoir, sortit une clef des plis de sa volumineuse jupe traditionnelle et ouvrit le meuble de rangement au dessus en verre dans lequel elle rangeait les gages.
Les possessions d'Endocheeney, gardées comme garantes du crédit qui lui était fait, comprenaient une ceinture à l'ancienne très ternie représentant de lourdes conques grossièrement façonnées au marteau ; un petit sac qui contenait neuf pièces mexicaines de vingt pesos dont l'argent était aussi terni que la ceinture ; deux bagues moulées au sable ; et une boucle de ceinture en argent moulée au sable. La boucle était superbe ; un dessin géométrique simple que Chee appréciait particulièrement, avec une seule turquoise parfaite sertie en son centre. Il la fit tourner dans sa main en l'admirant.
— Et ça, dit Femme de Fer.
Avec un bruit sourd elle posa une petite pochette en peau de cervidé sur le comptoir, et en fit sortir un tas de fragments et de pépites de turquoises non serties.
— Il fabriquait des bijoux de temps en temps. Au moins à une époque. Je suppose qu'il est devenu trop vieux pour ça après sa mort à elle.
La turquoise n'avait rien de remarquable. Elle valait peut-être deux cents dollars. Plus deux cents autres pour la ceinture, peut-être cent pour la boucle, et probablement quinze ou vingt dollars pour chacun des vieux pesos. Autrefois ils

constituaient la matière première type pour les ceintures concha* fabriquées sur la réserve mais le Mexique avait depuis longtemps cessé de les émettre et le prix de l'argent s'était envolé. Rien de remarquable dans tout ça, à part la beauté de la boucle. Chee se demanda si Endocheeney l'avait moulée lui-même. Et il se demanda pourquoi des membres de sa famille n'avaient pas réclamé ces possessions. Par le passé, la tradition aurait exigé que des objets aussi personnels fussent enterrés avec le corps. Mais cette tradition était désormais fréquemment ignorée. Et peut-être les proches d'Endocheeney ne connaissaient-ils pas l'existence de ces gages. Ou peut-être n'avaient-ils pas l'argent nécessaire pour les dégager.

— A combien se monte la note du vieil homme ? demanda Chee.

Femme de Fer n'eut pas besoin d'aller vérifier.

— Cent dix-huit dollars. Et quelques cents.

Pas énorme, pensa Chee. Bien moins que la valeur des objets qui lui appartenaient. Quelqu'un qui n'avait pas l'argent disponible pouvait le trouver en vendant quelques chèvres.

— Et puis il y a ces machins, fit Femme de Fer en inclinant la tête vers un coin situé derrière le comptoir.

Là étaient rangés une pioche servant à creuser les trous pour les poteaux de clôtures, deux haches, une paire de béquilles, une sorbetière à main, et ce qui ressemblait à un ancien essieu de roue converti en levier.

Chee avait l'air perplexe.

— Les béquilles, fit Femme de Fer d'un ton agacé. Il voulait les mettre en gage elles aussi, mais qui en voudrait de ses foutues béquilles ? On vous les prête gratuitement, là-haut, à la clinique de Badwater, alors je ne voulais pas me retrouver avec ces trucs-là en gage. Enfin, il les a juste laissées là comme ça. Il m'a dit de lui donner la moitié si j'arrivais à les vendre.

— Il était blessé ? s'enquit Chee tout en se disant qu'il aurait pu trouver une façon plus intelligente de poser sa question.

Femme de Fer semblait penser la même chose.
— Jambe cassée. Il est tombé de quelque part et il a fallu qu'ils lui mettent un plâtre autour, à la clinique, alors il est revenu avec les béquilles.
— Et après il est remonté tout de suite sur le toit, remarqua Chee. Il ne comprenait pas vite, à ce qu'on dirait.
— Non, non. Il s'est cassé la jambe il y a bien longtemps, à l'automne dernier, en faisant autre chose. Je crois qu'il est tombé d'une barrière en fer. Sa jambe s'est coincée.
Elle cassa un bout de bois imaginaire entre ses doigts :
— Crac, ajouta-t-elle.
Chee pensait aux gens de la famille qui ne venaient pas récupérer les objets laissés en gage.
— Qui a enterré le vieil homme ? demanda-t-il.
— Ils ont un type qui travaille sur ces vieilles pompes d'extraction, par là, dit-elle en faisant un geste ample des deux mains pour englober le plateau tout entier. Un homme blanc. Il fait ça pour les gens, parfois. Les cadavres ne le gênent pas.
— Ces histoires de sorcellerie. Ça fait longtemps que vous en entendez ou c'est juste maintenant ?
Femme de Fer paraissait mal à l'aise. D'après ce que Chee avait entendu dire d'elle, elle était allée à l'école à Ganado, à l'école secondaire de Ganado, un bon établissement. Et elle était juive, plus ou moins, élevée dans cette religion-là. Mais elle était également navajo, membre du Halgai Dinee, le Peuple du Clan de la Vallée. Elle n'aimait pas parler spécifiquement des sorciers avec quelqu'un qui venait d'ailleurs.
— J'en ai entendu parler, là, maintenant. Depuis le meurtre.
— C'était les mêmes trucs que d'habitude ? Ce qu'on peut s'attendre à entendre quand quelqu'un se fait tuer ?
Femme de Fer se lécha les lèvres, prit sa lèvre inférieure entre ses dents, regarda attentivement Chee. Elle fit passer son poids d'une jambe sur l'autre et, dans le silence, le craquement des lattes du plancher sous ses chaussures devint

un fort gémissement. Mais sa voix était si basse quand elle parla enfin que, même dans le silence, il dut faire un effort pour entendre.
— Ils disent que quand ils l'ont trouvé, ils ont trouvé un os dans la blessure... à l'endroit où le couteau avait pénétré.
— Un os ? demanda Chee qui n'était pas sûr d'avoir bien entendu.
Femme de Fer leva le pouce et l'index en laissant un écart de trois millimètres entre eux :
— Un petit os de cadavre, dit-elle.
Elle n'avait pas besoin de donner davantage d'explications. Chee se souvenait de la perle en os qu'il avait trouvée dans sa petite maison mobile.

Chapitre 7

Le docteur Randall Jenks tenait une feuille de papier entre ses doigts serrés. Vraisemblablement il s'agissait du rapport du laboratoire sur la perle puisque le bureau de Jenks avait appelé Leaphorn pour lui dire que le rapport était prêt. Mais Jenks ne donnait pas l'impression d'être prêt à le lui remettre.

— Asseyez-vous, dit-il en s'asseyant lui-même à la longue table de la salle de réunion.

Il portait un bandeau en étoffe de couleur rouge dans lequel le symbole navajo de Scarabée* du Maïs avait été tissé. Ses cheveux blonds lui descendaient aux épaules et sous sa blouse bleue de laboratoire, Leaphorn pouvait voir l'uniforme : une veste en toile usée. Lui-même, qui n'aimait pas ceux qui copient les Navajos, s'efforçait de ne pas copier les autres. Mais le docteur Jenks rentrait dans la catégorie des Indian Lovers[1] telle que se la représentait le policier navajo. Ce qui voulait dire qu'il l'irritait même quand il lui rendait un service. Et Leaphorn était pressé. Mais il s'assit.

Jenks le regarda par-dessus ses lunettes.

— Cette perle est faite en os, dit-il en guettant la réaction produite.

Leaphorn n'était pas d'humeur à feindre la surprise.

— C'est bien ce que je pensais, dit-il.

— Un os de bovidé, compléta Jenks. Epoque moderne mais pas récente, si vous voyez ce que je veux dire. Mort depuis

1. Indian Lovers : appellation péjorative empreinte de paternalisme.

suffisamment longtemps pour être totalement déshydraté. Peut-être vingt ans, peut-être cent... plus ou moins.
— Merci de vous être donné tout ce mal. Je vous en remercie.
Il se leva, mit son chapeau.
— Vous vous attendiez à ce que ça vienne d'un être humain ? demanda Jenks. Un os humain ?
Leaphorn hésita. Il avait du travail à faire quand il serait de retour à Window Rock : un rodéo qui devait probablement en être maintenant au point de poser des problèmes et une réunion au Conseil Tribal qui en poserait certainement, elle. Quand autant de politiciens se trouvent rassemblés, cela entraîne toujours un problème ou un autre. Il voulait confirmer le rendez-vous d'Emma avant de quitter l'hôpital et parler d'elle avec le neurologue si c'était possible. Et puis il y avait ces trois meurtres. Trois et demi si on comptait Jim Chee. De plus, il voulait réfléchir à ce qu'il venait d'apprendre : le fait que l'os n'appartenait pas à un être humain. Et ce à quoi il s'était attendu ne regardait pas Jenks. Ce qui le regardait c'était la santé publique, plus particulièrement la santé publique des Navajos, Zunis*, Acomas*, Lagunas et Hopis* assurée par l'hôpital du Service Indien de la Santé installé à Gallup. Ce qui le regardait, plus spécifiquement, c'était la pathologie... une science que le lieutenant Leaphorn regrettait souvent de ne pas connaître davantage pour ne pas avoir à lui demander de services.
— Je pensais qu'il pouvait s'agir d'un os humain.
— Un rapport avec Irma Onesalt ?
La question prit Leaphorn de court.
— Non, dit-il. Vous la connaissiez ?
Jenks rit.
— Pas vraiment. Pas de manière suivie. Elle est venue ici une fois ou deux. Elle voulait des renseignements.
— Sur la pathologie ?
En quoi la dénommée Onesalt pouvait-elle avoir des renseignements à demander à un pathologiste ?

— Sur plusieurs personnes qui sont mortes à un moment. Elle avait une liste de noms.
— Lesquels ?
— J'ai juste jeté un coup d'œil. Ça ressemblait à des noms navajos mais je n'y ai pas vraiment regardé de près.
Leaphorn ôta son chapeau et s'assit.
— Racontez-moi ça, dit-il. L'époque où elle est venue, tout ce dont vous pouvez vous souvenir. Et dites-moi pourquoi cette histoire de perle taillée dans un os vous a fait penser à Onesalt.
Le docteur Jenks eut l'air satisfait de le lui dire.
Irma Onesalt était arrivée un matin, environ deux mois auparavant. Peut-être un petit peu plus. Si c'était important, il pourrait peut-être déterminer la date exacte. Il la connaissait un peu déjà. Elle était venue le voir bien avant ça quand l'usine de semi-conducteurs tournait toujours à Shiprock : elle voulait savoir si ce type de travail présentait un danger pour la santé. Et depuis, il avait recherché des trucs pour elle à une ou deux reprises.
Jenks se tut un instant, rassemblant ses idées.
— Quel genre de trucs ? lui demanda Leaphorn.
Le long visage pâle de Jenks parut légèrement embarrassé.
— Eh bien, une fois elle voulait des renseignements sur une ou deux maladies, comment on les soignait, si une hospitalisation était nécessaire, combien de temps ça prenait etc. Et l'autre fois elle voulait savoir si quelqu'un qui était mort à cause de l'alcool avait pu être roué de coups.
Jenks ne précisa pas roué de coups par qui. Il n'était pas nécessaire qu'il le fasse. Irma Onesalt, supposa Leaphorn, ne se serait intéressée à ça que si la police, et de préférence la Police Tribale Navajo avait été la coupable. Irma Onesalt n'aimait pas la police, particulièrement la police navajo. Elle les appelait les Cosaques. Elle les appelait les oppresseurs du Peuple*.
— Cette fois-là elle avait amené une feuille de papier : avec juste des noms tapés dessus à la machine. Elle voulait savoir

si je pouvais aller vérifier dans mes dossiers et trouver la date à laquelle chacun d'eux était mort.
— C'était possible ? s'enquit Leaphorn.
— Pour quelques-uns, peut-être. Seulement s'ils étaient morts dans cet hôpital, ou si nous avions pratiqué l'autopsie pour une raison ou pour une autre. Mais vous savez comment ça se passe. La plupart des familles navajo n'acceptent pas que l'on pratique l'autopsie et en général ils peuvent la faire interdire pour des raisons de religion. Je ne pouvais avoir un dossier que s'ils étaient morts sur place et seulement si, aussi, il y avait une bonne raison pour ça... comme des soupçons, ou si le FBI s'y intéressait, des choses comme ça.
— Elle voulait connaître la cause des décès ?
— Je ne crois pas. Tout ce qu'elle semblait vouloir c'était les dates. Je lui ai dit que le seul endroit auquel je pouvais penser où elle pourrait les obtenir c'était le bureau des statistiques démographiques dans les services de santé des Etats. A Santa Fe, à Phoenix et à Salt Lake City.
— Les dates, répéta Leaphorn. Les dates des décès.
Il fronça les sourcils. Cela paraissait bizarre.
— Elle vous a dit pourquoi ?
Jenks secoua la tête, ce qui fit bouger ses longs cheveux blonds.
— Je lui ai demandé. Elle m'a répondu que c'était juste par curiosité. (Il rit). Elle ne m'a pas dit quoi, mais cette petite perle en os que vous avez m'a fait penser à elle parce qu'elle parlait de sorcellerie. Elle m'a dit quelque chose sur les chanteurs et la santé des gens. Les gens à qui les chanteurs font peur en leur faisant croire qu'un porteur-de-peau les a ensorcelés, et qui n'ont pas le bon traitement médical ou un traitement dont ils n'ont pas besoin parce qu'ils ne sont pas vraiment malades. Alors quand j'ai vu votre petite perle, j'ai fait le rapport entre les deux.
Il étudia Leaphorn pour voir si celui-ci comprenait puis poursuivit :
— Vous savez. Les sorciers qui projettent un petit morceau

d'os à l'intérieur de quelqu'un en soufflant dans quelque chose afin de lui donner la maladie du cadavre. Mais elle n'a jamais dit que ça avait un rapport avec sa liste de noms et avec ce qui la rendait curieuse. Elle m'a répondu que c'était trop tôt. Elle ne devait pas en parler encore, pas à cette époque, c'est ça qu'elle voulait dire, et elle m'a dit que si quelque chose sortait de tout ça elle me mettrait dans la confidence.

— Mais elle n'est pas revenue ?

— Si, elle est revenue.

Jenks paraissait pensif ; il faisait glisser le bout de son pouce sous son bandeau, le réajustant.

— Ça devait être deux semaines avant qu'elle soit tuée. Cette fois elle voulait savoir le genre de traitement qui serait indiqué pour deux ou trois maladies, et combien de temps les gens devaient rester hospitalisés. Ce genre de choses.

— Quelles maladies ?

Leaphorn posa cette question quoique, au moment où il la posait, il fût incapable d'imaginer en quoi la réponse pouvait lui apprendre quelque chose.

— L'une était la tuberculose. Ça je m'en souviens. Et je crois qu'une autre avait quelque chose à voir avec la pathologie du foie. (Il haussa les épaules). Rien de très spécial. Le genre d'affection courante dont nous nous occupons ici, ça je m'en souviens.

— Et là, elle vous l'a dit ? Enfin, elle vous a dit pourquoi elle voulait les dates de décès de ces gens ?

Il pensait à Roosevelt Bistie (l'homme qui avait essayé de tuer Endocheeney), l'homme qu'ils avaient enfermé à Shiprock sans guère avoir de raison de le garder, si l'on s'en référait au rapport de Kennedy. Roosevelt Bistie avait des problèmes de foie. Mais c'était le cas de beaucoup de gens. Et qu'est-ce que ça pouvait bien signifier, de toute façon ?

— J'étais pressé, expliqua Jenks. Deux des membres de notre équipe étaient en congé, je remplaçais l'un des deux et j'essayais de rester à jour de ma propre activité pour pouvoir partir en congé moi aussi. Alors je ne lui ai pas posé de questions. Je lui ai juste dit ce qu'elle voulait savoir et je me suis débarrassé d'elle.

— Elle ne vous a jamais expliqué de quoi il s'agissait ? En aucune manière ?

— Quand je suis rentré de vacances, deux semaines plus tard, on m'a dit que quelqu'un l'avait tuée.

— Ouais, fit Leaphorn.

Tuée, et lui se retrouvait à essayer de deviner pourquoi, puisque personne d'autre ne semblait s'en préoccuper beaucoup. Et là pourrait se trouver le mobile, dans ce nouvel exemple du côté redresseur de torts d'Irma Onesalt, pour utiliser le mot *belagana* qui décrivait cette attitude. Sa mère à lui aurait dit d'elle, en navajo, qu'elle était "celle qui dit au mouton l'herbe qu'il doit brouter". Le travail de Onesalt au Bureau Navajo des Services Sociaux n'avait, visiblement, pas plus de rapport avec les statistiques sur les décès qu'avec les dangers professionnels de l'usine de semi-conducteurs ou, pour se rapprocher de ce qui avait émotionnellement marqué Leaphorn, avec les attaques dirigées contre l'attitude de la Police Tribale Navajo.

— Est-ce que vous pensez que ce qui l'intéressait avait un rapport quelconque avec la raison pour laquelle...

Jenks n'acheva pas sa phrase.

— Qui sait ? fit Leaphorn. C'est le FBI qui se charge des affaires de meurtres commis sur la réserve.

Il s'entendit prononcer ces mots d'une voix cassante et hostile et eut honte de lui-même. Pourquoi cette animosité à l'égard de Jenks ? Ce n'était pas uniquement parce qu'il trouvait son attitude paternaliste. C'était en partie du ressentiment contre l'ensemble des docteurs. Ils donnaient l'impression d'en savoir tellement, mais quand il leur confiait Emma, la seule chose qui importât vraiment, ils étaient incapables de rien savoir. C'était la cause principale de son ressentiment. Et ce n'était pas juste vis-à-vis de Jenks, ou d'aucun d'entre eux. Jenks était venu sur la Grande Réserve, de même que de nombreux docteurs du Service Indien de la Santé, parce que la bourse fédérale qui avait financé ses études l'obligeait à passer deux ans dans l'armée ou dans le Service Indien de la Santé. Mais Jenks était resté au-delà de cette obligation de deux ans, comme le faisaient d'autres docteurs du Service (remettant à plus tard la Mercedes, l'appartenance à un country-club, la semaine de travail de trois jours et les hivers aux Bahamas) pour aider les Navajos à combattre le diabète, la dysenterie, la peste bubonique et toutes ces affections qui découlent de la malnutrition, de l'absorption d'eau non potable et de l'isolement. Il ne devrait pas en vouloir à Jenks. Non seulement ce n'était pas juste, mais en ne s'en cachant pas, cela nuirait à ses chances d'apprendre tout ce que Jenks pourrait lui dire.

— Toutefois, ajouta-t-il, nous savons quelques petites choses. Et d'après ce que nous savons, le FBI n'a aucune idée du mobile.

Et moi non plus, pensa-t-il. Ni du mobile. Ni de rien d'autre. Certainement pas de la façon de relier entre eux trois meurtres et demi dont le seul lien semble être une absence irrationnelle de mobile.

— Peut-être, ajouta-t-il, cette liste qu'avait Irma nous aiderait-elle. Tous des noms navajos, m'avez-vous dit. C'est bien ça ? Vous ne pouvez pas en retrouver ?

L'expression du visage de Jenks indiquait qu'il sondait son cerveau à la recherche de noms. Toutes les victimes des homicides étaient encore en vie quand Jenks avait vu la liste, se dit Leaphorn, mais ne serait-ce pas fantastique et incroyable si...

— Il y en avait un qui était Ethelmary Largewhiskers, dit Jenks sur un ton légèrement amusé. Un autre, la Mère de Woody.

Leaphorn laissait rarement ses traits trahir son irritation, et il s'en garda bien. C'était exactement le genre de noms qu'il se serait attendu à ce que Jenks retienne : des noms qui étaient bizarres, ou amusants, et qui provoqueraient un sourire ailleurs, lors d'un cocktail, quand le docteur Jenks en aurait assez des Navajos... quand il y en aurait trop peu qui conduiraient des chariots, qui iraient chercher leur eau à soixante-cinq kilomètres de distance, qui dormiraient dans le désert avec leurs moutons, et qu'il y en aurait trop qui conduiraient des grosses voitures et qui se feraient redresser les dents chez l'orthodontiste.

— Pas d'autres ? insista Leaphorn. Il se peut que ce soit important.

Jenks prit l'expression de quelqu'un qui fait un gros effort pour se souvenir. Et qui écoute. Il secoua la tête.

— Il y en a qui vous reviendraient si vous les entendiez ?

Jenks haussa les épaules.

— Peut-être.

— Wilson Sam par exemple ?

Le front de Jenks se rida. Il secoua la tête.

— Ce n'est pas le type qui s'est fait tuer au début de l'été ?

— Si. Son nom était-il sur la liste ?

— Je ne m'en souviens pas. Mais il était encore en vie à ce moment-là. Il n'a été tué qu'après Onesalt. Si je me souviens bien, et je crois que oui parce qu'ils ont pratiqué l'autopsie à Farmington et que le pathologiste de là-bas m'a appelé.

— Vous avez raison. J'essaye de tâtonner ici et là. Et Dugai Endocheeney ?

Jenks arbora l'expression qui est synonyme de profonde réflexion.

— Non, dit-il. C'est-à-dire non, je ne me souviens pas. C'était il y a longtemps.

Il secoua la tête. Interrompit son geste. Fronça les sourcils.

— Le nom me dit quelque chose.

Il se tut un instant, réajusta son bandeau.

— Il n'a pas été victime d'un meurtre lui aussi ? L'autre qui a été tué à peu près au même moment ?

— Si, reconnut Leaphorn.

— Joe Harris a aussi pratiqué l'autopsie, à Farmington. Il m'a dit qu'il avait retiré une pièce de dix cents de l'une des blessures. C'est sans doute pour ça que je m'en suis souvenu.

— Harris a trouvé une pièce de dix cents dans la blessure ?

Harris était le coroner du Comté de San Juan qui était basé à l'hôpital de Farmington. Les pathologistes, comme les policiers, semblaient se connaître entre eux et se raconter leurs histoires.

— Il m'a dit qu'Endocheeney avait été poignardé un paquet de fois à travers la poche de sa veste. Quand on a affaire à des coups de couteaux on retrouve toujours des fils de tissu ou ce genre de choses dans la blessure. Tout ce que le couteau rencontre quand il traverse le vêtement. Des boutons. Du papier. Tout. Cette fois, il a rencontré une pièce de dix cents.

Leaphorn, dont la mémoire était excellente, se souvint avoir lu le rapport de l'autopsie dans le dossier du FBI. Aucune mention n'y était faite d'une pièce de dix cents. Mais il y était fait mention de "corps étrangers", ce qui pouvait regrouper une pièce de dix cents au même titre que des boutons, fils de tissu, petits cailloux ou morceaux de verre que l'on trouvait plus fréquemment. Est-ce qu'un couteau pouvait pousser une pièce de monnaie dans une blessure ? Assez facilement. Cela paraissait bizarre, mais pas invraisemblable.

— Mais Endocheeney n'était pas sur la liste.

— Je ne crois pas.

Leaphorn hésita.

— Et Jim Chee ? demanda-t-il.

A nouveau le docteur Jenks réfléchit fort. Mais il ne put se souvenir si oui ou non le nom de Jim Chee se trouvait sur la liste qui concernait les dates de décès.

Chapitre 8

Il faisait presque nuit lorsque Chee pénétra sur le parking de Shiprock. Il se gara à l'endroit où, le lendemain, un saule en boule abriterait sa voiture du soleil du petit matin, puis se dirigea, d'une démarche raide et lasse, vers son pick-up truck. Il l'avait laissé le matin même à l'endroit où un autre des saules du parking de la police allait l'abriter du soleil de l'après-midi. Maintenant le même arbre le dissimulait à la faible lumière rouge du crépuscule en le plongeant dans une zone d'ombre. Le malaise dont il s'était débarrassé à Badwater Wash et sur le long trajet du retour s'était soudain à nouveau emparé de lui. Il s'arrêta, les yeux fixés sur le pick-up truck. Il n'en percevait que le contour dans l'obscurité. Il fit brusquement demi-tour et se hâta de pénétrer dans le bâtiment de la police.

Nelson McDonald était de l'équipe de nuit, affalé derrière le standard, les deux boutons du haut de sa chemise d'uniforme ouverts, occupé à lire la feuille des sports du *Times* de Farmington. Il leva les yeux vers Chee, hocha la tête.

— T'es toujours en vie ? demanda-t-il sans l'ombre d'un sourire.

— Pour l'instant, répondit Chee.

Mais il ne trouvait pas cela drôle. Plus tard, peut-être. Dans dix ans. Les situations critiques révolues, dans le travail de policier, ont tendance à ne plus inciter la peur pour devenir matière à plaisanterie. Mais pour l'instant la peur était toujours là, une chose palpable qui avait une influence sur la façon dont son estomac se comportait.

— Je suppose que personne n'a vu quelqu'un qui serait venu tripatouiller mon camion ?

McDonald se redressa un peu sur son siège, remarquant le visage de Chee et regrettant d'avoir fait cette plaisanterie.

— Personne n'a signalé ça, dit-il. Et il est garé juste là, dehors, où tout le monde peut le voir. Je ne crois pas...

Il décida de ne pas achever sa phrase.

— Pas de messages ?

McDonald regarda les bouts de papier qui étaient empalés sur une tige, sur le bureau du standard.

— Juste un, dit-il avant de le tendre à Chee.

"Appelez le lieutenant Leaphorn dès votre retour", disait le message qui donnait deux numéros de téléphone.

Leaphorn répondit au second, chez lui.

— Je veux vous demander si vous avez appris quelque chose de nouveau sur Endocheeney, dit-il. Mais il y a deux ou trois autres points à vérifier. Vous ne m'avez pas dit que vous aviez justement rencontré Irma Onesalt il n'y a pas longtemps ? Est-ce que vous pouvez me dire quand exactement ?

— Je pourrais vérifier dans mes notes. Probablement en avril. Fin avril.

— Vous a-t-elle parlé d'une liste de noms qu'elle avait ? Pour essayer de trouver à quelle date les gens de cette liste étaient morts ?

— Non, lieutenant. Je suis sûr que je me souviendrais de quelque chose de ce genre.

— Vous m'avez dit que vous étiez allé à la clinique de Badwater pour y prendre un malade et l'emmener à une réunion administrative locale sur sa demande à elle, et qu'ils ne vous avaient pas donné le bon gars. Et que ça l'avait mise en colère. C'est bien ça ?

— Oui. Un vieil homme du nom de Begay. Vous savez ce qui se passe pour les Begay.

Ce qui se passait pour les Begay sur la réserve, c'était ce qui se passe pour les Smith et les Jones à Kansas City ou pour les Chavez à Santa Fe. C'était le nom le plus répandu de la réserve.

— Elle n'a pas parlé de noms ? Pas du tout d'une liste de noms ? Rien sur la manière de s'y prendre pour obtenir des dates de décès ? Rien qui pourrait aller dans ce sens-là ?

— Non, lieutenant. Elle m'a juste dit un ou deux mots quand je suis arrivé au bâtiment administratif. Elle attendait. Elle voulait savoir pourquoi j'étais en retard. Ensuite elle a emmené le vieil homme dans la salle de réunion. J'ai attendu parce que j'étais censé le reconduire quand il aurait fini de dire ce qu'il avait à dire. Un moment plus tard elle est ressortie et elle a fait un foin pas possible en s'en prenant à moi parce que je lui avais amené le mauvais Begay et après il est ressorti, il est monté et je l'ai reconduit à la clinique. Je n'ai pas vraiment eu le loisir de discuter.

— Non, reconnut Leaphorn. J'ai moi-même eu affaire avec la femme en question.

Chee entendit un petit rire étouffé. Leaphorn reprit :

— J'imagine que vous avez appris quelques gros mots nouveaux ?

— Oui, lieutenant. Absolument.

Un long silence.

— Bon, fit Leaphorn. Souvenez-vous simplement que peu de temps avant sa mort elle est venue au cabinet du pathologiste de l'hôpital de Gallup avec une liste de noms. Elle voulait savoir comment découvrir quand chacun d'eux était mort. Si vous entendez quelque chose qui contribue à expliquer ça, je veux être mis au courant tout de suite.

— D'accord.

— Bien. Qu'avez-vous appris du côté de Badwater ?

— Pas grand-chose. Il avait pour plusieurs centaines de dollars d'objets en gage au comptoir, là-bas, beaucoup plus que ce qu'il leur devait, et sa famille n'est pas venue les récupérer. Et il s'était cassé la jambe l'été dernier en tombant

d'une barrière. Ça ne fait pas grand-chose.
A nouveau le silence. Puis Leaphorn dit, d'une voix très douce :
— J'ai une manière bizarre de travailler. Au lieu de me dire, "Pas grand-chose," j'aime bien que les gens me donnent tous les détails et ensuite c'est moi qui dis, "Bon, ça ne fait pas grand-chose," ou peut-être que je dirai "Hé, l'histoire des objets mis en gage, ça explique un autre truc que j'ai entendu." Ou ce genre de chose. Ce que je vous demande là, c'est de me donner tous les détails et de me laisser faire le tri moi-même.
Et c'est ainsi que Chee, légèrement vexé, parla à Leaphorn de la femme voûtée, des frères Kayonnie à l'haleine chargée de l'odeur de bière matinale, de la lettre en provenance de Shiprock, des béquilles que Femme de Fer ne voulait pas prendre en gage et qu'elle ne pouvait pas vendre, et de tous les autres détails. Il en termina puis prêta l'oreille à un silence si long qu'il se demanda si Leaphorn avait reposé le téléphone. Il s'éclaircit la gorge.
— Cette lettre, dit Leaphorn. Elle venait de Window Rock. Mais de quel bureau ? Et quand ?
— Des Services Sociaux Navajos. C'est ce dont Femme de Fer s'est souvenue. Elle est arrivée en juin.
— C'est pour eux qu'Irma Onesalt travaillait, remarqua Leaphorn.
— Oh, fit Chee.
— Où s'est-il procuré les béquilles ?
— A la clinique de Badwater. Ils lui ont plâtré la jambe. Je suppose qu'ils prêtent leurs béquilles.
— Et qu'ils ne les récupèrent pas. Vous avez appris autre chose que vous ne me dites pas ?
— Non, lieutenant.
Leaphorn remarqua le ton de la voix.
— Vous voyez bien pourquoi il me faut les détails. Vous n'êtes pas sur l'affaire Onesalt, donc vous n'aviez aucune possibilité de savoir pour qui elle travaillait (ou de ne pas

vous en moquer totalement). Maintenant nous possédons un lien. La victime Onesalt a écrit une lettre à la victime Endocheeney. Ou c'est quelqu'un de son bureau qui l'a fait.
— Ça aide ?
— Je ne vois pas comment. Mais rien d'autre n'aide, de toute façon. Ça y est, vous avez trouvé pourquoi on vous a tiré dessus ?
— Non, lieutenant.
Une nouvelle pause.
— Une chose à laquelle je veux que vous réfléchissiez...
Silence.
— ...Je vous parie que quand nous découvrirons qui a fait ça et pourquoi, ça reposera sur quelque chose que vous savez. Et vous direz, "Merde, j'aurais dû y penser."
— Peut-être, dit Chee.
Mais il y réfléchit tout en reposant le téléphone. Et il n'en était pas sûr du tout. Leaphorn était un crack. Mais Leaphorn avait tort à ce niveau-là.
Il jeta un regard sur McDonald, à nouveau immergé dans le *Times*. Chee était rentré dans le bâtiment essentiellement pour sortir du magasin le projecteur portable dont ils diposaient et le braquer sur son pick-up truck. Mais maintenant, dans cette pièce bien éclairée avec son ami qui attendait derrière son journal, gêné et curieux, ça lui paraissait ridicule de le faire. Au lieu de cela, il s'approcha de sa machine à écrire et tapa un message pour Largo.

DESTINATAIRE : *le Chef de la Police*
EXPEDITEUR : *Chee*
SUJET : *Enquête sur vols dans véhicules sur zones de stationnement pour touristes et vol de distillat sur champ pétrolifère d'Aneth.*
Au comptoir d'échanges de Badwater Wash, suis tombé sur deux jeunes gens, famille Kayonnie, au volant d'un 4x4 GMC neuf, ayant bu dès le matin. Retournerai y regarder de plus près.

Il inscrivit ses initiales au bas du message et le tendit à McDonald.
— Je rentre chez moi, lui dit-il en sortant.
Il demeura un instant immobile dans l'obscurité après avoir franchi la porte, jusqu'à ce que ses yeux se fussent suffisamment adaptés pour que son pick-up truck devienne visible. Le temps qu'il y parvienne, la peur s'était de nouveau emparée de lui et la perspective de s'avancer vers le petit camion dans les ténèbres, puis d'arriver en le conduisant dans les ténèbres entourant sa caravane était plus qu'il n'était prêt à en affronter. Il allait marcher. En suivant la rivière, il y avait à peu près trois kilomètres entre le poste de police et l'endroit où il habitait sous les trembles. Un trajet facile, même de nuit. Ça allait éliminer la raideur accumulée au cours de la journée passée essentiellement dans sa voiture de police. Il traversa à petites foulées l'asphalte de l'US 666 et trouva le chemin qui menait à la rivière.
Il était bon marcheur et, en temps normal, le trajet lui prenait moins d'une demi-heure. Là, en avançant sans bruit, il lui fallut presque quarante minutes et il en passa dix de plus, pistolet au poing, à inspecter les endroits autour de sa maison mobile où quelqu'un pouvait l'attendre armé d'un fusil. Il ne trouva rien. Ce qui laissait la caravane elle-même.
Il fit halte derrière un genévrier et la scruta. La lumière qui provenait d'une demi-lune traçait sur ce décor l'ombre des trembles. Le seul bruit, dans l'air immobile, était celui d'un camion qui changeait de vitesse sur la route, loin derrière lui, en grimpant la côte dans un grondement de moteur pour sortir de la vallée et prendre la route du Colorado. Quant à savoir si quelqu'un l'attendait chez lui armé d'un fusil de chasse, Chee ne voyait aucun moyen sûr de pouvoir y arriver. Il avait laissé la porte fermée à clef mais la serrure serait facile à crocheter. Il sortit une nouvelle fois le pistolet de son étui, pensant que c'était une façon complètement délirante de vivre, pensant qu'il pouvait abandonner l'idée de rentrer chez lui, retourner à pied au poste de police, monter

dans sa voiture officielle et passer la nuit dans un motel, pensant qu'il pouvait aussi bien décréter qu'il en avait plus qu'assez, marcher jusqu'à la porte, pistolet armé, faire tourner sa clef dans la serrure et entrer. C'est alors qu'il se souvint de la chatte.

Elle était probablement quelque part à chasser les rongeurs nocturnes qui lui avaient permis de subsister jusqu'à ce qu'il commence à ajouter à ses menus les restes de sa table. Mais peut-être pas. Peut-être était-il encore un peu tôt pour les rongeurs et les prédateurs qui les chassent. Plus d'une fois, alors qu'il s'était levé tôt, il avait vu la chatte regagner son refuge vers le lever du jour. Donc elle dormait peut-être tôt et chassait tard. Le genévrier sous lequel Chatte avait élu domicile se trouvait sur la pente, sur la gauche de Chee. Il ramassa une poignée de terre et de cailloux et la projeta dans le fourré.

Plus tard, il se dit que l'animal avait dû être tapi là, les sens en éveil, sous son genévrier, à l'écouter rôder alentour. Il jaillit du fourré, presque trop vite pour être visible dans la pauvre lumière, détalant vers son refuge à l'intérieur de la caravane. Chee entendit le clac-clac de la chatière. Il respira. Il n'y aurait personne à l'attendre à l'intérieur.

Mais maintenant il savait qu'il ne pouvait dormir chez lui. Il sortit son sac de couchage, empaqueta sa brosse à dents et des vêtements de rechange puis reprit le chemin du poste de police. Il était fatigué maintenant et l'épisode avec la chatte avait fait tomber la tension. La peur dont son pick-up truck avait été investi avait disparu. Ce n'était plus qu'un véhicule amical et familier. Il ouvrit la portière, monta et démarra. Il traversa la San Juan puis prit la 504 vers l'ouest alors qu'au sud la silhouette sombre des Chuskas s'élançait vers le ciel au clair de lune. Juste après avoir dépassé Behclahbeto il se rangea sur le bas-côté, éteignit ses lumières et attendit.

Les feux de la voiture qu'il avait repérée derrière lui depuis des kilomètres s'avérèrent appartenir à un camion de déménagement U-Haul qui le dépassa dans un rugissement de moteur et disparut de l'autre côté de la colline. Il redémarra et bifurqua sur une route de terre qui cahotait entre les buissons de sauge couverts de poussière et plongeait dans un arroyo. Plus haut dans l'arroyo il se gara et déroula son sac de couchage. Il s'allongea sur le dos, contemplant les étoiles au-dessus de lui, pensant à la nature de la peur et à la manière dont elle s'était emparée de lui, ainsi qu'à ce que Femme de Fer lui avait dit au sujet de l'os trouvé dans le corps de Dugai Endocheeney. Ce pouvait être faux, l'une de ces rumeurs de sorcellerie qui surgissent comme les herbes-qui-roulent après la pluie quand des événements affreux se produisent. Ou ce pouvait être vrai. Peut-être quelqu'un s'imaginait-il avoir été ensorcelé par Endocheeney et l'avait-il tué en lui retournant l'os poison de cadavre afin de reporter sur lui l'effet de la sorcellerie. Ou bien il se pouvait qu'un sorcier eût tué Endocheeney et laissé l'os comme signature. Dans l'un ou l'autre cas, comment les gens de Badwater Wash avaient-ils pu l'apprendre ? Chee réfléchit à la question et trouva une réponse. L'os avait forcément été trouvé pendant l'autopsie. Le chirurgien ne l'avait considéré que comme un fragment de matière étrangère logé dans la blessure. Mais c'était étrange et il avait dû en parler. Le bruit en avait couru. C'était certainement parvenu aux oreilles d'un Navajo, une infirmière, un aide-soignant. Pour un Navajo, n'importe quel Navajo, la signification était claire. La rumeur de la présence de l'os avait dû atteindre Badwater Wash avec la vitesse de la lumière.

Alors pourquoi n'avait-il pas transmis ces bruits au lieutenant qui insistait pour être mis au courant de tous les détails ? Il se pencha sur les motifs qu'il avait. C'était trop vague pour en parler, pensa-t-il, mais la véritable raison c'était qu'il connaissait d'avance la réaction de Leaphorn à tout ce qui était associé à la sorcellerie. Ah ! après tout, peut-être le lui dirait-il la prochaine fois qu'il le verrait.

Il roula sur le côté, cherchant confort et sommeil. Demain il allait se rendre à la prison de Farmington où Roosevelt Bistie était gardé en détention en attendant que les agents fédéraux décident de ce qu'ils allaient faire de lui. Il allait essayer de l'amener à parler de sorcellerie.

Chapitre 9

— Je crois que vous vous y prenez trop tard, lui dit le policier qui lui répondit au téléphone du bureau d'accueil de la prison. Je crois que son avocate va arriver pour l'emmener.

— Son avocate ? demanda Chee. Qui c'est ?

— Quelqu'un du DNA. Une femme. Elle vient de Shiprock.

— Moi aussi, dit Chee.

Il fouillait sa mémoire à la recherche du nom associé à la voix de l'adjoint qui était au bout du fil, le trouva.

— Ecoute, Fritz, reprit-il. Si elle arrive la première, tu pourrais peut-être gagner un peu de temps. Traîner un peu pour la procédure d'élargissement.

— Peut-être bien, Jim. Des fois les gens disent que nous sommes lents. Est-ce que tu peux être ici pour neuf heures ?

Chee jeta un coup d'œil à sa montre.

— Absolument, dit-il.

Du poste de police de Shiprock à la prison de Farmington il y a à peu près cinquante kilomètres. Tout en faisant le trajet, Chee réfléchit à la manière dont il allait s'entendre avec l'avocate, ou essayer de s'entendre avec elle. Le DNA était le sigle couramment employé pour désigner le Dinebeiina Nahiilna be Agaditahe, ce qui se traduit grossièrement par "les Gens qui Parlent Vite et Aident les Gens à Sortir", et qui, dans la Nation Navajo, est ce qui correspond à un service d'assistance juridique/organisme de défense du public devant la loi. Dans les premiers temps, il avait essentiellement attiré de jeunes activistes militants dans le domaine des réformes sociales dont les relations avec la Police Tribale Navajo allaient de très froides à hostiles. Les choses s'étaient améliorées petit à petit. Maintenant, en général, la froideur était devenue fraîcheur, et l'hostilité, défiance. Chee ne pensait pas rencontrer de difficultés.

Et pourtant...

La jeune femme à la chemise de soie blanche qui était assise, appuyée contre le mur de la salle de réception du Centre D, le regardait avec quelque chose qui dépassait la défiance. Petite, maigre, c'était une Navajo aux cheveux noirs coupés court et aux grands yeux noirs pleins de colère. Son expression, si elle n'était pas hostile, témoignait d'une sérieuse répugnance.

— Vous êtes Chee, lui dit-elle. Le policier responsable de l'arrestation ?

— Jim Chee, répondit-il en retenant au milieu de son geste l'offre réflexe de sa main tendue. Pas le policier responsable de l'arrestation, techniquement parlant. L'agent fédéral...

— Je sais cela, dit Chemise de Soie en se levant avec grâce. L'agent Kennedy vous a-t-il expliqué... l'agent Kennedy a-t-il expliqué à monsieur Bistie... qu'un citoyen, même un citoyen navajo, a le droit de consulter un avocat avant d'être soumis à un interrogatoire ?

— Nous lui avons rappelé...

— Et savez-vous, reprit Chemise de Soie en prononçant chaque mot avec une précision glaciale, que vous n'avez absolument aucun droit légal de détenir monsieur Bistie ici dans cette prison alors qu'il n'y a pas la moindre charge qui pèse sur lui, sachant pertinemment qu'il n'a pas commis le crime pour lequel vous l'avez arrêté, simplement parce que vous "voulez lui parler" ?

— Il est détenu dans le cadre de l'enquête, dit Chee.

Il était conscient que son visage avait rougi, conscient que son collègue Fritz Langer des Forces de Police de Farmington se trouvait juste derrière le bureau de l'accueil et

qu'il regardait tout ce qui se passait. Chee changea de position. Du coin de l'œil il vit que Langer ne faisait pas qu'écouter, il avait un grand sourire.
— Il a reconnu avoir tiré..., essaya-t-il de dire.
— Sans avoir pris conseil de son avocat, répliqua Chemise de Soie. Et maintenant, sur votre seule demande et sans aucune justification légale, monsieur Bistie est retenu ici par la police pendant que vous prenez votre temps pour venir de Shiprock, tout ça pour que vous puissiez parler avec lui. Une petite faveur entre copains.
Le sourire s'effaça du visage de Langer :
— C'est à cause des papiers. Ça prend du temps quand les fédéraux sont dans le coup.
— A cause des papiers, mes fesses, rétorqua Chemise de Soie. C'est le réseau des petits copains à l'œuvre.
Elle braqua le pouce dans la direction de Chee, un geste qu'un Navajo poli ne faisait pas à un autre :
— Votre petit copain, là, il vous appelle et vous dit garde-le derrière les barreaux jusqu'à ce que j'aie l'occasion de lui parler. Au besoin, fais traîner ça toute la journée.
— Nan, protesta Langer. Rien de semblable. Vous savez comment ils sont, au FBI, à vouloir toutes les barres sur les t et tous les points sur les i.
— Eh bien, monsieur Chee est ici maintenant. Pouvez-vous mettre les points sur les i et relâcher monsieur Bistie ?
Langer adressa un regard résigné à Chee, s'empara du téléphone et parla à quelqu'un.
— Il sera libre dans une minute, dit-il.
Il plongea la main sous le comptoir, en sortit un sac d'épicerie en papier marron et le posa sur le dessus du comptoir. Il portait la légende R.BISTIE, AILE OUEST inscrite au marker rouge. Chee ressentit le désir ardent d'explorer le contenu du sac. Il aurait dû y penser avant. Bien avant. Avant que Chemise de Soie n'arrive. Il lui sourit :
— Tout ce qu'il me faut c'est quelques minutes. Juste quelques renseignements.

— Sur quoi ?
— Eh bien, si nous savions pourquoi Bistie voulait tuer Endocheeney, et (ajouta-t-il hâtivement) il dit qu'il voulait le tuer, nous en saurions peut-être plus sur la raison pour laquelle quelqu'un d'autre l'a tué, lui. Poignardé. Après.
— Prenez rendez-vous avec lui, fit Chemise de Soie. Peut-être sera-t-il disposé à vous parler.
Elle se tut un instant, regarda Chee et ajouta :
— Mais ce n'est pas sûr.
— Je suppose que nous pourrions l'arrêter à nouveau. En tant que témoin direct. Un machin dans ce genre.
— Je suppose que oui. Mais vous avez intérêt à ce que ça soit légal ce coup-là. Maintenant il sera représenté par quelqu'un qui sait que même un Navajo a des droits constitutionnels.
Roosevelt Bistie entra dans la pièce, suivi d'un gardien âgé qui lui tapa sur l'épaule.
— Faudra revenir nous voir, dit-il avant de franchir le seuil en sens inverse et de disparaître.
— Monsieur Bistie, dit Chemise de Soie, je m'appelle Janet Pete. On nous a dit que vous aviez besoin d'assistance juridique et le DNA m'a envoyée pour vous représenter. Pour être votre avocate.
Bistie lui adressa un signe de tête.
— *Ya-tah-hey*, dit-il.
Il regarda Chee. Lui adressa un signe de tête. Sourit.
— Je n'ai pas besoin d'avocat, dit-il. Ils m'ont dit que quelqu'un d'autre avait eu ce salopard-là. Je l'ai raté.
Bistie gloussa en prononçant ces mots, mais il paraissait encore mal en point aux yeux de Chee.
— Vous avez besoin d'un avocat pour vous mettre en garde contre ce que vous ne devez pas dire, lui dit Janet Pete en jetant un regard à Chee.
Puis elle s'adressa à Langer :
— Et il nous faut un endroit où mon client et moi nous puissions nous entretenir. En privé.

— Certainement, fit Langer.
Il remit son sac à Bistie et tendit le bras en disant :
— Vous suivez le couloir. Première porte sur votre gauche.
— Mademoiselle Pete, dit Chee. Quand vous parlerez avec votre client, voudriez-vous lui demander si je peux lui parler une ou deux minutes ? Sinon...
— Sinon quoi ?
— Sinon il faudra que je fasse toute la route à travers les Lukachukais pour me rendre chez lui et lui parler là-bas, répondit-il humblement. Et cela juste pour lui poser deux ou trois questions que j'ai oublié de lui poser la dernière fois.
— Je vais voir, dit-elle.
Et elle disparut dans le couloir à la suite de Bistie.
Chee regarda par la fenêtre. La pelouse avait besoin d'eau. Qu'y avait-il donc chez les hommes blancs qui les poussait à planter de l'herbe dans des endroits où elle ne pouvait pousser en aucune façon sans qu'ils soient tout le temps là à s'en occuper ? Il y avait beaucoup réfléchi, et il en avait parlé à Mary Landon. Il lui avait dit qu'il pensait que cela représentait un besoin inconscient qu'ils avaient de se rappeler à eux-mêmes qu'ils étaient capables de défier la nature. Elle lui avait répondu que non, que ce n'était pas le besoin d'une beauté inscrite dans la mémoire. Chee contemplait la pelouse, et l'étendue de désert que l'on voyait au-delà, derrière la San Juan. Il préférait le désert. Aujourd'hui, même la bordure d'herbes-qui-roulent, le long du trottoir, paraissait desséchée. Partout la chaleur aride et le ciel presque sans nuages.
— Je ne lui ai pas dit que tu m'avais demandé de gagner du temps, lui assura Langer d'un ton d'excuse. Elle a trouvé ça toute seule.
— Oh, tu sais, dit Chee. Je ne pense pas qu'elle aime les policiers, de toute façon.
Une idée prit forme tout à coup :
— Tu te souviens de ce qu'il y avait dans le sac de Bistie ?
Langer parut surpris de la question. Il haussa les épaules.

— Comme d'habitude. Portefeuille. Les clefs de son camion. Couteau de poche. Un de ces petits sacs en peau de cervidé que vous autres vous gardez avec vous. Mouchoir. Rien de particulier.
— Tu as regardé dans le portefeuille ?
— Nous sommes tenus d'inventorier l'argent, dit Langer.
Il regarda dans des papiers fixés sur un écritoire muni d'une pince et dit :
— Il avait un billet de dix, trois de un et soixante-treize cents en petite monnaie. Permis de conduire. Etc.
— Rien d'autre dont tu te souviennes ?
— Ce n'est pas moi qui ai fait les formalités à son arrivée. C'est Al. Equipe de nuit. Là, y a écrit : "Rien d'autre de valeur."
Chee acquiesça de la tête.
— Qu'est-ce que tu cherches ?
— Je pêche par-ci, par-là, au hasard.
— A propos de pêche, est-ce que tu peux avoir un permis pour aller pêcher là-bas, à Wheatfields Lake ? Gratuitement, s'entend.
— Ben, fit Chee. Je suppose que tu sais...
Janet Pete apparut à la porte du couloir.
— Il dit qu'il va parler avec vous.
— Je vous remercie, dit Chee.
La pièce contenait une table de bois nue et deux chaises. Roosevelt Bistie était assis sur l'une d'elles, yeux à demi clos, traits affaissés. Mais il rendit son salut à Chee. Celui-ci posa la main sur le dossier de la seconde chaise, regarda en direction de Janet Pete. Elle était appuyée contre le mur derrière Bistie, et elle observait Chee. Le sac en papier était sous la chaise de Bistie.
— Est-ce que nous pourrions parler en privé ? demanda Chee à la jeune femme.
— Je suis l'avocate de monsieur Bistie. Je reste.
Chee s'assit en proie à un sentiment de défaite. Il n'y avait jamais eu beaucoup de chances que Bistie parle. Après tout,

jusqu'à maintenant, il ne l'avait pas fait. Il y avait encore moins de chances qu'il parle du sujet que Chee avait l'intention de soulever, c'est-à-dire de sorcellerie. Il y avait à cela une raison fort simple. Les sorciers détestaient que l'on parle d'eux, et même que l'on commente leurs actes malfaisants. Par conséquent, le Navajo prudent ne parlait de sorcellerie, s'il en parlait jamais, qu'avec ceux qu'il connaissait et en qui il avait confiance. Pas avec un inconnu. Certainement pas avec deux. Néanmoins, ça ne pouvait pas faire de mal d'essayer.

— J'ai entendu dire quelque chose et je pense que ça vous intéresserait de le savoir. Je vais vous dire ce que j'ai entendu dire. Et ensuite je vais vous poser une question. J'espère que vous me donnerez une réponse. Mais si vous ne voulez pas, vous ne voulez pas.

Bistie paraissait intrigué. Janet Pete aussi.

— D'abord, commença Chee en parlant lentement et en étudiant attentivement les traits de Bistie, je vais vous dire ce que les gens qui habitent au comptoir d'échanges de Badwater Wash ont entendu dire. Ils ont entendu dire qu'un petit fragment d'os a été trouvé dans le corps de cet homme que vous avez pris pour cible.

La réponse se fit attendre une seconde ou deux. Puis Bistie eut un très léger sourire. Il acquiesça de la tête à l'adresse de Chee.

Chee regarda Janet Pete. Elle paraissait ne pas comprendre.

— Vous comprenez bien que je ne sais pas si c'est vrai ou pas, reprit Chee. Je vais aller à l'hôpital où le corps de cet homme a été emmené et je vais essayer de découvrir si c'est vrai. Voudriez-vous que je vous fasse part de ce que je trouverai ?

Plus de sourire maintenant. Bistie scrutait le visage de Chee. Mais il acquiesça de la tête.

— Maintenant j'ai une question à vous poser. Avez-vous un petit morceau d'os en votre possession ?

Bistie dévisageait Chee, le visage sans expression.

— Ne répondez pas à ça, l'avertit Janet Pete. Pas avant que j'aie trouvé ce qui se passe ici. (Elle se tourna vers Chee, sourcils froncés). Qu'est-ce que ça signifie, tout ça ? On dirait une tentative pour amener monsieur Bistie à s'incriminer lui-même. Où voulez-vous en venir ?

— Nous savons que monsieur Bistie n'a pas tué Endocheeney. C'est quelqu'un d'autre qui l'a tué. Nous ignorons qui. Nous n'avons guère de chances de trouver qui c'est avant d'avoir trouvé pourquoi. Monsieur Bistie, que voici, semble avoir eu une bonne raison de tuer Endocheeney parce qu'il a essayé de le faire. Peut-être s'agissait-il de la même raison. Peut-être était-ce parce qu'Endocheeney était un porteur-de-peau. Peut-être a-t-il ensorcelé monsieur Bistie. Mis l'os de sorcier dans son corps. Peut-être Endocheeney a-t-il ensorcelé quelqu'un d'autre. Si ce que j'ai entendu dire à Badwater Wash n'est pas que racontars, peut-être monsieur Endocheeney a-t-il eu un os d'enfoncé dans le corps parce que cette autre personne, celle qui a poignardé Endocheeney, le lui a plongé dans le corps quand il l'a poignardé afin de retourner l'effet de la sorcellerie.

Chee s'adressait directement à Janet Pete, mais du coin de l'œil il observait Bistie. Si le visage de Bistie trahissait une émotion, c'était bien de la satisfaction.

— Ça me paraît être du délire complet, dit Janet Pete.

— Conseilleriez-vous dans ce cas à votre client de répondre à ma question ? Est-ce qu'il croyait que monsieur Endocheeney était un sorcier ?

— Je vais m'en entretenir avec lui, dit-elle. Il n'y a pas d'accusations retenues contre lui. Aucune. Il n'est accusé de rien. Vous le retenez uniquement dans le but de satisfaire votre curiosité.

— Au sujet d'un meurtre, dit Chee. Et il se peut qu'un chef d'accusation ait été retenu maintenant. Tentative de meurtre.

— Basé sur quoi ? Sur ce qu'il vous a dit, à vous et à Kennedy, avant de consulter son avocat ? C'est absolument tout ce que vous avez.

— Ça, et d'autres trucs, dit Chee. Des témoins qui le signalent là où ça s'est passé. Son numéro de permis. La douille éjectée de son fusil.
Laquelle, pour autant que Chee le savait, n'avait pas été retrouvée et ne faisait pas l'objet de recherches. Pourquoi chercher une douille provenant d'un coup de feu qui avait manqué sa cible alors qu'ils disposaient d'un couteau de boucher qui lui, ne l'avait pas manquée ? Mais Janet Pete ignorait qu'ils ne l'avaient pas trouvée.
— Je ne crois pas qu'il y ait de quoi étayer une accusation, déclara-t-elle.
Chee haussa les épaules.
— Cela ne dépend pas de moi. Je pense que Kennedy...
— Et moi je pense que je vais l'appeler, Kennedy, dit-elle. Parce que je ne vous crois pas.
Elle marcha jusqu'à la porte, s'arrêta la main sur la poignée, lui adressa un sourire :
— Vous m'accompagnez ?
— Je vais attendre ici.
— Dans ce cas mon client m'accompagne.
Elle adressa un signe à Bistie. Il se leva, assura son équilibre en posant la main sur le plateau de la table.
— Cet entretien est terminé, déclara Janet Pete en refermant la porte derrière eux.
Chee attendit. Puis il alla à la porte et regarda dans le couloir. Janet Pete utilisait le téléphone de la cabine publique. Il referma la porte, ramassa le sac de Bistie, fouilla rapidement à l'intérieur. Rien d'intéressant. Il en sortit le portefeuille. Dedans, dans le coin du compartiment réservé aux pièces de monnaie qui contenait un billet de dix dollars et trois de un, Chee trouva une perle. Il la retourna entre son pouce et son index pour l'examiner en détail. Puis il la remit où il l'avait trouvée, remit le portefeuille dans le sac et le sac par terre sous la chaise de Bistie. La perle semblait taillée dans un os. En fait, elle était exactement comme celle qu'il avait trouvée sur le sol de sa petite maison mobile.

Chapitre 10

La turbulence due au front orageux balayait le fond de la vallée en venant vers eux. Elle soulevait un mur de poussière opaque d'un blanc-gris qui obscurcissait la silhouette lointaine de Black Mesa et engendrait des tourbillons de poussière sur les plaines de caliche vers le sud. Tous deux, Joe Leaphorn et le simple policier Al Gorman, se tenaient à côté de la voiture de police de ce dernier sur la piste qui menait vers Chilchinbito Canyon en traversant les étendues plates couvertes de buissons de sauge en-dessous de Sege Butte.

— Exactement là, disait Gorman. C'est là qu'il a garé sa voiture, son pick-up truck ou ce qu'il conduisait.

Leaphorn hocha la tête. Gorman transpirait. Un filet de sueur coulait le long de son cou et jusque sous son col de chemise. C'était en partie à cause de la chaleur, en partie parce que Gorman avait quelques kilos à perdre, et en partie, Leaphorn le savait bien, parce qu'il rendait Gorman nerveux.

— Les traces reviennent exactement ici, dit Gorman en montrant l'endroit. Elles partent de là-bas, près du bord de Chilchinbito Canyon où il a tué Sam, puis suivent la pente, là où il y a des affleurements de schiste, et ensuite traversent les buissons de sauge jusqu'ici.

Leaphorn émit un grognement. Il regardait la tempête de poussière qui progressait dans la vallée avec son escorte de tourbillons. L'un d'eux avait franchi un dépôt de gypse et ses courants ascendants avaient aspiré ce matériau plus lourd. Le cône passa du gris-jaune de la terre poussiéreuse au blanc presque pur. C'était le genre de chose qu'Emma aurait remarqué, dans lequel elle aurait trouvé de la beauté, et qu'elle aurait rattaché d'une façon ou d'une autre à la mythologie du Peuple. Emma aurait dit quelque chose sur les Garçons Silex Bleu qui se livraient à leurs jeux. C'étaient les personnalités yei* auxquelles était attribuée la naissance des tourbillons. Il le lui décrirait ce soir. Il le ferait si elle était réveillée et éveillée, et non dans ce monde vague dans lequel elle se retirait si souvent maintenant.

A côté de lui, Gorman décrivait les traces qu'il avait suivies depuis le lieu du meurtre jusqu'à la voiture, puis les traces laissées par celle-ci, et la conclusion qu'il en tirait selon laquelle l'assassin avait filé au plus vite.

— Il a fait patiner ses roues dans l'herbe, expliquait-il. Il l'a arrachée. A projeté de la terre. Et puis, exactement là, en bas, il a fait demi-tour et il est retourné sur la route.

— Où a eu lieu le meurtre ?

— Vous voyez cette petite touffe de genévriers ? Regardez de l'autre côté de la pente de schiste, puis sur la droite. Cet homme...

Gorman s'arrêta, jeta un regard à Leaphorn pour lire sur son visage si le lieutenant lui permettrait d'éviter d' "user le nom" d'un mort. Il prit sa décision et énonça sa phrase autrement.

— C'est là que se tenait Wilson Sam, près du genévrier. Ça a l'air d'être un endroit où il avait l'habitude de faire halte quand il était avec ses moutons. Et l'assassin l'a eu à environ vingt-cinq, trente mètres sur la droite de ces genévriers.

— Alors on dirait qu'il a fait comme un détour pour revenir ici, intervint Leaphorn. S'il a fait tout ce tour pour descendre par le schiste.

— C'est l'impression que ça donne. Mais en fait, non. C'est trompeur. On ne le voit pas d'ici à cause des plis du terrain, mais si vous essayez d'y aller tout droit, après la crête qui est là, celle où il y a le schiste, après il y a un arroyo. Creusé

profondément. Pour le traverser il faut le remonter longtemps, ou le descendre, jusqu'à l'endroit où passent les moutons. Donc le chemin le plus court...
Leaphorn l'interrompit.
— Etait-il parti par le même chemin qu'il a pris pour revenir ?
Gorman eut l'air perplexe.
Leaphorn reformula sa question, en partie pour clarifier ses propres pensées.
— Quand il est arrivé avec sa voiture, disons qu'il cherchait Sam. Il le traquait. Il le voit, ou peut-être seulement le troupeau de moutons que Sam gardait, là-bas, de l'autre côté de cette étendue plane, à côté des genévriers. Il ne peut pas s'approcher davantage avec un véhicule. Donc il se gare ici. Il sort. Se dirige vers Sam. Vous dites que la façon la plus rapide d'y aller c'est de prendre en diagonale sur la droite puis de remonter la pente de schiste qui est là, de franchir la crête, après de traverser un arroyo à l'endroit où passent les moutons et ensuite de bifurquer à nouveau à gauche. Un long détour mais le chemin le plus rapide. Et c'est par là qu'il est revenu. Mais est-ce que c'est par là qu'il était parti ?
— Bien sûr, dit Gorman. Enfin je suppose. Je n'ai pas remarqué. Ce n'était pas ce que je cherchais. Je suivais juste ses traces pour voir où il était parti.
— Voyons si on peut s'en assurer, dit Leaphorn.
Ça n'allait pas être facile mais, pour la première fois depuis qu'il s'était réveillé ce matin-là, avec les meurtres aussitôt présents à son esprit, il ressentait un début d'espoir. Ça pouvait être un moyen d'apprendre si oui ou non la personne qui avait tué Wilson Sam était étrangère au territoire de Sam. Aussi minime que cela paraisse, ça lui fournirait son quota pour cette journée peu prometteuse.
Il s'était fixé lui-même ce quota tout en avalant son petit déjeuner : avant que le jour n'atteigne son terme, il aurait ajouté un unique fait tangible à ce qu'il savait de ces meurtres non résolus. Il avait mangé un bol de bouillie de

maïs, un morceau du pain frit d'Emma et du salami qui sortait du réfrigérateur. Emma qui, pendant la totalité de leurs presque trente années de mariage s'était levée avec l'aube, dormait encore. Il s'était habillé silencieusement, faisant attention à ne pas la déranger.

Elle avait perdu du poids, avait-il pensé. Le fait de ne pas manger. Avant qu'Agnes n'arrive pour les aider, elle oubliait tout simplement de manger quand il n'était pas à la maison. Il lui préparait un repas avant de partir au bureau et il le retrouvait tel quel quand il rentrait à la fin de la journée. Maintenant, parfois, elle oubliait de manger même quand la nourriture était devant elle sur son assiette.

— Emma, lui disait-il. Mange.

Elle le regardait avec son sourire embarrassé, égaré, désorienté, et répondait :

— C'est bon, mais j'oublie.

Il avait baissé le regard pour la contempler tandis qu'il boutonnait sa chemise, apercevant un creux inaccoutumé en-dessous des pommettes, sous les yeux. Quand il se tenait loin d'elle, elle avait toujours ce même ovale doux du visage qu'il avait remarqué le premier jour où il l'avait vue... alors qu'elle marchait sur le campus de l'Université de l'Etat d'Arizona en compagnie de deux autres filles navajo.

L'Université de l'Etat d'Arizona. Sa mère avait enterré son cordon ombilical dans les racines d'un pin pignon à côté de leur hogan : le rite traditionnel navajo pour attacher un enfant à sa famille et à son peuple. Mais pour Leaphorn, le lien c'était Emma. Une simple loi physique. Emma ne pouvait être heureuse loin des Montagnes Sacrées. Lui ne pouvait être heureux loin d'elle. Il l'avait observée, sourcils froncés, la scrutant, remarquant ses joues plates, les rides sous ses yeux et aux coins de sa bouche. ("Je me sens bien," disait-elle. "Je ne me suis jamais sentie aussi bien. Tu ne dois rien avoir à faire comme travail à la police pour être tout le temps à t'inquiéter de moi.") Mais maintenant elle reconnaissait les migraines. Et il lui était impossible de dissimuler ses oublis, ni ces étranges moments d'absence où elle semblait, égarée, s'éveiller d'un mauvais rêve. Après-demain, le rendez-vous. A quatorze heures. Ils partiraient tôt, se rendraient à Gallup et il la ferait admettre à l'hôpital du Service Indien de la Santé. Et après ils sauraient. Pour l'instant il n'y avait aucune raison d'y penser, de penser à ce que ça pouvait être. Aucune raison de laisser son cerveau analyser encore et encore tout ce qu'il avait entendu et lu sur les horreurs de la maladie d'Alzheimer. Peut-être que ce n'était pas ça. Mais il savait bien que si. Il avait utilisé le numéro gratuit pour appeler l'Association de la Maladie d'Alzheimer et Troubles Apparentés et ils lui avaient envoyé tout un lot d'informations.

...initialement un patient qui souffre de la maladie d'Alzheimer présente les symptômes suivants :
1. Oublis.
2. Diminution des capacités de jugement.
3. Incapacité à mener à bien des tâches ménagères ordinaires.
4. Absence de spontanéité.
5. Perte d'initiative.
6. Perte de repères dans le temps et l'espace.
7. Dépression et terreur.
8. Troubles du langage.
9. Accès épisodiques de confusion mentale.

Il les avait lues dans son bureau, les cochant au fur et à mesure. Les phrases hésitantes qui restaient toujours en suspens, le fait de toujours croire que c'était son jour de congé, la léthargie, la difficulté rencontrée pour insérer le sac poubelle dans la poubelle du garage, les préparations pour l'arrivée d'Agnes deux jours après qu'Agnes fut arrivée. Pire que tout, les fois où il était réveillé au milieu de la nuit pour trouver Emma qui s'agrippait à lui, en proie à la panique d'un cauchemar. Il avait, comme à son habitude, mis des notes dans la marge. Emma avait fait neuf sur neuf.

Il avait toutes les raisons de penser à autre chose.

Et par conséquent, ce matin-là, il avait d'abord pensé à la liste de décès d'Irma Onesalt et à la raison pour laquelle les dates de ces décès pouvaient être importantes à ses yeux. En laissant Emma encore endormie, il avait entendu Agnes qui bougeait dans sa chambre. Il avait pris sa voiture pour se rendre au bureau dans la claire lumière de l'aube qui annonçait une nouvelle journée de chaleur et de sécheresse. La poussière montait déjà des pistes de rodéo au carrefour de la grande route : la poussière soulevée par le bétail en se nourrissant. A un moment de la journée ou à un autre il allait réfléchir au rodéo et à la myriade de problèmes qu'il causait toujours. Pour l'instant, il voulait réfléchir à ses meurtres.

Une fois au bureau, il avait rédigé une lettre destinée aux différents services de santé des comtés d'Arizona, du Nouveau-Mexique et de l'Utah qui avaient pu être contactés par Onesalt si elle avait suivi le conseil du docteur Randall Jenks. C'était trop complexe et trop particulier pour être réglé en passant la demi-douzaine d'appels téléphoniques que cela exigerait. Et il n'y avait pas d'urgence véritable. Il avait donc rédigé le contenu de sa lettre... très soigneusement. Il avait expliqué qui il était, expliqué que cela concernait l'enquête sur le meurtre d'Irma Onesalt, fait du mieux qu'il pouvait pour donner tous les renseignements sur la liste, essayant de retrouver pour eux la question qu'elle avait pu poser. Finalement, ces préliminaires indispensables une fois réglés, il avait demandé si quiconque, dans ces services, avait reçu une lettre ou un coup de téléphone de mademoiselle ou madame Onesalt concernant ces noms et s'enquérant des dates de décès. Si oui, pouvait-il avoir une copie de la lettre, ou le nom de la personne qui avait répondu au coup de téléphone de façon à pouvoir poser des questions plus précises à ladite personne.

Il avait recopié au propre le texte du jet définitif et mis une note sur le dessus à l'intention du responsable de l'expédition du courrier, indiquant à qui des copies devaient être envoyées. Cela fait, il avait réfléchi à ce que Jenks lui avait dit sur la perle en os de Chee. Elle avait été faite dans un os de vache. Un sorcier, si l'on croyait que les sorciers authentiques existaient, aurait utilisé un os d'être humain, à condition que le sorcier authentique croie au pied de la lettre à la mythologie de la sorcellerie navajo. Donc, si un véritable sorcier jouait un rôle là-dedans, à condition qu'il en existât, ledit sorcier avait été truandé par son fournisseur en ossements. En revanche, si quelqu'un faisait simplement semblant d'être un sorcier, ce genre de chose n'avait pas d'importance. Ceux qui croyaient que les sorciers projetaient d'un souffle magique des particules d'os dans le corps de leurs victimes ne risquaient pas vraiment de soumettre ledit os au microscope. Et, bien sûr, des perles en os de vache seraient faciles à se procurer. Si facile que ça ? Ça paraissait logique. Tous les abattoirs produisaient des montagnes d'os de bovins. La matière première pour la production massive de perles alimentant le marché des parures pour vêtements de fête. Leaphorn s'était retrouvé amené, par le développement de sa réflexion, à s'interroger sur l'économie de la production des perles en os par opposition aux perles en plastique coulé dans le moule. Les perles d'os de Chee étaient certainement anciennes, provenant d'un bijou* ancien, ou peut-être d'un vêtement. Jenks avait dit que la perle était assez ancienne. Peut-être le FBI, avec ses ressources infinies, pourrait-il en retrouver la source. Mais il ne voyait pas comment. Il avait essayé de se représenter Delbert Streib en train de rédiger sa note de service sur le poison du cadavre et les sorciers dans le but de provoquer semblable recherche. Streib se contenterait de rire en entendant énoncer cette idée.

Leaphorn avait écrit une autre note de service donnant pour instruction à Jimmy Tso, le policier chargé des relations avec les forces de police de Gallup, d'enquêter auprès des fournisseurs des fabriquants de bijoux, auprès des prêteurs sur gages et partout où il en aurait l'idée, afin d'apprendre comment un orfèvre Navajo/Zuni/Hopi pouvait se procurer des perles, et en particulier des perles en os. Il avait placé le message sur le brouillon de sa lettre dans la corbeille réservée au courrier en partance. Puis il avait extirpé les classeurs "Homicides" de son armoire.

Il avait mis de côté le dossier Onesalt. Elle avait été la première à mourir. Quelque chose d'instinctif lui disait qu'elle était la clef de tout le reste, et il connaissait son dossier par cœur. Il le déroutait totalement. Le meurtre semblait aussi dépourvu d'objet que l'est un décès dû à la foudre : aussi fortuit et cruel que les méfaits malveillants du Peuple Sacré. Il s'était saisi du dossier intitulé Wilson Sam, l'avait ouvert, puis lu. Il n'avait rien vu qu'il eût oublié. Mais quand il l'avait lu la première fois, il n'avait pas remarqué que le policier navajo qui avait travaillé sur cette enquête avec Kennedy était Al Gorman. Ce nom, alors, ne lui avait rien dit. Il avait simplement permis de donner une identité à un nouveau, et probablement jeune, policier qu'il ne connaissait pas. A ce nom, maintenant, était associée une représentation visuelle.

Il avait posé le dossier sur son bureau et regardé par la fenêtre le soleil du petit matin sur les toits éparpillés du village de Window Rock. Gorman. Le policier bien en chair qui avait traversé le parking de Shiprock en compagnie de Chee et de Benaly. Chee instantanément conscient de la présence de la voiture garée là, de ce qu'elle représentait, de qui l'occupait, tout cela en un regard à peine. Mais sa marche s'était faite un peu plus raide, ses épaules plus droites de savoir qu'il était observé. Benaly qui s'était aperçu de la réaction de Chee, qui avait remarqué la voiture, qui n'y avait pas prêté attention. Et Gorman qui parlait, qui n'avait rien remarqué. Ailleurs. Aveugle à tout sauf à la pensée unique qui l'habitait. Le policier Gorman n'avait jamais remarqué Leaphorn assis dans l'ombre de sa voiture. Si cela lui avait échappé, qu'est-ce qui avait bien pu lui échapper sur les lieux du décès de Wilson Sam ? Peut-être rien, mais cela valait le coup de vérifier. Pour être honnête, Leaphorn aurait peut-être pu reconnaître que ça lui fournissait une excuse.

Dans neuf minutes il allait être huit heures. Dans neuf minutes son téléphone allait commencer à sonner. Le monde du rodéo générateur de problèmes, la réunion du Conseil Tribal, les directeurs d'école outrés, les bootleggers, trop peu d'hommes et trop de tâches à remplir, tout cela allait s'emparer de lui pendant toute une nouvelle journée. Il avait regardé au-delà de la pendule le monde de l'autre côté de sa fenêtre, la route qui franchissait la crête à destination de tout sauf de Window Rock, le monde à l'intérieur duquel son travail lui avait autrefois permis de satisfaire sa propre curiosité, et au diable les paperasses. Il s'était emparé du téléphone et avait appelé le poste de police de Shiprock. Il avait demandé à parler à Gorman.

C'était maintenant le milieu de l'après-midi. Gorman l'avait retrouvé, comme il le lui avait demandé, au comptoir d'échanges de Mexican Water. Ils avaient parcouru ce trajet à ébranler tous les os du corps pour retourner dans la région de Chilchinbito Canyon. Assez rapidement, Gorman s'était avéré être le genre d'homme qui (comme aurait dit la grand-mère de Leaphorn), comptait les herbes mais ne voyait pas celles qui étaient comestibles.

Il était assis dans la voiture de Leaphorn, à attendre (avec une certaine inquiétude, espérait celui-ci), que le lieutenant en eût terminé avec ce qu'il pouvait bien fabriquer. Ce que Leaphorn fabriquait consistait à aller plus loin que l'herbe pour regarder ce qui était comestible. Grâce à deux heures de travail dans la poussière ils avaient établi que le chemin que l'assassin avait pris pour atteindre le groupe de genévriers où Wilson Sam attendait était très différent de celui par lequel il était revenu. Brindilles brisées ici, pierres délogées là, une empreinte de pas suffisamment préservée par deux mois de journées sans pluie, tout cela leur avait montré qu'il s'était approché des genévriers suivant une ligne droite presque parfaite à travers les buissons de sauge. Il avait franchi la crête, gardant la même direction sauf quand les épais buissons le forçaient à opérer un détour, jusqu'à ce qu'il eût atteint l'arroyo. Il en avait suivi la rive pendant peut-être cent mètres, vraisemblablement à la recherche d'un endroit où traverser. Puis il avait pris la direction opposée pendant peut-être quatre cents mètres pour traverser à l'endroit d'une piste à moutons, celle-là même qu'il avait empruntée pour le chemin du retour.

Leaphorn avait passé le restant de la matinée à se faire montrer par Gorman ce qu'il avait trouvé exactement, et où il l'avait trouvé, quand il avait travaillé sur ces lieux pour Kennedy, au début de l'été. Gorman lui avait montré où le corps de Wilson Sam avait été découvert au fond de l'étroit wash qui se jetait dans Chilchinbito. Il lui avait indiqué ce qui restait des petits éboulis qui montraient que Sam avait été poussé d'en haut. L'été sans pluie avait laissé les traces pratiquement inchangées. Les fourmis avaient emporté la majeure partie du sang coagulé dans le sable à l'endroit où le corps s'était immobilisé, mais on pouvait encore en trouver des traces. Dans cette dépression protégée, les vents avaient uniquement aplani les traces de ceux qui étaient venus emporter Sam.

Plus haut, l'érosion avait été plus complète. Gorman avait montré à Leaphorn l'endroit où Sam s'était tenu et par où était arrivé l'assassin.

— Assez facile de les différencier l'un de l'autre, avait-il dit. La terre était plus meuble à ce moment-là. Sam avait des bottes. A talons plats. Facile de les faire correspondre aux traces qu'il a laissées. Et l'autre type portait des bottes de cow-boy. (Il tourna son regard vers Leaphorn). Plus grandes. Peut-être taille quarante-deux.

Tout cela figurait dans le rapport de Kennedy. De même que la réponse à la question que Leaphorn avait décidé de poser. Mais il voulait entendre la réponse lui-même.

— Et ils ne sont pas du tout restés là à discuter ? Rien qui indique ça ?

— Non, lieutenant, avait répondu Gorman. Rien qui l'indique. Quand j'ai suivi la piste que le suspect a prise pour revenir, elle m'a appris qu'il s'était mis à courir à environ quarante mètres d'ici.

Gorman avait pointé le doigt vers les buissons de sauge épars, au sud, avant d'ajouter :

— Plus d'empreintes de talons. Il courait.

— Et Sam ? Où a-t-il commencé à prendre la fuite ?

Gorman le lui avait montré. Peut-être à vingt-cinq mètres. Les hommes âgés font de piètres coureurs à pied, même quand ils courent pour sauver leur peau.

De retour à sa voiture, Leaphorn s'arrêta là où le meurtrier s'était garé, et contempla au-delà du paysage accidenté les genévriers où cet individu avait dû apercevoir Sam, ou les moutons de Sam. Il resta là, mordillant pensivement sa lèvre inférieure coincée entre ses dents, essayant de s'imaginer ce que le meurtrier avait dû penser, suivant une nouvelle fois des yeux le chemin qu'il avait parcouru.

— Assurons-nous que nous sommes bien d'accord..., que je ne néglige rien, dit Leaphorn. Il arrive par ici au volant de sa voiture. Il voit Sam, ou peut-être son troupeau, là-bas à côté des genévriers. Il se gare. Il va droit sur Sam.

Leaphorn jeta un coup d'œil vers Gorman, ne vit aucun signe de désaccord, poursuivit :

— En se dépêchant, je dirais, à cause de la façon dont il a piétiné les buissons de sauge sur son passage. Il ignorait que l'arroyo se trouvait là derrière la crête et il n'a pas pu le traverser à cet endroit, alors il a fallu qu'il le longe vers l'amont jusqu'à l'endroit où les rives deviennent plus basses.

— Pas très malin, commenta Gorman.

— Peut-être, concéda Leaphorn bien que le fait d'être malin ou non n'eût rien à voir dans l'affaire. Et quand il s'est retrouvé assez près de Sam, il était tellement pressé de le tuer qu'il s'est mis à courir. C'est bien ça ?

— C'est ce que je dirais.

— Pourquoi Sam s'est-il mis à courir ?
— Par peur. Peut-être que le type hurlait. Ou qu'il brandissait cette pelle avec laquelle il l'a tué.
— Ouais, fit Leaphorn. C'est bien ce que je supposerais. Quand nous l'attraperons, qui pensez-vous que ça va être ?
Gorman haussa les épaules.
— Pas moyen de le savoir. Forcément un homme. Il a des grands pieds, comme ceux d'un homme. Probablement quelqu'un de sa famille.
Il regarda Leaphorn et eut un léger sourire :
— Vous savez comment ça se passe. C'est toujours une histoire de bagarre avec quelqu'un de la famille de sa femme, ou une bagarre avec un voisin sur l'endroit où il fait paître ses moutons. C'est toujours comme ça que ça se passe.
C'était, de fait, toujours comme ça que ça se passait. Mais pas cette fois.
— Dites-vous bien qu'il ne savait pas que l'arroyo se trouvait là. Qu'il ne savait pas où trouver l'endroit où traversent les moutons. Cela vous apprend quelque chose ?
Le visage agréable de Gorman devint perplexe. Il réfléchit.
— Je n'y avais pas pensé, reconnut-il. Je suppose que ce n'était pas un voisin. Quelqu'un qui vit par ici saurait forcément comment le terrain se présente. Comment l'eau s'écoule.
— Par conséquent notre homme était étranger à la région.
— Ouais, fit Gorman. C'est drôle. Vous croyez que ça va nous aider ?
Leaphorn haussa les épaules. Il ne voyait pas comment. Mais cela permettait quand même d'avoir une sorte d'harmonie folle avec l'affaire Endocheeney. Bistie et Endocheeney semblaient avoir été des étrangers l'un pour l'autre. Qu'est-ce que cela signifiait ? Mais il avait atteint son quota. Il avait ajouté un fait tangible aux données dont il disposait sur les meurtres. Wilson Sam avait été assassiné par quelqu'un qu'il ne connaissait pas.

Chapitre 11

Après avoir hésité laborieusement à maintes reprises, Jim Chee avait finalement décidé qu'il ne savait absolument pas quoi faire de la perle en os trouvée dans le portefeuille de Bistie. Il avait quitté la salle des visites et refermé la porte derrière lui, laissant le sac en papier qui contenait les possessions de Bistie sur le sol à côté de la chaise, exactement à l'endroit où ce dernier l'avait mis. Après cela il resta à la porte, regardant Bistie avec une curiosité intensifiée par l'idée que celui-ci avait voulu le projeter au bas de son lit avec des décharges de fusil de chasse. Bistie était assis sur le banc dur appuyé contre le mur, et il regardait quelque chose par la fenêtre, présentant à Chee son visage vu de profil. Le policier inscrivit ses traits dans sa mémoire. Un sorcier ? Pourquoi cet homme avait-il, avec son fusil, fait feu à travers la carrosserie de sa caravane ? Il n'avait pas l'air différent des autres êtres humains, bien sûr. Aucune de ces caractéristiques particulières que la culture des hommes blancs associe parfois à ses sorciers et sorcières. Ni nez pointu, ni traits accusés, ni manche à balai. Seulement un homme comme les autres que sa méchanceté avait conduit à essayer de tuer. A tirer sur Dugai Endocheeney, qu'il ne connaissait pas, sur le toit de son hogan. A tirer sur Jim Chee, qu'il ne connaissait pas non plus, endormi dans son lit. A massacrer Wilson Sam au milieu de ses moutons. Tel qu'il se tenait assis là, voûté sur le banc, Chee n'eut aucun succès à essayer d'associer sa silhouette à celle qu'il avait vue, ou rêvé avoir vue, dans les ténèbres à l'extérieur de sa maison mobile. Sa seule impression avait été que la silhouette était petite. Bistie semblait légèrement plus grand que la silhouette dont il gardait le souvenir. Se pouvait-il qu'il fût réellement son homme ?

Bistie perdit l'intérêt qu'il portait à ce qu'il contemplait jusque-là par la fenêtre et tourna le regard vers le couloir en direction de Chee. Leurs yeux se rencontrèrent. Chee ne lut rien dans l'expression du visage de Bistie sinon un intérêt vague et circonspect. Puis la porte de la cabine téléphonique s'ouvrit vers l'extérieur et Janet Pete apparut. Chee s'éloigna en suivant le couloir, sortit du bâtiment pour s'engager sur le parking et aller vers sa voiture, tournant le dos à toutes les actions impulsives que son instinct lui dictait de faire. Il voulait arrêter à nouveau Bistie. Il voulait lui prendre son portefeuille et, en présence de témoins, lui présenter la perle en os. Il voulait que figure dans les archives le fait que l'os se trouvait dans les possessions de Bistie. Mais il était légal de garder une perle en os dans son portefeuille. Et Chee n'avait absolument aucun droit de savoir qu'elle y était. Il l'avait trouvée en se livrant à une fouille illégale. Il y avait une loi qui interdisait cela. Mais il n'y en avait pas contre le fait d'avoir un os en sa possession, pas plus, d'ailleurs, que contre celui d'être un porteur-de-peau.

N'ayant pas réussi à trouver ce qu'il pourrait faire, il resta assis dans sa voiture à attendre que Pete et Bistie apparaissent. Peut-être allaient-ils partir sans le sac de Bistie. L'oublier tout bêtement. Si cela se produisait, il retournerait à la prison, dirait à Langer que Bistie avait laissé ses biens, lui ferait dresser un nouvel inventaire, plus complet, qui comprendrait tout ce qui était contenu dans le portefeuille. Mais quand Pete et Bistie apparurent, il avait le sac bien serré dans sa main. Ils quittèrent le parking de la prison et prirent la route de Farmington. Chee tourna à l'ouest, vers Shiprock.

Son cerveau réfléchissait à tout cela tandis qu'il conduisait. Sa raison lui disait que Bistie pouvait fort bien ne pas être la silhouette qui, dans les ténèbres, avait fait feu sur sa caravane. Pour tirer sur Endocheeney, Bistie s'était servi du 30-30 qui se trouvait accroché sur le râtelier en travers de la fenêtre arrière de son pick-up truck. C'est du moins ce qu'il avait dit. Pas d'un fusil de chasse. Il n'y avait eu aucune raison de fouiller la maison de Bistie pour y chercher un fusil de chasse. Peut-être n'en possédait-il pas. Et la mythologie complexe de la sorcellerie navajo, que Chee connaissait aussi bien que quiconque, associait généralement un mobile à la méchanceté des porteurs-de-peau. Bistie n'avait aucun mobile concevable de vouloir tuer Chee. Peut-être n'était-il pas celui qui avait essayé de le tuer.

Mais alors même qu'il avait cette pensée en tête, il eut conscience qu'il avait à nouveau l'esprit clair. La crainte s'en était allée. Il n'avait pas peur de Bistie alors qu'il avait eu peur de l'inconnu. Il avait envie de chanter.

La corbeille des arrivées, sur son bureau, contenait deux enveloppes et l'une de ces feuilles "Pendant Que Vous Etiez Absent" qu'utilise la Police Tribale pour noter les messages et les appels téléphoniques. L'une des enveloppes, remarqua-t-il avec une joie instantanée, avait la couleur bleu pâle du papier à lettres de Mary Landon. Il la glissa dans sa poche de chemise et regarda l'autre. Elle lui était adressée au poste de police de Shiprock à l'aide de lettres maladroites tracées au crayon. Il jeta un coup d'œil au message concernant les appels téléphoniques qui disait seulement, "Appelez tout de suite le lieutenant Leaphorn," puis il déchira l'enveloppe.

La lettre pliée à l'intérieur avait été écrite sur ces blocs de papier pelucheux pourvu de lignes qu'utilisent les enfants à l'école, en appliquant la présentation que l'on apprend à l'école primaire.

Dans le cadre où on apprend à mettre l'adresse de retour, la personne qui écrivait avait inscrit :

Alice Yazzie
Comptoir d'Echanges
de Sheep Springs
Nation Navajo 92927

Cher Neveu Jim Chee :
J'espère que tu vas bien. Moi je vais bien. Je t'écris cette lettre parce que ton Oncle Frazier Denetsone est malade tout cet été et plus pire ce mois-ci. On l'a emmené voir l'Homme-qui-Lit-dans-le-Cristal à la clinique de Badwater et l'Homme-qui-Lit-dans-le-Cristal lui a dit qu'il devrait laisser le docteur belagana qui est là-bas lui donner des médicaments. Il prend de ce médicament vert, là, maintenant, mais il est toujours malade. L'Homme-qui-Lit-dans-le-Cristal lui a dit qu'il devait prendre son médicament mais qu'il lui faut aussi un chant. Ça le fera aller mieux plus vite, d'avoir un chant. Et le chant il faut que ce soit une Voie de la Bénédiction. On m'a dit que tu as fait la Voie de la Bénédiction pour la Nièce de Vieille Grand-Mère Nez et tout le monde a dit que c'était bien. Tout le monde a dit que tu l'as fait comme il faut et que les peintures de sables étaient comme il faut. Ils ont dit que la Nièce de Vieille Grand-Mère Nez ça a été mieux après.
Nous voulons que tu en discutes. Nous voulons que tu viennes chez Hildegarde Goldtooth et nous te parlerons du chant. Nous avons à peu près 400 dollars mais peut-être qu'il pourrait y en avoir plus.

Chee lisait avec une intense satisfaction. La Voie de la Bénédiction qu'il avait assurée au printemps précédent avait été son premier engagement en tant que *yataalii*. Et son dernier. La nièce de Vieille Grand-Mère Nez était une nièce selon la très large définition navajo (la fille d'une cousine au premier degré du côté maternel de la famille de Chee), et l'engager lui comme chanteur avait été une question de courtoisie familiale. En fait, l'occasion avait été un ballon d'essai : autant pour informer la tranche centrale du nord de la Grande Réserve que Chee avait commencé à pratiquer, que pour guérir la jeune fille de rien de plus sérieux que le malaise d'avoir seize ans.

Et là, enfin, un appel à se présenter était arrivé. Alice Yazzie disait neveu, mais l'appellation cette fois-ci reflétait les bonnes manières et non des liens claniques ou familiaux. Frazier Denetsone était probablement un oncle à un degré ou à un autre suivant la façon dont les Navajos définissent ce genre de choses, par lien de parenté avec le clan paternel de son père. Mais l'appel lancé à un *yataalii* ne provenait pas du patient. Il venait de celui ou de celle qui, dans le cercle familial du patient, avait la responsabilité de ce genre de choses. Chee regarda la signature d'Alice Yazzie qui, suivant la coutume des Navajos traditionalistes, comprenait son clan. Le Dinee des Rivières qui Coulent Ensemble. Chee était né au Peuple à la Parole Lente, pour le Clan du Sel. Aucun lien avec le Clan des Rivières. Cette invitation était donc la première indication montrant que Chee commençait à être accepté comme chanteur en dehors de ses proches à lui.

Il finit la lettre. Alice Yazzie voulait qu'il vienne chez Hildegarde Goldtooth le dimanche suivant, le soir, quand elle-même, la femme du patient et sa mère pourraient y être afin de décider d'une date pour la cérémonie. "Nous voulons la faire le plus tôt possible parce qu'il n'est pas bien. Il ne va pas résister longtemps, je crois."

Cette note pessimiste atténua la jubilation de Chee. Il valait beaucoup mieux pour un *yataalii* commencer sa carrière par une guérison tangible, une cérémonie qui non seulement redonnait au patient l'harmonie avec l'univers mais qui en plus lui rendait la santé. Mais ce jour-là Chee était d'humeur à ne rien tolérer qui fût négatif. Ce serait encore mieux d'opérer une guérison sur un cas sans espoir. Si la maladie de Frazier Denetsone était effectivement susceptible de neutralisation grâce aux pouvoirs évoqués par le rituel de la Voie de la Bénédiction, si Jim Chee était suffisamment bon pour l'exécuter exactement comme il le fallait, alors tout était possible. Chee croyait à la pénicilline, à l'insuline et à la chirurgie cardiaque. Mais il croyait également que quelque chose qui allait bien au-delà de l'entendement de la médecine moderne régissait la vie et la mort. Il replia la lettre d'Alice Yazzie et la rangea dans sa poche de chemise. Avec le pouce, il ouvrit celle de Mary Landon :

Très cher Jim :
Je pense à toi tous les jours (et encore plus toutes les nuits). Tu me manques terriblement. Tu ne peux pas reprendre des congés et revenir ici quelque temps ? Je sais bien que tu n'as pas apprécié ton séjour au mois de mai, mais maintenant nous avons nos deux semaines annuelles de ce qui, au Wisconsin, passe pour être l'été. Tout est superbe. Il n'a pas plu depuis deux ou trois heures. Ça te plairait maintenant. En fait, je crois que tu pourrais apprendre à aimer cela (vivre dans un endroit éloigné du désert), si tu voulais en faire l'essai.
Papa et moi sommes descendus à Madison la semaine dernière et nous avons parlé avec un conseiller de l'Université des Sciences et des Arts. Je pourrai avoir ma maîtrise (avec un petit peu de chance) dans seulement deux semestres grâce à ces deux cours de troisième cycle que j'ai suivis quand j'étais en licence. J'ai aussi trouvé un studio très mignon d'où je peux aller à l'université à pied, et j'ai pris les formulaires d'inscription pour être admise en troisième cycle. Je peux commencer à suivre des cours avec le statut d'auditeur libre pendant qu'ils régularisent mon admission. Le conseiller nous a dit qu'il ne devrait pas y avoir de problème.
Les cours débuteront la première semaine de

septembre ce qui veut dire que, si je m'inscris, je n'aurai pas le temps de venir te voir avant la coupure de mi-semestre qui est, je pense, vers Thanksgiving[1]. Je vais trouver ça horrible de ne pas te voir jusque-là, alors essaye de trouver un moyen de venir...

Chee lut le reste de la lettre sans avoir une idée bien précise du sens des mots. Un petit couplet sur quelque chose qui s'était passé pendant qu'il lui avait rendu visite à Stevens Point, deux ou trois phrases sur sa mère à elle. Son père (qui avait fait de grands efforts pour se montrer poli en lui posant d'interminables séries de questions sur la religion navajo et qui l'avait regardé comme Chee pensait que lui-même regarderait un homme venu d'une autre planète) allait bien et envisageait de prendre sa retraite. Elle était tout excitée à l'idée de reprendre des études. C'était probablement ce qu'elle allait faire. Il y avait aussi d'autres remarques plus personnelles, nostalgiques et tendres.

Il relut la lettre, lentement cette fois. Mais cela ne changeait rien. Il se sentait tout engourdi ; une absence d'émotions qui le surprenait. Ce qui, de manière bizarre, pensa-t-il, le surprenait, c'était qu'il n'était pas surpris. Inconsciemment, à un certain niveau, c'était comme s'il s'y attendait. C'était inévitable depuis que Mary Landon avait fait ce qu'il fallait pour quitter son poste d'enseignante à Crownpoint. S'il ne l'avait pas su à ce moment-là, il avait dû l'apprendre au cours de cette visite chez elle, laquelle l'avait laissé, dans l'avion qui le ramenait à Albuquerque, à essayer d'analyser des sentiments qui étaient un mélange de bonheur et de tristesse.

Il regarda à nouveau la formule de l'en-tête. "Très cher Jim..." Les messages qu'elle lui faisait parvenir de Crownpoint commençaient par "Chéri..."

D'un geste brusque il rangea la lettre dans sa poche avec celle d'Alice Yazzie et se saisit du message qui disait

1. Fête commémorant la première moisson des colons, le quatrième jeudi de novembre.

toujours :
"Appelez tout de suite le lieutenant Leaphorn."
Il appela le lieutenant Leaphorn.

Chapitre 12

Le téléphone sonna sur le bureau de Joe Leaphorn.
— Qui est-ce ?
— Jim Chee de Shiprock, lui annonça le standard.
— Dites-lui de patienter une minute.
Il savait ce qu'il voulait apprendre de Chee, mais il consacra un moment à revoir exactement comment il allait s'y prendre pour poser ses questions. Il tenait le récepteur posé sur sa paume tandis qu'il récapitulait le tout.
— C'est bon, dit-il. Passez-le moi.
Il y eut un déclic.
— Jim Chee. Je vous rappelle comme vous me l'avez demandé.
— Est-ce que vous connaissez des gens parmi ceux qui habitent là-bas autour de Chilchinbito Canyon ? Là où Wilson Sam habitait ?
— Laissez-moi réfléchir.
Un silence.
— Non. Je ne crois pas.
— Vous avez déjà travaillé sur quelque chose de ce côté-là ? Assez pour bien connaître le territoire ?
— Pas vraiment. Ce n'est pas mon coin de la réserve.
— Et la région de Badwater Wash ? Là où habitait Endocheeney ?
— Beaucoup mieux. Ce n'est pas la zone que le capitaine Largo me fait couvrir, mais j'ai passé un certain temps là-bas

à essayer de trouver un gosse qui avait été emporté par la San Juan l'an dernier. Plusieurs jours. Et c'est moi qui me suis occupé de l'affaire Endocheeney. J'y suis allé deux fois pour ça.
— J'ai raison de penser que Bistie a refusé de dire s'il connaissait Endocheeney ?
— Oui. Il a refusé de dire quoi que ce soit. A part qu'il était heureux qu'Endocheeney soit mort. Pour ça il a été clair. Alors on en conclut qu'il le connaissait.
Vous oui, pensa Leaphorn. Mais peut-être concluez-vous à tort.
— A-t-il dit quelque chose, demanda-t-il, qui puisse vous indiquer s'il connaît ou non cette région de Badwater ? Comme le mal qu'il aurait pu avoir à trouver où habitait Endocheeney ? Quelque chose de ce genre ?
— Vous voulez dire à part le fait de s'être arrêté au comptoir d'échanges pour demander son chemin ? Ça, il l'a fait.
— C'était dans le rapport de Kennedy. Ce que je voulais dire c'était est-ce que vous avez entendu dire quelque chose, soit par lui, soit par les gens à qui vous avez parlé à Badwater, qui vous indiquerait que cette région lui est totalement inconnue ? Sa crainte de ne pas trouver la route ? De se perdre ? Quelque chose comme ça ?
— Non.
Le mot avait été prononcé avec lenteur, indiquant que Chee n'avait pas fini de réfléchir. Leaphorn attendit.
— Mais je n'ai pas insisté sur ce point. Nous avons seulement obtenu sa description et la marque de son camion. Je n'ai pas cherché à obtenir ce genre de renseignements.
Evidemment, ça n'avait pas pu sembler avoir la moindre signification à ce stade de l'affaire. Peut-être en allait-il de même maintenant. Il attendit que Chee profère d'inutiles excuses. Aucune ne se manifesta. Leaphorn commença à mettre en forme la question suivante mais Chee l'interrompit dans son raisonnement.
— Vous savez, dit-il, je crois que le type qui a poignardé

Endocheeney n'était pas du coin non plus. Qu'il ne connaissait pas cette région-là.
— Ah ? fit Leaphorn.
On lui avait dit que Chee était intelligent. On ne l'avait pas trompé : il lui évitait d'avoir à poser sa question.
— Il est arrivé en descendant tout droit par les rochers. Vous avez vu l'endroit où Endocheeney habitait ? C'est en retrait de la San Juan, peut-être à une centaine de mètres. Avec des falaises au sud. L'assassin est venu en descendant de l'une d'elles. Et il est reparti par le même chemin pour retourner à l'endroit où il avait laissé sa voiture. J'ai passé un peu de temps à inspecter les environs. Il y avait deux ou trois accès plus faciles pour arriver jusqu'à Endocheeney. Plus faciles que celui qu'il a pris.
— Bon, dit Leaphorn à moitié pour lui-même. Deux étrangers à la région arrivent le même jour pour tuer le même homme. Qu'est-ce que vous en pensez ?
Il y eut un silence. Par sa fenêtre, Leaphorn regardait une escadrille de corneilles indisciplinées qui venaient des trembles plantés le long de la Crête de Window Rock et volaient vers le village. L'heure du déjeuner dans les poubelles pour les corneilles. Il pensait à l'intelligence de Chee. S'il lui disait maintenant que l'homme qui avait tué Wilson Sam venait également d'ailleurs, ainsi que la façon dont il l'avait appris, Chee en déduirait tout de suite le pourquoi de ses premières questions. Elles avaient établi que Chee était, lui aussi, quelqu'un qui ne connaissait pas les paysages de Wilson Sam. Elles établissaient les soupçons de Leaphorn. Mais qu'est-ce que ça pouvait bien faire ? Un policier qui se faisait tirer dessus par un assaillant embusqué devait bien s'attendre à être surveillé de près. Ça vaudrait mieux pour Chee. Il allait lui dire ce qu'il avait appris.
— Il est possible, disait Chee d'une voix lente, qu'il n'y ait pas eu deux étrangers à la région qui soient venus trouver Endocheeney. Peut-être qu'il n'y en avait qu'un.
— Ah ! fit Leaphorn qui avait précisément la même idée.

— Il se pourrait que Bistie ait su qu'il avait raté Endocheeney quand il lui a tiré dessus sur le toit. Donc il est parti, s'est garé sur la mesa, a descendu la pente et a tué Endocheeney avec le couteau. Et ensuite...
— Il avoue avoir tiré sur Endocheeney, compléta Leaphorn. Drôlement finaud. C'est ça qui s'est passé ?
Chee soupira.
— Je ne crois pas, fit-il.
Leaphorn non plus. C'était en contradiction avec ce qu'au fil des années il avait appris sur les gens. Ceux qui préfèrent les armes à feu n'utilisent pas les couteaux et vice versa. Bistie avait préféré le fusil. Il l'avait toujours. Pourquoi ne pas s'en servir lors de sa deuxième tentative ?
— Pourquoi pas ? demanda Leaphorn.
— Les traces sont différentes. Je ne pense pas que Bistie aurait amené des chaussures de rechange, et le peu de traces que j'ai trouvées chez Endocheeney ne correspondaient pas aux bottes de Bistie. De toute façon, pourquoi aurait-il fait une chose pareille ? Et pourquoi ne pas lui avoir tiré dessus lors de la seconde tentative ? Pourquoi se servir d'un couteau ? Ça lui fournissait un alibi, c'est vrai. Et ça nous égarait totalement. Mais réfléchissez à toute la préparation que cela demanderait pour que tout fonctionne de manière impeccable comme ça. Et à tout ce qui pouvait mal tourner. Ça ne correspond pas à l'impression qu'il m'a faite.
— D'accord, fit Leaphorn. Est-ce que vous avez appris quelque chose, en parlant à Bistie ou autrement, qui suggèrerait qu'il connaissait peut-être Wilson Sam ?
— Non, lieutenant. Rien.
— Bon, on dirait que ça nous fait une autre situation bizarre ici aussi.
Il raconta à Chee ce qu'il avait appris à Chilchinbito Canyon.
— Ça ne nous apprend pas grand-chose, si ?
— Cette perle en os dans votre caravane. En fait ça vient d'un bovidé. Taillée dans un vieil os de vache.
Chee fit entendre un son qui ne signifiait pas grand-chose.

— Rien d'autre ne vous est arrivé ? Rien de suspect ?
— Non, lieutenant.
— Vous avez appris des choses ?
Chee hésita :
— Eh bien... Pas grand-chose. Des bruits qui courent au comptoir d'échanges de Badwater. Ils disent qu'un os a été trouvé dans le corps d'Endocheeney.
Surpris, Leaphorn laissa échapper un soupir.
— Comme s'il avait été ensorcelé ?
— Ouais, fit Chee. Ou comme s'il avait ensorcelé quelqu'un d'autre et qu'on le lui avait remis dans son corps à lui.
Et c'était bien là, de l'avis de Leaphorn, l'aspect le pire d'une tradition malsaine : cette façon cruelle qui consistait à tuer un bouc émissaire quand les choses allaient mal. C'était contre cela que Chee Dodge s'en était violemment pris quand il avait essayé d'en finir avec cette coutume. C'était ce qui avait rendu Joe Leaphorn, à l'époque jeune et nouvellement arrivé dans la Police Tribale Navajo, responsable de la mort de quatre personnes. Deux hommes. Deux femmes. Trois sorciers et celui qui les avait tués. Il avait entendu les rumeurs. Il en avait ri. Il avait récupéré les cadavres : trois meurtres et un suicide. C'était il y avait vingt ans. Et ça avait converti son mépris de la sorcellerie en haine.
— Rien n'a été signalé dans l'autopsie qui puisse concerner un fragment d'os étranger, dit-il.
Mais alors même qu'il le disait, il sut que ce n'était pas nécessairement vrai. Les pathologistes ne notaient peut-être pas (ne notaient probablement pas), ce genre de détails. Quand la cause du décès était aussi évidente (un couteau de boucher enfoncé à maintes reprises à travers les vêtements dans l'abdomen et le flanc de la victime), pourquoi établir la liste des fils et boutons, peluches et papiers de chewing-gum que la lame avait pu enfoncer à travers la peau ?
— Je pensais que ça pouvait valoir la peine de poser la question, dit Chee.
— Absolument. Je vais le faire.

— Autre chose, reprit Chee.
Puis il se tut.
Leaphorn attendit.
— Autre chose, Bistie avait une perle en os dans son portefeuille. Exactement comme celle que j'ai trouvée chez moi. Elle lui ressemblait en tout cas.
Un nouveau soupir échappa à Leaphorn.
— Ah oui ? Et qu'est-ce qu'il a dit pour ça ?
— Eh bien, rien.
Chee expliqua ce qui s'était passé à la prison.
— Alors je l'ai juste remise là où je l'avais trouvée.
— Je crois que nous ferions mieux de retourner discuter avec Bistie. En fait, je pense que nous ferions mieux de l'arrêter et de l'enfermer jusqu'à ce que nous y voyions un peu plus clair dans tout ça.
Leaphorn se voyait bien en train d'essayer de persuader Dilly Streib de porter plainte. Il ne serait pas facile à persuader. Il appartenait au FBI depuis trop longtemps pour ne pas se préoccuper de sa moyenne. L'Agence n'aimait pas les procès qu'elle ne gagnait pas. Et pourtant...
Il fit pivoter son fauteuil pour regarder sa carte. Une ligne faite de perles en os reliait maintenant deux de ses épingles. Et Roosevelt Bistie devait savoir quel lien il y avait entre elles. Et pour quelle raison.
— Nous pouvons l'accuser de tentative d'homicide ou de tentative de coups et blessures, ou le garder comme témoin matériel.
— Hum, fit Chee.
Un profond accent de doute.
— Je vais appeler les fédéraux, dit Leaphorn en consultant sa montre. Pouvez-vous me retrouver dans une heure à...
Il regarda à nouveau sa carte, choisissant le point le plus pratique situé à mi-distance entre Window Rock et Shiprock dans la perspective de leur équipée dans les Chuskas.
— ...à Sanostee, conclut-il. Sanostee dans une heure ?
— Oui, lieutenant, répéta Chee. Sanostee dans une heure.

Chapitre 13

Sanostee n'était pas franchement à mi-chemin mais convenait très bien pour l'endroit où ils allaient se rendre. Pour Chee ce fut rapide : une trentaine de kilomètres pour atteindre Littlewater au sud de la chaussée abîmée de l'U.S. 666, puis quinze kilomètres vers l'ouest face à la morsure du vent chargé de poussière qui soufflait en rafales, avec la longue escalade de la chaîne des Chuskas jusqu'au comptoir d'échanges. Pour Leaphorn, la distance était triple : de Window Rock à Crystal puis à Sheep Springs en franchissant le Col Washington, et ensuite vers le nord jusqu'à l'intersection de Littlewater. Quand il atteignit Sanostee, le crépuscule était là : le coucher de soleil cuivré de l'une de ces journées où la poussière en suspension rend diaphane le ciel du désert.

Chee était assis derrière son volant, les pieds à la portière, et il buvait un jus d'orange. Ils laissèrent la voiture de Leaphorn et prirent celle de Chee. Leaphorn posait les questions. Chee conduisait. C'étaient des questions astucieuses dont le but était de décalquer autant qu'il était possible de le faire la mémoire de Chee sur celle de Leaphorn. Au début elles étaient centrées sur Bistie, sur tout ce qu'il avait dit et sur la manière dont il l'avait dit, puis sur Endocheeney, et finalement sur Janet Pete.

— J'ai eu un peu maille à partir avec elle l'année dernière, dit Leaphorn. Elle croyait que nous avions tabassé un ivrogne...

en tout cas à ce qu'elle nous a dit.
— Et c'était vrai ?
Leaphorn tourna son regard vers lui.
— Quelqu'un l'avait fait. A moins que le policier n'ait menti à ce sujet, c'était quelqu'un d'autre.
La route qui s'enfonçait vers le nord à partir de Sanostee avait autrefois été nivelée puis gravillonnée à une époque ou à une autre appartenant au passé lointain, quand cette partie des Chuskas avait délégué un défenseur particulièrement farouche au Conseil Tribal. Le cycle perpétuel des neiges de janvier et des dégels d'avril avait depuis longtemps avalé les gravillons, et le responsable des routes pour cette région avait résolu le problème en l'effaçant de sa carte. Mais elle était encore praticable par temps sec et encore utilisée par les quelques familles qui faisaient paître leurs moutons dans cette partie des hautes terres. Chee la suivit prudemment, contournant les trous et, quand il le pouvait, évitant de rouler sur la chaussée là où l'érosion l'avait gondolée transversalement. Des rayons de soleil provenant d'en dessous de la courbure de la planète éclairaient à l'ouest les bancs de nuage sur l'horizon, changeant la teinte jaune de l'univers pour lui donner une vague coloration rose.
— Ça fait un moment que je me demande qui l'a appelée pour qu'elle prenne cette affaire, dit Chee. Quand nous avons dit à Bistie qu'il pouvait appeler un avocat, ça ne l'intéressait pas.
— Probablement sa fille.
— Probablement, acquiesça Chee.
Il se souvenait d'elle, debout à l'extérieur de la maison de Bistie. Aurait-elle pensé à appeler un avocat ? Aurait-elle pris le volant pour revenir à Sanostee passer son coup de téléphone ? Aurait-elle su qui appeler ? Il modifia le "probablement".
— Peut-être que oui, dit-il.
Cela mit un terme à la conversation. Ils poursuivirent leur route en silence. Leaphorn se recula contre le dossier du

siège, très droit, ses yeux enregistrant ce qu'il pouvait distinguer du paysage dans la lumière jaune faiblissante, son esprit attiré vers le problème intolérable de la maladie d'Emma puis se dérobant pour s'échapper dans l'énigme simplement énervante des quatre épingles de sa carte. Plus grand et plus mince, Chee conduisait avachi contre sa portière, la main droite sur le volant, et il pensait à la perle en os du portefeuille de Bistie, aux questions qu'il pourrait poser pour forcer ce têtu de Bistie à parler de sorcellerie à des inconnus hostiles, il se demandait si Leaphorn l'autoriserait à poser la moindre question, et comment lui, le célèbre Leaphorn, le Leaphorn des légendes de la police tribale, allait s'y prendre. Et il pensait à la lettre de Mary Landon. Il s'aperçut qu'il pouvait se représenter les mots, l'encre bleue foncée sur le bleu pâle du papier.

"Papa et moi sommes descendus à Madison la semaine dernière et avons parlé avec un conseiller de l'Université des Sciences et des Arts. Je pourrai avoir ma maîtrise (avec un petit peu de chance) dans seulement deux semestres..."

Seulement deux semestres. Rien que deux semestres. Rien que deux. Ou, tourné autrement, je ne vais m'éloigner de toi que de deux grands pas. Ou bien, je t'ai promis que je te reviendrais à la fin de l'été, mais maintenant je m'en vais. Ou, formulé encore d'une autre façon, amant hier, tu es devenu mon ami. Ou bien...

La voiture de police s'engagea sur la pente pour pénétrer dans le fourré de pins pignons et de pins ponderosa rabougris. Chee enclencha la seconde.

— Juste de l'autre côté de la crête, dit-il.

Juste de l'autre côté de la crête, la lumière devint visible. Elle était en dessous d'eux, encore au moins à huit cents mètres de distance, un point lumineux dans le crépuscule qui s'assombrissait. Chee en avait gardé le souvenir depuis l'après-midi où ils avaient arrêté Bistie. Une seule ampoule nue protégée par un déflecteur métallique au sommet d'un tronc de pin ponderosa de douze mètres de haut. La lumière de Bistie contre les fantômes. Est-ce qu'un sorcier s'inquiéterait des fantômes ? Est-ce qu'un sorcier laisserait une lumière brûler pour repousser les *chindi* qui rôdaient dans les ténèbres ?

— C'est chez lui ? s'enquit Leaphorn.

Chee acquiesça.

— Il a l'électricité ici ?

Leaphorn paraissait surpris.

— Il y a un générateur à vent derrière la maison, expliqua Chee. Je suppose qu'il fait fonctionner cette lumière sur accus.

Le chemin d'accès menant chez Bistie obligeait à quitter la route par un virage à droite, puis à tressauter brutalement sur un tertre rocailleux et à dépasser plusieurs pins pignons dispersés avant de plonger à nouveau vers la maison. Sous la lumière jaune crue elle paraissait encore pire que Chee n'en avait conservé le souvenir : une cabane de planches rectangulaire, probablement composée de deux pièces, avec pour couverture des bardeaux en asphalte bleus. Derrière il y avait une cabane de rangement en métal cabossé, un abri de broussailles, un corral à chevaux et, plus haut sur la pente près de la falaise basse de la mesa, un appentis pour abriter le foin. Plus loin, la lumière jaune se réfléchissait sur un hogan fait de blocs de pierre entassés qui était appuyé à la falaise. Derrière la cabane, placés côte à côte avec leurs ailettes orientées dans la direction opposée au vent d'ouest qui soufflait en rafales, se trouvaient l'éolienne de Bistie et son générateur.

Chee se gara sous la lumière de la cour.

Il n'y avait aucun signe du petit camion et pas de lumière allumée dans la maison.

Leaphorn poussa un soupir.

— Vous en savez assez sur lui pour essayer de deviner où il pourrait être ? En visite chez des parents ou autre ?

— Non, dit Chee. Nous n'avons pas abordé ce genre de choses.

— Il habite ici avec sa fille. C'est ça ?
— C'est ça.
Ils attendirent que quelqu'un se manifeste à la porte pour indiquer qu'il avait conscience de la présence des visiteurs, retardant le moment où ils admettraient que ce long trajet avait été fait pour rien. Retardant ce qui serait soit un trajet de retour jusqu'à Sanostee soit une quête infructueuse pour trouver des voisins qui pourraient savoir où Roosevelt Bistie était allé.
— Peut-être n'est-il pas revenu ici quand l'avocate l'a fait libérer, hasarda Chee.
Leaphorn émit un grognement. La lumière jaune de l'ampoule nue au-dessus d'eux éclairait le côté droit de son visage, lui conférant l'aspect de la cire.
Personne n'apparut à la porte.
Leaphorn sortit de voiture, claqua bruyamment la portière derrière lui et s'appuya sur le toit, les yeux fixés sur la maison. La porte ne serait pas fermée à clef. Est-ce qu'il devait entrer pour chercher un indice qui lui indiquerait où Bistie pouvait être ?
Le vent l'attaquait en rafales, projetant du sable contre ses chevilles et s'en prenant à son chapeau d'uniforme. Puis il mourut. Leaphorn entendit la portière de Chee qui s'ouvrait. Il sentit quelque chose qui brûlait : une odeur forte, âcre.
— Ça flambe, dit Chee. Quelque part.
Leaphorn courut vers la maison, frappa à la porte. L'odeur était plus forte là, s'infiltrant entre porte et chambranle. Il tourna le bouton, poussa le battant. Des bouffées de fumée s'échappèrent et furent emportées par une nouvelle bourrasque de ce vent aride. Derrière lui, Chee lança :
— Bistie. Vous êtes là-dedans ?
Leaphorn s'enfonça dans la fumée, se servant de son chapeau pour la chasser. Chee était juste derrière lui. La fumée provenait d'un récipient en aluminium posé sur un réchaud à butane contre le mur du fond de la pièce. Leaphorn retint son souffle, éteignit le brûleur sous la marmite et sous une

cafetière en émail de couleur bleue qui bouillait furieusement à côté d'elle. Se servant de son chapeau pour se protéger, il s'empara de la poignée, emporta la marmite au-dehors et la laissa tomber sur le sol de terre tassée. Elle contenait ce qui semblait avoir été une sorte de ragoût, maintenant sérieusement calciné. Il retourna à l'intérieur.

— Il n'y a personne ici, dit Chee.

Il chassait la fumée qui restait avec son chapeau. Une chaise gisait par terre sur le côté.

— Vous avez vérifié la pièce de derrière ?

Chee hocha la tête.

— Personne à la maison.

— Parti à toute vitesse, remarqua Leaphorn.

Il plissa le nez pour lutter contre l'odeur âcre de la viande brûlée et ressortit dans la cour devant la cabane. Avec le bout de sa lampe il farfouilla dans le récipient toujours fumant, inspecta les résidus qu'il avait ainsi regroupés.

— Jetez un coup d'œil à ça, dit-il à Chee. Vous êtes célibataire, pas vrai ? Combien de temps vous faut-il pour faire brûler un ragoût à ce point ?

Chee inspecta la marmite.

— A la façon dont son feu était réglé, peut-être cinq, dix minutes. Ça dépend de la quantité d'eau qu'il avait mise avec.

— Qu'il avait mise ou qu'elle avait mise, corrigea Leaphorn. Sa fille. Quand vous êtes venus ici avec Kennedy... ils ont juste un camion ?

— C'est tout.

— Alors ils doivent être partis quelque part avec. Seul ou à deux. Et ils sont partis dans la direction opposée à celle par laquelle nous arrivions. Mais si c'est ce qui s'est passé, pourquoi n'avons-nous pas vu leurs phares ? Ils seraient partis juste avant.

Il se redressa, mit ses mains sur ses hanches, étira son dos. Les sourcils froncés, il regardait le crépuscule de plus en plus sombre.

— Seulement un couvert à table. Vous avez remarqué ça ?

— Ouais. Et la chaise renversée.
— Cinq ou dix minutes, dit Leaphorn. Si vous savez combien de temps il faut pour incinérer un ragoût, dans ce cas ce n'est pas nous qui l'avons fait fuir. Le camion était déjà parti. Et le ragoût brûlait déjà avant que nous n'arrivions.
— Je vais rentrer à l'intérieur et regarder à nouveau à droite et à gauche, dit Chee. D'un peu plus près.
— Je vais le faire, moi. Regardez si vous pouvez trouver quelque chose ici, dehors.
Leaphorn resta d'abord sur le seuil, ne souhaitant pas abîmer plus encore les traces qui avaient pu être laissées. Il supposait que Chee devait être bon en ce domaine, mais il savait que lui, il l'était. Le sol était recouvert d'un linoleum rouge sombre, avec un raccord vers le milieu de la pièce. Il était assez neuf, ce qui était un bon point, et poussiéreux, ce qui était presque inévitable si l'on considérait le temps qu'il faisait dehors et absolument essentiel si l'on considérait ce que Leaphorn espérait faire. Mais avant de faire quoi que ce soit, il se contenta de regarder. Cette pièce du devant était utilisée pour la cuisine, les repas, la vie dans la journée et servait de chambre pour la femme. Un angle du lit, un simple cadre de bois, impeccablement fait, était visible derrière un rideau de couvertures qui isolait un angle de la pièce. Des étagères chargées de provisions en conserves, d'ustensiles et d'un assortiment de boîtes couvraient le mur de séparation. A l'exception de la chaise renversée, rien ne semblait anormal ni en désordre. La pièce témoignait du rangement imposé d'ordinaire par un espace vital réduit.
Mais le sol était poussiéreux.
Leaphorn s'accroupit sur la marche et inspecta le linoleum en plaçant ses yeux à deux ou trois centimètres au-dessus de sa surface. Les dessins laissés dans la poussière récemment délogée par ses propres pieds, et ceux de Chee, étaient faciles à identifier. Il pouvait facilement distinguer les marques laissées par les grands pieds de Chee par rapport

aux siens. Mais l'angle de la lumière n'était pas bon. En marchant précautionneusement, il entra et tira sur le cordon pour éteindre l'ampoule électrique. Il alluma sa lampe torche. En orientant la lumière avec la plus grande attention, d'abord accroupi puis sur le ventre avec la joue collée au sol, il étudia les marques laissées dans la poussière.

Il ne tint pas compte des traînées fraîches faites par Chee, cherchant d'autres traces. Qu'il trouva. Moins marquées mais assez récentes et suffisamment claires pour un œil aussi expérimenté que le sien pour ce genre de chose. Des traces quadrillées laissées par les semelles de quelqu'un qui s'était apparemment assis à la table, qui avait reculé ses pieds sous la chaise, laissant les traces faites par le bout de ses pieds en frottant sur le sol. Egalement sous la table, et près de la chaise renversée, un autre dessin, laissé par une semelle de caoutchouc. Peut-être un genre de chaussure de tennis ou de sport. De taille plus petite que la personne aux grands pieds qui portait les chaussures à semelles quadrillées. Bistie et sa fille ? Si oui, la fille de Bistie avait de grands pieds.

Leaphorn émergea de sous la table, se cognant sérieusement l'oreille dans ce mouvement. Derrière la couverture qui servait de rideau, sur une commode à côté du lit, étaient posées deux paires de chaussures. Des bottes de squaw marron clair usées, et des pantoufles noires à talon bas. Elles étaient étroites et de taille trente-sept environ. Il revint à la table avec la pantoufle gauche, retrouva la trace et effectua la comparaison. La pantoufle était bien trop petite. Bistie avait reçu un visiteur peu de temps avant l'arrivée de Leaphorn et de Chee.

Mais où diable s'en étaient-ils allés ? Et pourquoi avaient-ils laissé le ragoût brûler et le café partir en vapeur d'eau ?

Il ne trouva rien d'intéressant dans la pièce de derrière. Contre le mur, la literie qu'utilisait apparemment Bistie pour dormir était soigneusement pliée. Ses vêtements étaient suspendus avec un soin égal à un fil bien tendu le long du mur : deux jeans fatigués, un pantalon kaki dont les revers

s'effilochaient. Une veste en laine à carreaux, quatre chemises, toutes avec des manches longues, dont l'une avec un trou au coude. Leaphorn fit jouer sa langue sur ses dents tout en réfléchissant et en scrutant la pièce. Il enfonça son doigt dans la cuvette en émail servant pour la lessive qui était posée sur la table à côté de la chambre de Bistie, testant la température de l'eau sans se demander pourquoi. Elle était tiède. Exactement ce à quoi on pouvait s'attendre. Il se saisit du gant de toilette roulé en boule à côté de la cuvette. Il était mouillé. Leaphorn le contempla, sourcils froncés. Pas du tout ce à quoi on pouvait s'attendre.
Le gant avait été utilisé pour nettoyer quelque chose. Leaphorn l'inspecta dans le faisceau de sa torche. En trois endroits, le matériau était sérieusement taché de boue... comme si on avait ici et là nettoyé le sol poussiéreux. Il porta l'un de ces endroits à son nez et le renifla.
— Chee ! cria-t-il. Chee !
Il examina le sol, faisant osciller méthodiquement le faisceau de sa torche de droite à gauche à la recherche d'un endroit essuyé et n'en voyant pas. Peut-être cela avait-il été fait dans la pièce du devant. Il s'accroupit, tenant la lampe près du linoleum, cherchant des traces. Il vit plutôt un chemin. Assez régulier, ayant peut-être quarante-cinq centimètres de large : une bande de revêtement plastique débarrassé complètement de sa poussière. Un chemin qui allait de la porte d'entrée à l'intérieur de la pièce du devant, qui traversait cette pièce-ci, sur l'arrière, en son milieu, et continuait jusqu'à la porte de derrière.
La porte de derrière s'ouvrit et Chee regarda à l'intérieur.
— Je crois que quelqu'un, ou peut-être quelque chose, a été traîné sur le sol pour être emmené à l'extérieur de la maison, dit Chee. Il y a des traces par terre qui vont vers les rochers.
— Et qui traversent ici aussi.
Leaphorn fit courir le faisceau de sa torche sur le trajet poli et libre de poussière.
— Jusqu'à la porte de derrière, compléta-t-il. Mais regardez ça.

Il tendit le gant mouillé à Chee, dit :
— Sentez ça.
Chee s'exécuta.
— Du sang, dit-il. Ça sent comme le sang. (Il regarda Leaphorn.) Je me demande ce qu'il y avait dans ce ragoût. Du mouton frais, à votre avis ?
— J'en doute. Je crois que nous devrions trouver où ces traces nous conduisent. Je veux savoir ce qu'on a traîné comme ça.
— Ou qui on a traîné comme ça, corrigea Chee.
La terre nue sur laquelle depuis des années quelqu'un a habité et qui est aussi desséchée que peut la rendre un climat aride devient presque dure comme du béton. De la porte de derrière, Leaphorn ne vit rien jusqu'à ce que le faisceau de la lampe de Chee, maintenue près de la terre, n'engendre des ombres en un endroit où quelque chose d'encore plus dur avait été halé à la surface du sol. Des éraflures. Des éraflures qui dépassaient la flèche de l'éolienne, qui dépassaient le bâtiment de stockage en métal, et continuaient. Sur la pente, là où la terre était moins martelée, les éraflures devenaient des traînées continues entre les herbes sauvages flétries disséminées ici et là, et celles qui poussaient par touffes.
— Ça remonte la pente vers le hogan, dit Leaphorn. C'est dans cette direction-là.
Même dans la terre moins dense, les marques étaient dures à suivre. Le crépuscule s'était éteint jusqu'à donner une obscurité presque totale maintenant, avec seulement une lueur d'un rouge foncé à l'ouest. Le vent s'était levé à nouveau, soulevant la poussière devant Leaphorn. Il marchait avec sa lampe braquée sur le sol, repérant les signes que constituaient la terre délogée et les herbes écrasées.
Même rétrospectivement, il ne se souvint pas d'avoir entendu le coup de feu, prenant d'abord conscience de la douleur. Quelque chose qui lui fit l'impression d'être un marteau l'atteignit à l'avant-bras droit et la torche soudain ne fut plus là. Leaphorn était assis par terre, ayant conscience d'entendre

la voix de Chee qui hurlait, conscience que son avant-bras lui faisait si mal que quelque chose avait dû le casser. Le bruit du pistolet de Chee qui tirait, l'éclair au bout du canon, l'arrachèrent de son état de choc et lui firent prendre conscience de ce qui s'était passé. Roosevelt Bistie, cette espèce de salopard, l'avait pris pour cible.

Chapitre 14

Le message "policier touché" provoque une réaction particulière qui affecte chacune des forces de police. A la sous-agence de Shiprock de la Police Tribale Navajo, sous les ordres du capitaine A. D. Largo, elle produisit un coup de téléphone immédiat à Largo lui-même qui était chez lui où il regardait la télévision, et des appels radio presque simultanés à toutes les unités de la Police Navajo en mission dans la région, à la Police de l'Etat du Nouveau-Mexique et au Bureau du Shérif du Comté de San Juan. Ensuite, puisque les Monts Chuska couvrent la frontière du Nouveau Mexique pour aller jusqu'en Arizona, et puisque Sanostee ne se trouve qu'à une vingtaine de kilomètres de la limite de l'Etat et que ni le responsable des transmissions à Shiprock ni personne d'autre n'était très sûr de l'Etat dans lequel tout cela se passait, l'appel fut également lancé à la Police des Routes d'Arizona et, plus ou moins par courtoisie, au Bureau du Shérif du Comté Apache qui pouvait légalement avoir le pouvoir d'agir même s'il se trouvait à St John, à cent cinquante kilomètres au sud.

L'antenne de Farmington du FBI qui avait pouvoir suprême quand un crime de première importance tel que celui-là était commis sur une réserve indienne, apprit la nouvelle un petit peu plus tard par l'intermédiaire du téléphone. Le message fut retransmis à Jay Kennedy qui se trouvait chez un homme de loi où il prenait part à une partie de bridge à partenaire tournant à un cent le point. Kennedy venait de gagner deux parties consécutives et était sur le point de réussir un petit chelem, correctement annoncé, quand le téléphone sonna. Il prit la communication, acheva son chelem, additionna les points qui indiquaient qu'il gagnait avec 2350, empocha ses 23 dollars 50 cents et partit. Il était quelques minutes après vingt-deux heures.

Quelques minutes après vingt-deux heures trente, Jim Chee était de retour sur les lieux où habitait Bistie. Il avait rencontré l'ambulance de Farmington à Littlewater, sur l'U.S. 666. Pendant que Leaphorn était chargé à l'arrière puis emmené, le capitaine Largo était arrivé (Gorman à ses côtés), et avait pris la direction des opérations. Il avait posé une volée de questions, fait partir l'ambulance et avait effectué une série de rapides contrôles radio pour s'assurer que des barrages routiers étaient en place. Il avait raccroché le micro et était resté assis, les bras croisés, le regard posé sur Chee.

— Probablement trop tard pour les barrages routiers, avait-il dit.

Pour Chee, ça avait été une longue journée. Il était fatigué. Toute l'adrénaline avait reflué de son corps.

— Qui sait, avait-il répondu. Peut-être qu'il s'est arrêté pour réparer un pneu crevé. Peut-être qu'il n'avait même pas de voiture. Si c'était Bistie lui-même, peut-être qu'il est simplement retourné dans sa maison. Si...

— Vous pensez que ça pourrait être quelqu'un d'autre que Bistie ?

— Je ne sais pas, avait dit Chee. Ça s'est passé là où il habite. Il tire sur les gens. Mais c'est vrai que quelqu'un ne l'aime peut-être pas davantage qu'il n'aime les autres et que ce quelqu'un est peut-être venu, l'a tué puis l'a traîné jusque dans les rochers.

L'expression de Largo, qui était déjà revêche, avait suggéré qu'il n'appréciait pas le ton employé par Chee. Il l'avait regardé fixement.

— Comment ça s'est passé ? avait-il demandé. Un vieillard,

malade, et deux policiers armés ?
Visiblement il n'attendait pas de réponse et Chee n'avait pas essayé de lui en fournir une.
— Vous et Gorman allez retourner là-haut pour voir si vous pouvez le trouver. Je vais envoyer derrière vous la police de l'Etat et les gens du shérif. Empêchez-les de se perdre.
Chee avait acquiescé de la tête.
— Je retrouve Kennedy ici, avait ajouté Largo. Après on viendra se joindre à vous.
Chee était parti vers sa voiture.
— Encore une chose, lui avait crié Largo. Ne vous faites pas tirer dessus par Bistie.
Et maintenant, alors qu'il était vingt-deux heures cinquante-cinq, Chee se gara à côté du poteau porteur de lumière désormais éteint, mit pied à terre et attendit que ceux qui l'accompagnaient finissent d'arriver. Il se sentait ridicule. Le camion de Bistie n'était toujours pas là. Sa cabane était dans l'ombre. Tout paraissait exactement tel qu'ils l'avaient laissé. Les chances que Bistie fût toujours sur place à attendre ses poursuivants étaient simplement inexistantes.
Il y eut un claquement de portières général.
Chee expliqua la disposition des lieux, désigna dans l'obscurité le hogan d'où les coups de feu étaient partis. Ils suivirent la pente, armes à la main, les policiers de l'Etat tenant un fusil anti-émeutes, l'adjoint au shérif une carabine. Ce qui s'était passé là deux heures plus tôt semblait déjà irréel à Chee, quelque chose qu'il avait imaginé.
Il n'y avait personne autour du hogan, ni à l'intérieur.
— Tiens, voilà du cuivre, là, dit un membre de la police de l'Etat.
C'était un vieux de la vieille aux cheveux roux et au visage plein de taches de rousseur perpétuellement rougi par le soleil. Il regardait à ses pieds un cylindre de métal qui avait la couleur du cuivre et sur lequel se réfléchissait la lumière de sa torche.
— On dirait du calibre trente-huit. Qui est-ce qui va

s'occuper des preuves ?
— Y a qu'à les laisser là pour Kennedy, dit Chee. Il devrait y en avoir une deuxième.
Il se disait que la cartouche vide ne provenait certainement pas d'un 30-30. Elle était plus courte. Une munition d'arme de poing. Et puisqu'il y avait eu éjection, provenant probablement d'un automatique, pas d'un revolver. Si c'était Bistie qui avait tiré, il semblait disposer d'un drôle d'arsenal.
— La voilà, dit le policier.
Sa lampe torche était pointée vers le sol à une grande enjambée environ de l'endroit où gisait la première cartouche.
— Même calibre.
Chee ne prit pas la peine de regarder. Il envisagea de demander à tout le monde de faire attention à l'endroit où ils posaient les pieds pour éviter d'effacer des traces exploitables. Mais aride et battu par les vents comme l'était ce lieu, il ne pouvait considérer la recherche des traces sur le sol autrement que comme une perte de temps. Sauf pour les marques qui avaient été laissées en halant quelque chose sur la pente. Ce qui avait été halé devrait être facile à trouver.
Et le fut.
— Hé ! cria Gorman. Il y a un corps ici.
Il était à demi dissimulé dans un bouquet de chamiso, la tête vers le bas de la pente, les pieds vers le haut, jambes encore écartées comme si celui qui l'avait traîné là s'en était servi pour tirer le corps derrière lui puis les avait simplement lâchées.
Le corps était celui de Roosevelt Bistie. Dans les lumières conjuguées des torches de Chee et de Gorman, l'aspect jaunâtre de son visage se trouvait intensifié, mais la mort n'avait guère contribué à changer son expression. Bistie paraissait toujours triste et amer, comme si le fait d'être abattu n'était que ce qu'il avait attendu : une fin bien adaptée à une vie décevante. Ça avait fait remonter sa chemise d'être traîné sur le sol de la sorte, dénudant sa poitrine et son

ventre. Sa peau à l'aspect cireux, à l'endroit où la cage thoracique se refermait sur le sternum, présentait deux petits trous, l'un juste en dessous de l'autre. Le trou le plus bas avait saigné un peu. De très petits trous, se dit Chee. Il semblait étrange que des trous aussi dérisoires puissent laisser s'échapper le vent de la vie.

Gorman le regardait, une question sur ses traits.

— C'est Bistie, confirma Chee. On dirait que le type qui a tiré sur le lieutenant Leaphorn avait d'abord descendu ce gars-là. Je suppose qu'il était occupé à le hisser ici quand nous sommes arrivés, le lieutenant et moi.

— Et après avoir tiré sur le lieutenant, il a simplement fichu le camp, dit Gorman.

— Et complètement disparu, ajouta Chee.

Quatre lampes illuminaient maintenant le corps. Seul l'adjoint au shérif du Comté de San Juan était toujours quelque part dans l'obscurité à se livrer à son travail vain.

En bas, aux abords de la maison de Roosevelt Bistie, deux nouveaux véhicules se garèrent. Chee entendit des portières claquer, la voix de Kennedy, le bruit que faisaient Kennedy et le capitaine Largo en grimpant la pente. La lampe de Chee était maintenant dirigée au-dessus des blessures faites par les balles sur un point situé sur la gauche de la poitrine de Bistie : une marque rougeâtre, étroite, qui pouvait avoir un centimètre et demi de long, là où une entaille cicatrisait. Ce qui, normalement, paraissait un endroit étrange pour une telle coupure. Ça lui fit penser au portefeuille de Bistie, à la perle en os qu'il avait vue à l'intérieur, et il se demanda si le portefeuille avait pu être arraché à sa poche revolver au cours de ce trajet fait les talons en avant sur la pente rocailleuse, et si la perle d'os serait toujours à l'intérieur quand on le retrouverait.

Il s'accroupit à côté de Bistie, l'inspectant de plus près, imaginant la scène durant laquelle cette petite cicatrice en voie de guérison avait été produite. L'homme-dont-la-main-tremble (ou celui-qui-lit-dans-les-étoiles, celui-qui-écoute, celui-qui-lit-dans-le-cristal, quel que soit le genre de shaman que Bistie avait choisi pour diagnostiquer sa maladie) lui expliquant que quelqu'un l'avait ensorcelé, lui disant qu'un porteur-de-peau avait, en soufflant, projeté ce fragment d'os fatal à l'intérieur de son corps. Puis l'entaille rituelle de la peau, les lèvres contre sa poitrine qui aspiraient, l'os qui sortait du corps de Bistie, qui apparaissait sur la langue du shaman. Et Bistie qui rangeait l'os dans son portefeuille, qui payait son dû et qui prenait la route pour sauver sa vie en tuant le sorcier et en repoussant la terrible maladie du fantôme.

Chee fit remonter le faisceau de sa lampe de telle sorte qu'il se réfléchisse à nouveau dans les yeux vitreux et furieux de Roosevelt Bistie. Comment savait-il que le sorcier était Endocheeney, l'homme dont tous à Badwater s'accordaient pour dire qu'il était quelqu'un de doux et d'inoffensif ? Le shaman ne pouvait pas savoir ça. Et s'ils se connaissaient même l'un l'autre, Chee n'en avait vu aucune indication.

Derrière lui, le policier de l'Etat criait à l'adresse de Largo, lui signalant qu'ils avaient trouvé un corps. Le vent se leva de nouveau, projetant une rafale de sable dans la figure de Chee. Il ferma les yeux pour se protéger et, quand il les rouvrit, un fragment d'herbe-qui-roule morte s'était logé contre l'oreille de Bistie.

Pourquoi Bistie était-il aussi certain que le sorcier qui le tuait était Endocheeney ? Il en avait été suffisamment certain pour essayer de le tuer. Comment leurs chemins s'étaient-ils croisés d'aussi fatale manière ? Et où ? Quand ? Maintenant que Bistie était mort lui aussi, qui pouvait répondre à ces questions ? A une seule d'entre elles ?

Largo s'était maintenant joint au cercle qu'ils faisaient, ainsi que Kennedy. Chee les sentait qui se tenaient juste derrière lui, les regards baissés vers le corps.

— Voilà ce qui l'a tué, dit le policier de l'Etat. Deux coups de fusil dans la poitrine.

Juste à la limite du cercle de lumière, Chee apercevait

l'entaille en voie de cicatrisation sur le torse de Bistie. Ces deux balles avaient mis le point final à la mort de Roosevelt Bistie. Mais la petite blessure au-dessus d'elles, en haut de la poitrine, avait été l'endroit où la mort de Roosevelt Bistie avait commencé.

Chapitre 15

L'hôpital du Service Indien de la Santé à Gallup est l'une des fiertés de cette immense bureaucratie fédérale : moderne, plaisant, bien situé et bien équipé. Il avait été érigé en une période d'importants crédits budgétaires, avec pratiquement tout ce dont un hôpital peut avoir besoin. Maintenant, dans un cycle budgétaire d'austérité, il connaissait des temps difficiles. Mais le nombre insuffisant d'infirmières, le dépassement du budget d'approvisionnement et l'assortiment d'autres casse-tête fiscaux qui assaillaient ceux qui jonglaient avec les bouliers de l'hôpital n'eurent, ce matin-là, aucun effet sur le repas de midi de Joe Leaphorn qui se composait de tout ce qu'un patient raisonnable peut espérer des cuisines d'un hôpital, pas plus que sur la vue qu'il avait de sa fenêtre, laquelle était superbe. Le Service de Santé avait construit son hôpital haut sur la pente qui, au sud, domine Gallup. Par-dessus la petite bosse qui soulevait les draps à l'endroit de ses doigts de pieds, Leaphorn voyait le flot ininterrompu de semi-remorques qui avançaient sur l'autoroute 40. Au-delà de la chaussée, le trafic ferroviaire intercontinental s'ébranlait en direction de l'est ou de l'ouest au départ de la ligne principale de Santa Fe. Au-dessus des voies et plus loin qu'elles, plus loin que le fouillis que constituait Gallup Est, se dressaient les falaises rouges de Mesa de Los Lobos, leur coloration rouge légèrement atténuée par la brume bleue due à la distance, et au-dessus d'elles la silhouette gris-vert du haut pays aux confins de la Grande Réserve Navajo, là où elle se perdait dans la Réserve-aux-Mille-Parcelles. Pour Joe Leaphorn, qui avait grandi à moins de quatre-vingts kilomètres au nord de ce lit, dans le pays de l'herbe proche de Two Gray Hills, c'était là le paysage de son enfance. Mais pour l'instant il regardait la vue sans y penser.

Cela faisait une minute ou deux qu'il était réveillé, l'arrivée du plateau de son déjeuner l'ayant arraché au sommeil provoqué par la morphine pour le plonger dans une inquiétude panique concernant l'état de santé et le bien-être d'Emma. Il se souvint très rapidement qu'Agnes était là, qu'elle était là depuis des jours, vivant dans la chambre d'amis et jouant le rôle de la jeune sœur inquiète. Agnes le rendait nerveux, mais elle avait du bon sens. Elle allait s'occuper d'Emma, prendre les décisions qu'il fallait. Il n'avait pas besoin de s'inquiéter. Pas plus qu'il ne le faisait déjà d'habitude.

Il en avait maintenant terminé avec le processus qui consiste à reprendre ses esprits à la suite de ce genre de réveil. Il avait établi le lieu où il se trouvait, se souvenait de la raison qui l'y avait amené et avait rapidement pris la mesure de ce décor inhabituel, vérifié la présence du lourd plâtre encore frais et humide autour de son bras droit, fait bouger son pouce à titre d'expérience, puis ses doigts, puis la main afin d'évaluer la douleur causée par chaque geste, après quoi il avait repensé à Emma. Son rendez-vous était pour le lendemain. Il irait suffisamment bien pour l'y conduire, pas de problème à ce niveau-là. Et un nouveau pas serait franchi vers la connaissance de ce qu'il savait déjà. De ce dont il craignait de ne plus pouvoir douter. Le reste de sa vie se passerait à la voir lui échapper, ne plus savoir qui il était, puis ne plus savoir qui elle était, elle. Dans les documents que l'Association d'Alzheimer lui avait envoyés, quelqu'un avait décrit cela comme "un regard braqué sur son propre cerveau qui n'y verrait que des ténèbres". Il s'en souvenait, tout comme il se souvenait du témoignage du mari d'une victime.

"Tous les jours je lui disais que cela faisait trente ans que nous étions mariés, que nous avions quatre enfants... Tous les soirs, quand je me mettais au lit, elle me disait : Qui êtes-vous ?" Il avait déjà vu les premiers signes de cet état de choses. La semaine précédente, il était entré dans la cuisine et Emma qui épluchait des carottes avait levé les yeux. Elle avait d'abord eu une expression de surprise, puis de peur, d'égarement enfin. Et elle s'était cramponnée au bras d'Agnes en lui demandant qui il était. C'était une chose avec laquelle il allait falloir qu'il s'habitue à vivre, comme d'apprendre à vivre avec une dague fichée en plein cœur.
De sa main gauche valide il tenta maladroitement d'atteindre le bouton pour appeler quelqu'un du personnel, le trouva, appuya dessus et jeta un coup d'œil à sa montre. De l'autre côté de la vitre, la lumière était aveuglante. Vers l'est, dans le lointain, un nuage se formait au-dessus de Tsoodzil, la Montagne Turquoise. De la pluie ? Trop tôt pour le dire, et trop loin vers l'est pour tomber sur la réserve s'il prenait l'ampleur d'un nuage d'orage. Il fit basculer ses jambes dans le vide sur le côté du lit et s'assit, courbé en avant, attendant que le vertige passe, ressentant une étrange impression de détachement accompagnée d'un bourdonnement dans les oreilles, causée par ce qu'ils avaient bien pu lui donner pour le faire dormir.
— Eh bien, fit une voix derrière lui. Je ne m'attendais pas à vous trouver sorti du lit.
C'était Dilly Streib. Il portait l'uniforme d'été du FBI, costume deux-pièces bleu foncé, chemise blanche, cravate. Sur lui, l'ensemble donnait l'impression qu'il avait dormi avec.
— Je ne suis pas encore sorti du lit, répondit Leaphorn avec un geste en direction de la porte de la penderie. Regardez donc là-dedans voir si vous pouvez me trouver mes habits. A ce moment-là je pourrai en sortir.
Streib avait un dossier en papier kraft à la main gauche. Il le laissa tomber au pied du lit et disparut dans la penderie.

— Je me suis dit que vous voudriez jeter un coup d'œil à ça, dit-il. On vous a raconté ce qui s'est passé ?
Leaphorn se rendit compte qu'il avait la migraine. Il aspira à pleins poumons. Son déjeuner semblait consister en un bol de soupe, qui fumait, une petite salade verte et quelque chose qui comprenait du poulet et qui en temps normal lui aurait paru appétissant. Mais pour le moment son estomac lui donnait l'impression d'être basculé sur le côté.
— Je le sais ce qui s'est passé. Quelqu'un m'a mis une balle dans le bras.
— Je veux dire, après ça.
Streib laissa choir l'uniforme de Leaphorn au pied du lit et ses bottes par terre.
— Après ça, c'est le vide pour moi.
— Eh bien, pour aller droit à la conclusion, le type a fichu le camp en laissant le corps de Bistie derrière lui.
— Le corps de Bistie ?
Leaphorn tendit la main vers le dossier tout en digérant cette information.
— Abattu de deux balles, précisa Streib. Avec un pistolet, probablement. Probablement un trente-huit, quelque chose comme ça.
Leaphorn sortit le rapport du dossier. Deux feuillets. Il les lut. Jeta un coup d'œil sur la signature. Kennedy. Il rendit le rapport à Streib.
— Qu'en pensez-vous ? interrogea celui-ci.
Leaphorn secoua la tête.
— Moi, je pense que ça devient intéressant, reprit Streib.
Ce qui voulait dire, comprit Leaphorn qui avait passé la moitié de son existence à travailler avec les fédéraux, que les gens qui avaient la poigne et qui étaient haut placés dans l'administration commençaient à penser qu'ils avaient plus de cadavres qu'ils n'en pouvaient enterrer. Il ôta sa chemise de nuit d'hôpital, ramassa son maillot de corps et réfléchit à la façon dont il allait pouvoir l'enfiler sans bouger le bras droit plus qu'il n'était nécessaire.

— Je pense que nous aurions dû garder cet Indien derrière les barreaux pendant un certain temps, dit Streib en accompagnant ses paroles d'un gloussement. Je suppose que j'enfonce des portes ouvertes en disant cela. (Le gloussement devint un rire). Je suis sûr que son docteur aurait recommandé la même chose.

— Vous croyez que nous aurions pu réussir à le faire changer d'avis ? A nous dire ce qu'il avait contre Endocheeney ? demanda Leaphorn.

Il réfléchit un moment. S'ils avaient remis Bistie en prison, Leaphorn avait eu l'intention d'essayer un vieux, un très vieux truc. La culture traditionaliste autorise un mensonge, si cela ne fait de mal à personne, mais ce mensonge ne peut être répété que trois fois. La quatrième fois qu'il est prononcé, il enferme celui qui le dit dans sa tromperie. Il n'aurait pas pu essayer ça directement sur Bistie car il aurait simplement continué à refuser de dire quoi que ce soit sur Endocheeney, sur les perles en os ou la sorcellerie. Mais peut-être aurait-il pu l'utiliser d'une manière détournée. Peut-être. Et peut-être pas.

— Je n'en suis pas si sûr, ajouta-t-il.

Il était encore moins sûr qu'il lui eût été possible de convaincre Streib d'apposer sa signature sur le genre de plainte dont ils auraient eu besoin. C'était une affaire qui se présentait particulièrement mal que celle qui consistait à avoir trouvé un homme qui semblait penser qu'il en avait abattu un autre alors que celui-ci avait en fait été poignardé. Et le FBI n'avait pas réussi à prendre les contribuables pour des imbéciles pendant toutes ces années en allant mettre son nez dans les histoires qui étaient vraiment embrouillées. Streib était quelqu'un de bien, mais il n'avait pas survécu vingt ans dans la jungle de l'Agence sans retenir les leçons qu'elle enseignait.

— Peut-être pas, reconnut-il. Je m'en remets à vous, les peaux-rouges, pour ça. Mais de toute façon...

Il haussa les épaules, laissant sa phrase en suspens, puis reprit :

— Ça va causer pas mal de barouf. Ce n'est plus simplement un paquet de crimes isolés que nous avons maintenant. C'en est deux qui vont ensemble que nous avons. Et peut-être plus que deux. Vous savez comment ça se passe.
— Ouais, répondit Leaphorn.
Si le nombre d'homicides était multiplié par deux, cela ne multipliait pas l'intérêt qu'on leur portait par deux, cela avait plutôt tendance à... l'élever au carré. Et si on se retrouvait avec d'authentiques crimes en série, mystérieux à souhait, l'intérêt, la pression et le potentiel laissant entrevoir une large publicité devenaient astronomiques. La publicité n'avait jamais été recherchée par la Police Tribale Navajo (elle n'en recevait tout simplement jamais), mais pour les fédéraux, des articles élogieux faisaient déferler des milliards dans les caisses et contribuaient à ce que l'immeuble J. Edgar Hoover continue à grouiller de bureaucrates qui s'enrichissaient à ne rien faire. Mais il fallait être foutrement sûr que les articles allaient l'être, élogieux.
Streib s'était assis. Il regarda le rapport puis Leaphorn qui tirait sur ses jambes de pantalon avec maladresse, étant obligé de se servir de sa main gauche. Le visage rond, sans âge et sans rides de Streib, était tel qu'il était difficile pour lui de paraître inquiet. Il y parvenait pourtant, là.
— L'ennui, qui est bien loin d'être le seul, c'est que je ne vois fichtrement pas de quelle manière m'y prendre avec cette affaire. Comme s'il n'y en avait pas, de manière.
Leaphorn était en train d'apprendre à quel point il était difficile de fermer le bouton du haut de son uniforme avec les doigts de la main gauche alors que, toute sa vie, il l'avait fait avec ceux de la main droite. Et il se rappelait la question que Jim Chee avait évoquée. "Des bruits qui courent au comptoir d'échanges de Badwater," avait dit Chee. "Ils disent qu'un os a été trouvé dans le corps d'Endocheeney." Le médecin légiste avait-il trouvé cet os ?
— L'autopsie de Grand-Père Endocheeney, là-bas à Farmington. Je crois que quelqu'un devrait en parler au

pathologiste. Savoir dans le moindre détail tout ce qu'ils ont trouvé dans la blessure.

Streib remit le rapport dans le classeur, le classeur sur ses genoux, sortit sa pipe et regarda le panneau "Défense de Fumer" à côté de la porte. A côté du panneau, Annie la Petite Orpheline[1] figurait sur une affiche qui disait : "Les parents d'Annie fumaient." A côté de cette affiche il y en avait une autre, représentant des tombes par rangées avec une légende qui disait : "Marlboro Country." Streib huma sa pipe, la remit dans la poche de sa veste.

— Pourquoi ? demanda-t-il.

— L'un de nous a entendu des rumeurs disant qu'un petit fragment d'os avait été trouvé dans la blessure.

Leaphorn gardait les yeux fixés sur Streib. Cette explication serait-elle suffisante ? L'expression de Streib disait que non.

— Jim Chee a trouvé une petite perle en os dans sa maison mobile au milieu de plombs de chasse, après que quelqu'un ait tiré avec un fusil de chasse à travers le mur extérieur de chez lui. Et Roosevelt Bistie avait une petite perle en os dans son portefeuille.

La compréhension fut longue à venir et, malheureusement, fit évoluer le visage rond de Streib de cette expression d'inquiétude inhabituelle à une expression tout aussi inhabituelle de peine et de consternation.

— Un os, dit-il. Synonyme de porteur-de-peau. De sorcier. De maladie du cadavre.

— Un os, répéta Leaphorn.

— Nom de nom de nom. Et puis quoi encore ? Je déteste ça.

— Mais c'est peut-être une manière de prendre l'affaire.

— Mon cul, oui, déclara Streib avec un emportement qui était rare chez lui. Vous vous souvenez, il y a longtemps de ça, quand y a ce flic qu'est tombé dans un piège à Laguna-Ancoma. Vous vous en souvenez de ça. L'agent qui était dessus a prononcé le mot de sorcellerie pendant qu'il y

1. *Little Orphan Annie* : bande dessinée de Harold Gray devenue comédie musicale à Broadway et film de John Huston à Hollywood.

travaillait, il en a parlé dans son rapport. Je crois qu'ils l'ont rappelé directement à Washington pour que les types qui sont tout en haut puissent l'engueuler en personne. C'était après l'avoir fait dans plusieurs lettres et plusieurs télégrammes.

— Mais c'était de la sorcellerie, protesta Leaphorn. Enfin, ça n'en était pas, bien sûr, mais les Lagunas qu'ils ont fait passer en jugement pour ça ont déclaré qu'ils avaient tué le policier parce qu'il leur jetait des sorts, les juges les ont déclarés fous et ils...

— Ils sont allés dans un hôpital pour malades mentaux et l'agent fédéral a été tranféré d'Albuquerque à East Poison Spider[1], au fin fond du Wyoming, déclara Streib d'une voix empreinte de colère. Les arrêtés des juges n'ont aucune signification à Washington. A Washington ils ne croient pas aux agents qui croient aux sorciers.

— Moi, je le ferais bien moi-même. Je veux dire, chercher dans cette direction-là. Mais je pense que vous en apprendriez davantage, vous, en parlant avec le docteur. Question d'être pris au sérieux. Si moi, un Navajo, j'y vais et si je commence à parler au docteur d'os utilisés par un sorcier, de maladie du cadavre et...

— Je sais, je sais, fit Streib en regardant Leaphorn d'un œil narquois. Une perle en os, vous m'avez dit ? Un os humain ?

— Un os de vache.

— De vache ? Les os de vache ont quelque chose de spécial ?

— Que ça soit une vache ou une girafe, un dinosaure ou tout ce que vous voudrez, qu'est-ce que ça peut bien faire ? Du moment que celui à qui nous avons affaire pense que ça marche.

— D'accord, je vais demander. Vous avez d'autres idées ? J'ai un peu l'impression que le meurtre de Window Rock, la dénommée Onesalt, ça pourrait être un mélange de sexe et de jalousie. Ou peut-être que la fille Onesalt en question est

1. East Poison Spider : trou perdu vraisemblablement imaginaire, littéralement : Araignée Venimeuse, quartier Est.

allée coller son nez dans une magouille quelconque à l'intérieur de l'administration tribale et que ça a donné naissance à une rancune excessive. Nous savons qu'elle était du genre à toujours vouloir purger le monde de ses maux. D'habitude, les gens comme ça sont juste catalogués comme des emmerdeurs, mais peut-être qu'elle a tapé sur le système du gars qu'il ne fallait pas. Mais j'ai plutôt tendance à mettre son cas à elle à part, et tous les autres dans le même sac. Et maintenant on peut peut-être y coller aussi l'histoire Jim Chee. Vous y avez pensé à nouveau ?

Leaphorn secoua la tête.

— Juste cette piste de l'os, dit-il. Et elle ne mène probablement nulle part.

Mais il y pensait, en fait. Rien dont il souhaitât parler à Streib. Pas encore. Il voulait savoir si l'organisme pour lequel travaillait Onesalt avait entendu parler de la lettre que ce bureau avait envoyé à Dugai Endocheeney. Si Onesalt l'avait écrite, Dilly pourrait se tromper du tout au tout sur l'absence de lien entre l'assassinat de Onesalt et les autres. Et maintenant il se disait que Roosevelt Bistie tombait dans une nouvelle catégorie de victimes. Bistie avait été partie prenante dans tout ça, partie prenante dans ce qui pouvait bien tuer les gens sur la Grande Réserve. Par conséquent le meurtre de Bistie était quelque chose de nouveau. Quelle que pût être cette créature funeste, elle semblait maintenant se nourrir d'elle-même.

Chapitre 16

La chatte était là quand Chee s'éveilla. Elle était assise à l'intérieur, tout près de la porte, et regardait à travers le grillage. Quand il remua pour se lever, se redressant sur le côté ainsi que l'y obligeait la couche pour cela peu pratique qu'il s'était aménagé sur le plancher, la chatte se montra instantanément sur le qui-vive, l'observant avec une grande méfiance. Il s'assit, paracheva un bâillement à gorge déployée, se frotta les yeux pour en chasser le sommeil et se leva complètement en s'étirant. A sa légère surprise, l'animal était toujours là quand il en termina. Ses yeux verts étaient fixés sur lui avec inquiétude mais il n'avait pas pris la fuite. Chee roula le sac de couchage qu'il avait utilisé comme matelas, le sangla et le jeta sur sa couchette inutilisée. Il inspecta la rangée de trous irrégulière que les coups de feu avaient percés dans la cloison de sa maison. Un jour, quand il saurait qui avait fait ça, quand il saurait que cela ne se reproduirait pas, il se trouverait un chaudronnier (ou le genre d'artisan que l'on va trouver pour boucher les trous que peuvent causer les armes à feu à travers les cloisons en alliage d'aluminium), et ils les feraient réparer de manière plus permanente. Il arracha les adhésifs isolants dont il s'était servi pour les recouvrir et tendit la main, sentant l'air qui s'infiltrait à l'intérieur. En attendant la venue des pluies, ou l'hiver, autant profiter de cette amélioration de la ventilation. Pour son petit déjeuner il acheva une boîte de pêches qu'il avait laissée dans le réfrigérateur, ainsi que les restes d'une miche de pain. Ce n'était pas vraiment le petit déjeuner, de toute façon. Il s'était mis au lit seulement à l'aube... se disant qu'il était trop épuisé et trop énervé pour dormir. Quand bien même la nuit était presque finie, il avait évité la couchette et s'était allongé par terre. Il était resté étendu là à se souvenir des deux trous noirs dans le torse de Roosevelt Bistie, à se souvenir de l'entaille en voie de guérison qui se trouvait plus haut sur sa poitrine. Ces images très précises s'étaient dissipées pour laisser la place à une question.

Qui avait appelé Janet Pete ?

A moins qu'elle ne mente, ça n'avait pas été la fille de Roosevelt Bistie. Elle était arrivée juste derrière l'ambulance. Elle l'avait suivie, en fait : elle rentrait de Shiprock avec trois boîtes remplies d'articles d'épicerie. Elle était descendue du vieux pick-up truck de Bistie dans la lumière jaune pâle des lanternes de la police, le visage figé dans cette expression que tous les policiers apprennent à redouter : le visage de la femme qui s'attend à ce qu'il peut y avoir de pire et qui s'est armée de courage pour l'accepter avec dignité.

Elle avait regardé le corps tandis qu'ils passaient devant elle en l'emmenant et qu'ils glissaient le brancard dans l'ambulance. Puis elle avait relevé les yeux pour regarder le capitaine Largo.

— Je savais que ça allait être lui, avait-elle déclaré d'une voix qui paraissait remarquablement neutre.

Chee l'avait observée, sondant sa douleur en quête d'un signe trahissant la comédie et se disant que sa prescience n'avait, en revanche, rien de remarquable. Pour qui d'autre une ambulance aurait-elle effectué ce voyage à l'écart des routes ? Personne d'autre, pratiquement, ne vivait sur cette pente précise de cette montagne précise, et absolument personne d'autre sur cette voie d'accès bien précise. L'émotion de Fille de Bistie lui avait semblé totalement sincère : davantage bouleversée qu'en proie au chagrin. Pas de larmes. Si elles venaient, elles viendraient plus tard,

quand les abords de son hogan auraient été vidés de tous ces étrangers, que la dignité n'aurait plus de raison d'être et que la solitude se refermerait sur elle. Pour l'heure elle parlait de manière calme avec le capitaine Largo et avec Kennedy : elle fournissait ses réponses à leurs questions d'une voix trop basse pour que Chee pût l'entendre, les traits aussi dépourvus d'expression que s'ils avaient été sculptés dans le bois.
Mais quand tout cela avait été terminé, elle l'avait tout de suite reconnu. L'ambulance était partie, emportant la chair et les os qui avaient contenu le vent de la vie de Roosevelt Bistie et laissant derrière, quelque part dans l'air nocturne qui les entourait, son *chindi.*
— Le capitaine Largo vous a-t-il dit où il est mort ? lui avait demandé Chee.
Il s'était exprimé en navajo, utilisant le son long et affreusement guttural qui signifie le moment où le vent de la vie ne se meut plus à l'intérieur d'une personne humaine et où toutes les dysharmonies qui la tourmentent s'échappent par ses narines pour hanter la nuit.
— Où ça ? avait-elle demandé.
D'abord surprise par la question de Chee, elle l'avait comprise et avait tourné son regard vers la maison.
— C'était dedans ?
— Dehors. Un peu à l'écart. Derrière la maison.
Peut-être était-ce vrai. Il faut un certain temps pour qu'un homme meure... même atteint de deux balles à la poitrine. Aucune raison pour que Fille de Bistie croie que sa maison était contaminée par le fantôme de son père. La théologie personnelle de Chee concernant la maladie du fantôme et le *chindi* qui en était cause avait évolué. C'était, comme tous les maux qui menacent le bonheur humain, une question de représentation mentale. Les cours de psychologie qu'il avait suivis à l'Université du Nouveau-Mexique lui avaient toujours paru être une prolongation logique de ce que le Peuple Sacré avait enseigné aux quatre clans navajo des origines. Et il avait alors remarqué un léger relâchement

musculaire sur le visage de Fille de Bistie : un certain soulagement. Il était préférable de ne pas se retrouver aux prises avec des fantômes.

Elle l'avait regardé, l'air pensif.

— Vous aviez remarqué que quand vous et le *belagana* vous êtes venus l'arrêter, il était furieux, avait-elle dit. Vous l'aviez remarqué ?

— Mais je ne sais pas pourquoi. Pourquoi était-il si furieux ?

— Parce qu'il savait qu'il devait mourir. Il était allé à l'hôpital. Ils lui avaient dit pour son foie.

Elle avait posé une main sur son ventre.

— C'était quoi ? Le cancer ?

Fille de Bistie avait haussé les épaules.

— Ils appellent ça le cancer. Nous, nous l'appelons maladie du cadavre. Quel que soit le nom qu'on lui donne, c'était en train de le tuer.

— Ce n'était pas guérissable ? Il lui ont dit ça ?

Fille de Bistie avait jeté un coup d'œil autour d'elle, plongé son regard inquiet dans les ténèbres derrière Chee. La voiture du policier de l'Etat (qui retournait vers les routes goudronnées), s'éloignait en écrasant les herbes sauvages à la limite du périmètre du hogan. Ses phares avaient éclairé brièvement le visage de la jeune fille. Elle avait levé la main pour se protéger de leur lumière éblouissante.

— On peut la retourner, avait-elle dit. J'ai toujours entendu dire qu'on pouvait le faire.

— Vous voulez dire, tuer le sorcier et mettre l'os dans son corps à lui ? C'est cela qu'il allait faire ?

Fille de Bistie l'avait regardé en silence.

— Je leur ai déjà parlé, avait-elle enfin répondu. Aux autres policiers. Au jeune *belagana* et au gros Navajo.

Chee se dit que Largo n'apprécierait pas de s'entendre décrire comme le "gros Navajo".

— Leur avez-vous dit que c'était ça que votre père faisait ? Quand il s'est rendu chez Endocheeney ?

— Je leur ai dit que je ne savais pas ce qu'il faisait. Je ne le connaissais pas, cet homme qui a été tué. Tout ce que je sais c'est que mon père était de plus en plus malade au fur et à mesure que le temps passait. Il est allé voir un homme-dont-la-main-tremble, là-bas entre Roof Butte et Lukachukai afin de découvrir quel genre de rite guérisseur il fallait qu'il ait. Mais l'homme-dont-la-main-tremble était parti quelque part et n'était pas chez lui. Il est allé sur la Réserve-aux-Mille-Parcelles, quelque part à proximité du bâtiment administratif de Nageezi et a parlé avec un homme-qui-écoute de là-bas. L'autre lui a dit qu'il avait fait du feu avec du bois qui avait été frappé par la foudre et qu'il lui fallait un Chant de la Grêle.

Fille de Bistie avait levé les yeux vers Chee avec un sourire forcé :

— Nous nous servons de butane pour la cuisine. Mais il a demandé cinquante dollars à mon père. Après, il est allé à la clinique de Badwater pour voir s'ils pouvaient lui donner des médicaments. Il n'est pas revenu avant le jour suivant parce qu'ils l'ont gardé à l'hôpital. Ils lui ont fait des rayons X, je crois. Des trucs comme ça. Quand il est rentré il était furieux. Il m'a dit qu'ils lui avaient raconté qu'il allait mourir.

Fille de Bistie s'était alors arrêtée de parler et avait détourné le regard. Les larmes étaient apparues soudainement, mais sans aucun bruit.

— Pourquoi furieux ? avait demandé Chee d'une voix si basse qu'elle aurait pu penser que la question n'était formulée que pour lui-même.

— Parce qu'ils lui avaient dit qu'il ne pouvait pas être guéri, avait-elle répondu d'une voix qui tremblait.

Elle s'était éclairci la gorge, s'était essuyé les yeux du dos de la main, avait ajouté :

— Cet homme était quelqu'un de fort. Dans sa tête il était fort. Il n'abandonnait jamais. Il ne voulait pas mourir.

— Est-ce qu'il vous a dit pourquoi il était furieux contre Endocheeney ? Pourquoi il lui en voulait ? Est-ce qu'il vous a dit qu'il pensait qu'Endocheeney l'avait ensorcelé ?

— Il ne m'a pratiquement rien dit du tout. Je lui ai demandé. Je lui ai dit, "Mon Père, pourquoi..."
Elle s'était interrompue.
Ne prononce jamais le nom des morts, pensa Chee. N'attire jamais le *chindi* à toi, même si le nom du fantôme est Père.
— J'ai demandé à cet homme pourquoi il était furieux. Ce qui n'allait pas. Ce qu'ils lui avaient dit à la clinique de Badwater. Et il a fini par me dire qu'ils avaient dit que son foie était pourri, qu'ils ne savaient pas le soigner avec des médicaments et qu'il allait mourir très vite. Tout ça je l'ai dit aux autres policiers.
— Est-ce qu'il a parlé d'avoir été ensorcelé ?
Fille de Bistie avait secoué la tête.
— J'ai remarqué qu'il avait une entaille à la poitrine, avait repris Chee en tapotant sa chemise d'uniforme pour indiquer l'endroit. Elle était en voie de guérison mais encore un peu enflammée. Vous êtes au courant de ça ?
— Non.
La réponse ne l'avait pas surpris. Son peuple avait adopté beaucoup des coutumes des *belagana* mais la plupart de ses membres avaient conservé la tradition du Dinee quant à la pudeur de chacun. Roosevelt Bistie gardait sûrement sa chemise en présence de sa fille.
— Vous a-t-il jamais parlé d'Endocheeney ?
— Non.
— Endocheeney était-il un ami ?
— Je ne le crois pas. Je n'avais jamais entendu parler de lui avant.
Chee avait fait claquer sa langue contre son palais. Une autre porte qui se fermait.
— Je suppose que le policier vous a demandé si vous savez qui est venu ici voir votre pè... le voir ce soir ?
— Je ne savais pas qu'il était chez nous. Je n'étais pas là. Depuis hier. J'étais à Gallup pour voir ma sœur. Acheter des choses. Je ne savais pas qu'il était sorti de prison et rentré ici.
— Après que nous l'ayons arrêté, est-ce que c'est vous qui

êtes allée chercher un avocat pour le faire libérer ?
Fille de Bistie avait paru surprise.
— Je ne suis absolument pas au courant de ça, avait-elle dit.
— Vous n'avez pas appelé un avocat ? Est-ce que vous avez demandé à quelqu'un d'autre d'en appeler un ?
— Je ne suis absolument pas au courant de ces histoires d'avocat. Tout ce que j'ai entendu dire c'est que les avocats vous prennent tout votre argent.
— Est-ce que vous connaissez une femme qui s'appelle Janet Pete ?
Fille de Bistie avait secoué la tête.
— Est-ce que vous avez une idée de qui ça peut être qui est venu ici pour lui tirer dessus ? Absolument aucune idée ?
Elle ne pleurait plus mais elle s'était essuyé à nouveau les yeux avec la main, avait baissé le regard et laissé échapper un long et vibrant soupir.
— Je crois qu'il essayait de tuer un porteur-de-peau. Le porteur-de-peau est venu et l'a tué.
Et Jim Chee, tout en finissant sa dernière tranche de pêche et en sauçant le reste du jus dans la boîte avec la croûte du pain, se rappelait maintenant exactement quelle avait été l'expression de Fille de Bistie quand elle lui avait dit ça. Il se dit qu'elle avait sans doute vu tout à fait juste. Le Mystère de Roosevelt Bistie clairement résolu en une seule phrase. Il ne restait plus qu'une autre question. Qui était le porteur-de-peau qui était venu et qui avait tué Bistie ? Et en filigrane, comment le sorcier savait-il que Bistie serait chez lui au lieu d'être en sécurité dans la prison de Farmington ?
En d'autres termes, qui avait appelé Janet Pete ?
Il allait le découvrir. Tout de suite. C'était la prochaine étape. Dès qu'il aurait fini son petit déjeuner.
Il débrancha sa cafetière, remplit sa tasse d'eau, la fit doucement tourner dans le récipient et l'avala.
(— Je n'avais jamais vu personne faire ça, lui avait dit Mary Landon.
— Quoi ?

— Ça, avec l'eau dont tu t'es servi pour rincer ta tasse.
De sa main vide elle avait mimé le geste consistant à faire tourner l'eau et à boire.
Il lui avait quand même fallu un moment pour comprendre.
— Oh, avait-il dit. Quand on grandit dans un endroit où il faut aller chercher l'eau en camion, on apprend à ne jamais la jeter par terre. On ne la gâche pas, même si elle a un peu le goût du café.
— C'est bizarre, avait-elle répondu. Ce que le vieux prof du cours de sociologie 101 aurait appelé une singularité culturelle.
Cela avait paru bizarre à Chee que le fait de ne pas gâcher d'eau lui eût paru bizarre à elle. Ça continuait à lui paraître bizarre.)
Il rangea la cafetière sous l'évier.
— Attention, Chatte, dit-il.
Et la chatte, au lieu de plonger vers la trappe comme elle le faisait normalement quand Chee s'approchait à une distance de cet ordre-là, avança dans la maison mobile. Elle s'assit sur la couchette, le regardant de ses yeux inquiets.
Il fallut un millième de seconde à Jim Chee pour en réaliser la signification.
Quelque chose dehors.
Il retint son souffle, porta la main à sa ceinture, sortit son pistolet. Il ne distinguait rien de l'autre côté de la porte à l'exception de son pick-up truck et de la pente déserte. Il inspecta les alentours par chacune des fenêtres. Rien ne bougeait. Il franchit la porte en courant, à demi ramassé sur lui-même, le pistolet en avant. Il s'arrêta à l'abri de son véhicule.
Absolument rien ne bougeait. Il sentit la tension qui commençait à le quitter. Mais quelque chose avait obligé l'animal à se réfugier à l'intérieur. Il marcha jusqu'à son repère, les yeux rivés au sol. Dans la terre plus douce qui entourait le genévrier il y avait des empreintes de pattes. Un chien ? Chee s'accroupit, étudiant les traces. Un coyote.

De retour dans la caravane, il trouva la chatte assise sur ses couvertures. Ils se regardèrent. Chee remarqua quelque chose de nouveau : la chatte était pleine.
— Le coyote essaye de t'attraper, je suppose. C'est ça ?
Elle le regarda.
— C'est la sécheresse, expliqua Chee. Pas de pluie. Les mares tarissent. Les chiens de prairie, les rats kangourous, tout ça, ça meurt. Les coyotes descendent en ville et mangent les chats.
La chatte se leva de sur les couvertures, se faufila vers la porte. Chee la voyait beaucoup mieux. Pas très grosse encore. Cela viendrait ultérieurement. Elle paraissait toute maigre et avait une nouvelle cicatrice à côté de la gueule.
— Peut-être que je vais pouvoir te fabriquer quelque chose, dit-il.
Mais quoi ? Cela allait demander de la réflexion pour fabriquer quelque chose qui soit à l'épreuve d'un coyote affamé. En attendant, il fit le tour du réfrigérateur. Du jus d'orange, deux boîtes de soda Dr Pepper, du céleri, deux pots de gelée, une boîte à demi vide de fromage à tartiner : rien qui réponde aux goûts d'un chat. Sur l'étagère au-dessus de la cuisinière il trouva une boîte de porc et de haricots, l'ouvrit et la laissa sur un numéro du *Times* de Farmington à côté de la porte moustiquaire. Quand il reviendrait après être allé découvrir qui avait appelé Janet Pete, il trouverait quelque chose pour ce coyote. Il monta dans le pick-up truck, recula et s'éloigna de la caravane. Dans le rétroviseur il remarqua que la chatte était en train d'engloutir les haricots. Peut-être Janet Pete aurait-elle une solution pour cet animal. Des fois, les femmes étaient plus intelligentes pour ce genre de choses. Mais Janet Pete n'était pas au bureau de Shiprock du DNA, un état de fait qui semblait procurer quelque satisfaction au jeune homme en chemise blanche et cravate qui répondit à la demande du policier.
— Quand pensez-vous qu'elle va revenir ?
— Qui sait ? répondit le jeune homme.

— Cet après-midi ? Ou bien est-ce qu'elle n'est pas en ville ?
— Peut-être, répondit l'autre avec un haussement d'épaules.
— Je vais lui laisser un message.
Chee sortit son calepin et son stylo pour écrire :
"Ms[1] Pete — Il faut que je sache qui vous a appelée pour que vous veniez faire sortir Roosevelt Bistie de prison. C'est important. Si je ne suis pas là, laissez un message, s'il vous plaît."
Il signa et laissa le numéro de téléphone de la police tribale.
Mais en sortant du bâtiment, il vit Janet Pete qui rentrait sur le parking. Elle conduisait une Chevrolet blanche, récemment lavée, avec le sceau de la Nation Navajo récemment peint sur la portière. Le visage neutre, elle le regarda s'approcher.
— *Ya-ta-hey*, dit-il.
Elle hocha la tête.
— Si vous avez juste une ou deux minutes, il faut que je vous parle.
— Pourquoi ?
— Parce que la fille de Roosevelt Bistie m'a dit qu'elle n'avait pas appelé d'avocat pour son père. Il faut que je sache qui vous a appelée.
Et il faut absolument que je sache tout ce que vous savez d'autre sur Roosevelt Bistie, pensa Chee, mais chaque chose en son temps.
L'expression du visage de Janet Pete était passée de neutre ou à peu près à légèrement hostile.
— Cela n'a aucune importance qui m'a appelée. Nous n'avons pas besoin d'agir à la requête du plus proche parent pour représenter quelqu'un. Ça peut être n'importe qui. (Elle ouvrit la portière et sortit les jambes de la voiture). Ça peut aussi bien n'être personne du tout, d'ailleurs. Si quelqu'un a besoin de voir ses droits devant la loi défendus, nul n'est besoin que nous soyons appelés.

1. Ms : abréviation qui se prononce "miz" et permet d'éviter la distinction entre madame (Mrs, "missiz") et mademoiselle (Miss, "miss").

Elle portait un chemisier bleu pâle et une jupe en tweed. Les jambes qu'elle avait sorties de la voiture étaient de très jolies jambes. Et mademoiselle Pete remarqua que Chee l'avait remarqué.

— Il faut que je sache qui c'était, insista-t-il.

Il était surpris. Il ne s'était pas attendu à rencontrer d'opposition.

— Il n'y a pas de secret professionnel en jeu, ajouta-t-il. Pourquoi se montrer...

— Vous avez maintenant un nouvel homicide sur lequel travailler, contra-t-elle. Pourquoi ne pas tout simplement ficher la paix à monsieur Bistie ? Il n'a tué personne, lui. Et il est malade. Vous devriez vous en rendre compte. Je crois qu'il a un cancer du foie. Un nouvel homicide. Et aucune arrestation de faite. Pourquoi vous ne travaillez pas là-dessus ?

Elle était appuyée contre la portière de sa voiture tandis qu'elle s'exprimait de la sorte, et elle arborait un léger sourire. Mais ce n'était pas un sourire amical.

— Où avez-vous entendu parler de cet homicide ?

De la paume de sa main elle frappa la carrosserie de la voiture.

— A la radio, dit-elle. Les nouvelles de la mi-journée, KGAK, Gallup, Nouveau Mexique.

— Ils n'ont pas dit qui a été tué ?

— "La police n'a pas révélé l'identité de la victime," dit-elle mais son sourire s'effaça pendant qu'elle prononçait ces mots. Qui était-ce ?

— C'était Roosevelt Bistie.

— Oh, non !

Elle se rassit sur le siège avant, le visage creusé de rides, ferma les yeux et secoua la tête pour protester contre cette mort.

— Le pauvre homme ! dit-elle en se couvrant le visage de ses mains. Le pauvre homme !

— Quelqu'un est venu chez lui hier soir. Sa fille n'était pas

là. Il a été tué par balle.
Janet Pete abaissa ses mains pour l'écouter dire ça, les yeux fixés sur lui.
— Pourquoi ? Vous savez pourquoi ? Il était en train de mourir de toute façon. Il m'a dit que le docteur lui avait annoncé que le cancer allait le tuer.
— Nous ignorons pourquoi. Je veux en discuter avec vous. Nous essayons de découvrir pourquoi.
Ils laissèrent la Chevy propre de Janet Pete et montèrent dans la voiture de police non lavée de Chee. A la Turquoise Coffee Shop, elle commanda un thé glacé et lui prit un café.
— Vous voulez savoir qui m'a appelée. C'est drôle parce que l'homme qui m'a appelée m'a menti. Je m'en suis aperçue plus tard. Il m'a dit que son nom était Curtis Atcitty. Commençant par un A. Pas un E. Je lui ai fait épeler.
— Est-ce qu'il a dit qui il était ?
— Il m'a dit qu'il était un ami de Roosevelt Bistie, et il m'a dit que Bistie était détenu sans possibilité de caution et sans qu'aucune accusation n'ait été retenue contre lui, qu'il était malade, qu'il n'avait pas d'avocat et avait besoin d'aide.
Elle se tut un instant, se remémorant la conversation.
— Et il m'a dit que Bistie lui avait demandé de contacter le DNA pour un avocat. (Elle regarda Chee.) C'est là qu'il a menti. Quand j'en ai parlé à Bistie, il m'a répondu qu'il n'avait demandé à personne d'appeler. Il m'a dit qu'il ne connaissait personne du nom de Curtis Atcitty.
Chee fit jouer sa langue contre ses dents avec un petit bruit, celui de la déception. Tant pis.
— Quand vous êtes partis de la prison, je vous ai vus retourner à Farmington. Où êtes-vous allés ? Quand est-ce que vous l'avez vu pour la dernière fois ?
— A la gare routière. Il pensait que l'un des siens y serait peut-être et qu'il l'emmènerait chez lui. Mais il n'y avait personne qu'il connaissait alors je l'ai raccompagné à Shiprock. Il a vu un camion qu'il a reconnu à la Laverie Blanchisserie Economique et je l'y ai laissé.

— Est-ce qu'à un moment ou à un autre il vous a dit pourquoi il voulait tuer Grand-Père Endocheeney ?
Elle se contenta de le regarder.
— Il est mort, insista Chee. Fini le secret professionnel avocat-client. Maintenant, ce qui compte, c'est d'essayer de trouver qui l'a tué.
Elle examina ses mains qui étaient petites et étroites avec de longs doigts fins, et si ses ongles avaient du vernis il était sans couleur et transparent. De jolies mains très féminines, pensa Chee. Il se souvint des mains de Mary Landon aux doigts doux et robustes entremêlés avec les siens. Du bout des doigts de Mary Landon. Du petit poing blanc de Mary Landon englouti dans le sien. La main droite de Janet Pete était désormais crispée sur sa main gauche.
— Je n'essaye pas de faire traîner les choses en longueur. Je réfléchis. J'essaye de me souvenir.
Chee avait envie de lui dire que c'était important. Très important. Mais il décida qu'il n'était pas nécessaire de le dire à cette avocate-là. Il regarda les mains de Janet Pete en pensant à Mary Landon, puis le visage de Janet Pete en pensant à Janet Pete.
— Il n'a pas dit grand-chose tout bien considéré. Il n'a guère parlé. Il voulait savoir s'il pouvait rentrer chez lui. Nous en avons discuté. Je lui ai demandé s'il savait exactement de quoi on l'accusait. Quelle loi il était censé avoir violée.
Elle regarda Chee, puis détourna à nouveau les yeux, fixant la rue à travers la vitre poussiéreuse sur laquelle l'inscription THE TURQUOISE CAFE figurait à l'envers. De l'autre côté de la vitre, le vent sec chassait une touffe d'herbes-qui-roulent dans la rue.
— Il m'a dit qu'il avait descendu un type du côté du Canyon de la San Juan. Et après il s'est plus ou moins mis à ricaner et il m'a dit qu'il n'avait peut-être fait que l'effrayer. Mais de toute façon le type était mort et c'était pour ça que vous l'aviez mis en prison.
Elle fronça les sourcils, se concentra, sa main droite crispée

sur la gauche et ajouta :
— Je lui ai demandé pourquoi il avait tiré sur ce type et il m'a répondu quelque chose de vague.
Elle secoua la tête.
— Comment ça, vague ?
— Je ne me souviens plus. Quelque chose comme "J'avais mes raisons," ou "de bonnes raisons," quelque chose d'approchant... sans dire pourquoi.
— Est-ce que vous avez insisté ?
— Je lui ai dit quelque chose du genre, "Vous deviez avoir une bonne raison pour tirer sur un homme," et il a ri, ça je m'en souviens, mais pas comme s'il trouvaït cela drôle, alors je lui ai demandé carrément quelle raison il avait de le faire et il s'est juste tu et a refusé de me répondre.
— Il n'a rien voulu nous dire à nous non plus.
Janet Pete avait pris une gorgée dans son verre. Elle le tenait maintenant à quelques centimètres de ses lèvres.
— Je lui ai dit que j'étais son avocate... que j'étais là pour l'aider. Que ce qu'il me dirait resterait un secret entre nous. Je lui ai dit que le fait de tirer sur quelqu'un, même si on le manquait, pouvait lui valoir de sérieux ennuis avec l'homme blanc et que s'il avait une bonne raison de le faire, il serait intelligent de sa part de me mettre au courant. Pour voir si nous pouvions nous en servir d'une façon qui nous permettrait d'éviter qu'il soit en prison.
Elle abaissa son verre et regarda Chee bien en face :
— C'est à ce moment-là qu'il m'a dit qu'il était malade. Ce n'était pas difficile à voir, de toute façon, avec la mine qu'il avait. Mais enfin, il m'a répondu que l'homme blanc ne pouvait pas lui procurer davantage d'ennuis qu'il n'en avait déjà parce qu'il avait le cancer dans son foie.
Elle avait utilisé le terme navajo pour désigner la maladie : "le mal qui ne guérit jamais."
— C'est ce que sa fille m'a dit. Un cancer du foie.
Janet Pete étudiait le visage du policier. C'était une habitude que Chee avait apprise lentement, qu'il en était venu à tolérer

lentement et qui, parfois, le gênait encore. Une autre de ces différences culturelles que Mary trouvait bizarres et exotiques.
(— Le premier ou les deux premiers mois que j'ai passés dans cette classe je leur disais toujours : "Regardez-moi quand je vous parle", et les enfants ne voulaient absolument pas le faire. Ils regardaient toujours leurs mains, le tableau, tout plutôt que me regarder, moi, bien en face. Et l'un des autres instituteurs a fini par me dire que c'était pour une raison culturelle. Ils devraient nous prévenir pour des trucs comme ça. Des trucs bizarres. Ça fait paraître les enfants faux, menteurs.
Et Chee avait répondu quelque chose, que ça ne lui paraissait ni bizarre, ni faux à lui. Ça lui paraissait simplement poli. Seuls les malappris vous regardent bien en face pendant une conversation. Et Mary Landon lui avait demandé comment ça se passait pour un policier. Sûrement, avait-elle dit, on devait leur apprendre à traquer tous ces signaux que révèlent les traits du visage pendant que celui qui parle ment franchement, par omission, ou ne dit pas toute la vérité. Et il lui avait répondu que...)
— Vous vouliez savoir qui m'a appelée parce que vous soupçonnez que celui qui l'a fait est celui qui a tué Roosevelt Bistie. C'est bien ça ?
Chee se dit que, comme l'école de police, les écoles de droit devaient apprendre à celui qui menait l'interrogatoire une technique d'entretien différente de celle que pratiquaient les mères navajo. La manière des Blancs. Celle qui consistait à chercher ce que les manuels traitant de la façon d'interroger appellent les "signaux non verbaux." Il prit conscience qu'il essayait d'arborer une expression impassible, de ne pas émettre de signaux de ce genre.
— Possible, dit-il. Il est possible que ça se soit passé ainsi.
— En fait, reprit-elle d'une voix pensive et lente, vous pensez que cet homme s'est servi de moi. Qu'il s'est servi de moi pour faire sortir monsieur Bistie de prison et le faire

rentrer chez lui...
Elle n'acheva pas sa phrase.
Depuis un moment Chee regardait par-delà les lettres peintes sur la vitre. Le vent avait très légèrement changé de direction, juste assez pour libérer les feuilles, les brindilles et les bouts de papier qu'il avait collés contre la clôture des moutons, de l'autre côté de la route. Maintenant les rafales les arrachaient de là, les faisant voleter sur la chaussée. Les changements de direction du vent étaient synonymes de changements de temps. Peut-être, en fin de compte, allait-il pleuvoir. Mais le ton nouveau pris par la voix de Janet Pete ramena son attention vers elle.
— Qu'il s'est servi de moi pour le faire sortir et le faire venir là où il pouvait le tuer.
Elle regarda Chee à la recherche d'une confirmation.
— Il serait sorti de toute façon, dit-il. Le FBI l'avait entre ses mains, mais ils n'ont retenu aucun chef d'accusation contre lui. Nous n'aurions pas pu...
— Mais je pense que cet homme voulait que Bistie sorte avant qu'il n'ait pu parler à quelqu'un. Ça ne vous paraît pas logique ?
C'était exactement l'idée qui l'avait amené ici à la recherche de Janet Pete.
— Douteux, fit-il. Probablement sans aucun rapport.
Janet Pete lisait les signaux non verbaux qui émanaient de lui. C'est malpoli, pensa-t-il. Pas étonnant que les Navajos considèrent que c'était faire preuve de mauvaises manières. C'était une ingérence dans la vie privée des gens.
— Ce n'est pas douteux du tout, dit-elle. Ça, c'est un mensonge. (Mais elle lui souriait.) C'est gentil de votre part. Mais je ne peux pas m'empêcher de me sentir responsable. (Elle avait l'air très abattue.) Je suis responsable. Quelqu'un veut tuer mon client alors il m'appelle et s'arrange pour que je le fasse sortir et aller là où il peut le descendre. (Elle prit son verre, se rendit compte qu'il était vide, le reposa.) Il ne tenait même pas particulièrement à devenir mon client. C'est

le type qui voulait le faire taire qui m'a mis sur l'affaire.
— Ça ne s'est probablement pas passé comme ça, intervint Chee. Pas la même personne, probablement. Un ami vous a appelée sans savoir que ce fou arrivait de son côté.
— Je porte vraiment la poisse, à ce qu'on dirait. Ça devient contagieux. Une vraie calamité.
Chee attendit une explication. Elle n'en proposa pas. Elle restait assise, ses épaules carrées légèrement voûtées, et s'abîmait tristement dans la contemplation de ses mains.
— Comment ça, la poisse ? lui demanda-t-il.
— C'est la deuxième fois que ça se produit, répondit-elle sans le regarder. La dernière fois c'était Irma. Irma Onesalt.
— La femme qui a été tuée du côté de... Vous la connaissiez ?
— Pas très bien, dit-elle en produisant un petit rire sans joie. Une cliente.
— Je veux que vous me racontiez ça.
Leaphorn semblait penser qu'il pourrait exister un lien entre le meurtre de Onesalt et les affaires Sam et Endocheeney. Le lieutenant s'était montré très intéressé quand Chee lui avait parlé de la lettre qu'Endocheeney avait reçue du bureau de Onesalt. Ça paraissait peu probable, mais il y avait peut-être un rapport quelconque.
— C'est comme ça que j'ai entendu parler du policier Jim Chee, dit Janet Pete en le scrutant des yeux. Irma Onesalt m'a dit que vous lui aviez rendu service, mais elle ne vous aimait pas.
— Je ne comprends pas.
Et c'était vrai. Il se sentait idiot. La seule fois où il avait rencontré Onesalt, la seule dont il eût gardé le souvenir, ça avait été lors de cette histoire de patient à prendre à la clinique : l'histoire du mauvais Begay.
— Elle m'a dit que vous étiez censé amener un témoin à une réunion administrative locale mais que vous vous êtes pointé avec le mauvais type et que vous avez tout flanqué par terre. Mais elle a dit qu'elle avait une dette envers vous. Que vous

lui aviez rendu service.
— C'est-à-dire ?
— Elle ne me l'a pas dit. Je pense que ça devait être une question de hasard. Je me souviens qu'elle m'a dit que vous lui aviez donné un sacré coup de main mais que vous ne le saviez même pas.
— Ça, c'est sûr. Et ça n'a pas changé depuis.
Il fit un signe du bras à l'adresse de l'homme qui se trouvait derrière le comptoir, lui indiquant qu'ils souhaitaient qu'on leur resserve la même chose.
— Comment était-elle devenue votre cliente ? s'enquit-il.
— Ça aussi, c'est assez vague. Elle m'a appelée un jour et elle a pris rendez-vous. Et quand elle est venue, elle s'est surtout contentée de me poser tout un tas de questions.
Elle s'interrompit pendant qu'on lui remplissait son verre puis remua le sucre dans son thé : deux cuillerées.
Comment fait-elle pour rester aussi mince ? s'interrogea Chee. Grâce à son tempérament nerveux, se dit-il. Ça élimine. Mary était comme ça. Toujours en mouvement.
— Je ne crois pas qu'elle avait confiance en moi. Elle m'a posé tout un tas de questions sur les relations que nous avions au DNA avec la bureaucratie tribale, le BIA et tout ça. Quand on en a eu terminé avec ça, elle avait tout un tas de questions sur ce que je pourrais trouver pour elle. Les archives des finances, des choses comme ça. Ce qui était accessible au public. Ce qui ne l'était pas. Comment faire pour se procurer des documents. Je lui ai demandé sur quoi elle travaillait et elle m'a répondu qu'elle me le dirait plus tard. Que peut-être que cela n'allait pas bien loin et que dans ce cas elle ne voulait pas m'embêter avec ça. Sinon, elle me rappellerait.
— Et elle l'a fait ?
— Quelqu'un l'a tuée. A peu près dix jours plus tard.
— Avez-vous signalé que vous aviez eu un entretien avec elle ?
— Probablement aucun rapport mais j'ai fini par le faire. J'ai

vérifié pour voir qui était chargé de l'affaire et ensuite je l'ai appelé et je lui ai dit... Streib, je crois me souvenir. (Elle haussa les épaules.) L'agent fédéral de Gallup.

— Dilly Streib. Qu'a-t-il dit ?

Elle eut une grimace.

— Vous connaissez le FBI. Rien.

— Et vous ? Vous avez une idée de ce qu'elle avait en vue ?

— Pas vraiment.

Elle but un peu de thé, ses doigts fins entourant le grand verre.

Un teint de Navajo, pensa Chee. Une peau parfaite. Lisse, lustrée. Janet Pete n'aurait jamais de taches de rousseur. Janet Pete n'aurait pas de rides avant de devenir très vieille.

— Mais elle m'a dit quelque chose dont je me souviens. Ça m'a rendue curieuse. (Elle porta une main fine à sa joue pendant qu'elle réfléchissait.) Je lui ai demandé ce qu'elle souhaitait trouver et elle m'a dit peut-être des réponses à des questions et je lui ai dit quelles questions et elle m'a dit... elle m'a dit comment les gens font pour avoir l'air en aussi bonne santé après leur mort. Et alors je lui ai demandé ce qu'elle voulait dire par là. Je ne lui ai pas vraiment demandé, vous savez. J'ai juste pris l'air surpris, en levant les sourcils ou quelque chose comme ça. Et elle s'est contentée de rire.

— Comment les gens font pour avoir l'air en aussi bonne santé après leur mort ?

— C'est ça. Peut-être pas ses mots exacts, mais le sens y est. Ça signifie quelque chose pour vous ?

— Absolument rien, répondit-il.

Il y réfléchit si fort qu'il en oublia que sa tasse venait d'être remplie et qu'il porta à sa bouche le café bouillant et en renversa plein sur sa chemise d'uniforme... ce qui n'était pas du tout ce que Jim Chee souhaitait faire en présence de Janet Pete.

Chapitre 17

La première chose que Joe Leaphorn remarqua quand il vint immobiliser la vieille Chevy d'Emma sur le terre-plein devant le comptoir d'échanges de Short Mountain, c'était que McGinnis avait repeint son panneau A Vendre. Le panneau s'y trouvait déjà la première fois que Leaphorn avait vu le magasin, arrivé jusqu'en ces lieux pour les besoins d'une mission depuis longtemps oubliée alors qu'il était un tout nouveau policier sans expérience travaillant à la sous-agence de Tuba City. Il resta assis à juger l'ampleur de la douleur que lui causait son bras. Et à se souvenir. Même à cette époque-là, le panneau portait les traces du temps. Alors, comme aujourd'hui, il proclamait en grosses lettres d'imprimerie :

ETABLISSEMENT
A VENDRE
RENSEIGNEMENTS
A L'INTERIEUR

Dans la région de Short Mountain, on disait que le magasin de la rive de Short Mountain Wash avait été établi là à un moment ou à un autre, antérieur à la Première Guerre mondiale, et ce par un mormon qui, à ce qu'on disait, avait remarqué l'absence de concurrence sans remarquer l'absence de clients. On disait aussi qu'il avait été convaincu que la prospérité pétrolifère qu'il avait vue loin au nord, du côté d'Aneth et de Montezuma Creek s'étendrait inexorablement et inévitablement vers le sud et l'ouest, que le Créateur, Dieu de Justice, avait forcément, d'une façon ou d'une autre et sous une forme ou une autre, apporté sa bénédiction à cette région. Et puisque la surface du sol en elle-même n'offrait rien d'autre qu'une herbe pauvre, du bois rare et des étendues sauvages livrées à l'érosion, il y avait obligatoirement un abondant trésor sous forme de pétrole sous ces rocs stériles. Mais son optimisme avait fini par battre de l'aile en même temps que le champ pétrolifère d'Aneth, et quand son église s'était prononcée contre plusieurs épouses, il avait choisi de se joindre aux tenants de la polygamie dans leur randonnée vers le Mexique tolérant. Tous, dans la région de Short Mountain, semblaient se souvenir de cette légende. Personne ne se souvenait du personnage lui-même, mais ceux qui connaissaient McGinnis restaient stupéfiés du génie commercial de ce mormon.

McGinnis apparut alors sur le seuil, discutant avec une cliente qui partait, une grande Navajo avec un sac de farine de maïs posé en travers des épaules. Tout en parlant, il fixait la Chevy d'Emma. Une voiture inconnue en cet endroit signifiait d'ordinaire que c'était un inconnu qui la conduisait. Pour les gens disséminés qui occupaient la région désertique de Short Mountain, les inconnus provoquaient une intense curiosité. Chez Grand-Père McGinnis, pratiquement tout provoquait une intense curiosité. Ce qui était l'une des raisons pour lesquelles Leaphorn voulait lui parler, venait lui parler depuis plus de vingt ans et était, d'une façon un peu particulière, devenu son ami. L'autre raison était plus complexe. Elle avait un rapport avec le fait que McGinnis, seul, sans femme, ami ou famille, résistait et n'abandonnait pas. Leaphorn appréciait ceux qui s'accrochaient.

Mais il n'était pas pressé. Pour commencer, il allait donner la possibilité à son bras de cesser de l'élancer.

— Ne le bougez pas, lui avait dit le docteur. Si vous le

bougez, ça va vous faire mal.
Ce qui paraissait logique et était la raison pour laquelle il avait décidé de prendre la voiture d'Emma, laquelle était à transmission automatique. Emma avait été ravie de le voir quand il était rentré de l'hôpital. Elle avait été aux petits soins pour lui, l'avait réprimandé et s'était montrée la véritable Emma. Et puis ses traits s'étaient figés pour prendre cette expression déroutée que Leaphorn en était arrivé à redouter. Elle avait dit quelque chose qui n'avait aucun sens, quelque chose qui n'avait absolument rien à voir avec la conversation, puis avait tourné la tête de cette manière étrange dont elle avait pris l'habitude, inclinée vers le bas à droite. Quand elle l'avait regardé à nouveau, il avait été sûr qu'elle ne le reconnaissait plus. Les quelques instants qui avaient suivi constituaient un autre de ces épisodes déchirants et bien trop familiers de confusion mentale. Agnes et lui l'avaient emmenée dans sa chambre alors qu'elle tentait, de manière embrouillée, d'exprimer quelque chose puis que, allongée sur le couvre-lit, elle paraissait égarée et perdue. "Je ne me souviens pas," avait-elle dit soudain d'une voix claire, puis elle s'était endormie instantanément. Demain, ils se rendraient au rendez-vous fixé avec le spécialiste de l'hôpital de Gallup. "La maladie d'Alzheimer," dirait-il, puis il leur expliquerait ce qu'était la maladie d'Alzheimer, toutes ces informations que Leaphorn avait déjà lues et relues dans "La Vérité sur la maladie d'Alzheimer", que lui avait envoyé l'Association d'Alzheimer. Remède inconnu. Cause inconnue. Peut-être un virus. Peut-être un déséquilibre intervenant entre les métaux contenus dans le sang. Quelle qu'en soit la cause, l'effet en était le disfonctionnement des cellules de la surface externe du cerveau, entraînant la destruction du processus du raisonnement, érodant la mémoire jusqu'à ce qu'il ne reste plus que l'instant vécu, jusqu'à ce qu'en une irrévocable délivrance il n'y ait plus de signal pour que les poumons continuent de respirer, plus cette impulsion nécessaire pour

que le cœur continue de battre. Remède inconnu. Dans le cas d'Emma il avait suivi le début de ce processus de désapprentissage. Où avait-elle laissé ses clefs ? Quand elle rentrait de l'épicerie à pied avec la voiture qui restait garée sur le parking du magasin. Quand elle était raccompagnée chez elle par un voisin après avoir oublié comment retrouver la maison qu'ils habitaient depuis des années. Quand elle oubliait comment terminer ses phrases. Qui elle était. Qui était son mari. Les informations envoyées l'avaient averti de ce qui allait suivre. Assez rapidement, toute utilisation du langage allait être perdue. Comment parler. Comment marcher. Comment s'habiller. Qui est cet homme qui dit qu'il est mon mari ? La maladie d'Alzheimer, allait dire le docteur. Et à ce moment-là, Leaphorn abandonnerait toute dissimulation et préparerait Emma, ainsi que lui-même, à ce qu'il lui resterait à vivre.
Il secoua la tête. Maintenant il allait penser à autre chose. A son travail. A ce qui pouvait bien tuer les gens qu'il était payé pour protéger.
Son plâtre reposait sur le volant pour permettre à la douleur de refluer, et il faisait le tri de ce qu'il espérait apprendre de sa visite à Grand-Père McGinnis. Une affaire de sorcellerie, supposa-t-il. Aussi grande que fût sa répugnance à l'admettre, il se trouvait à nouveau probablement confronté à ce domaine malsain et irréel de la superstition des porteurs-de-peau. Les fragments d'os semblaient établir un lien entre Jim Chee, Roosevelt Bistie et Dugai Endocheeney. Le coup de téléphone de Dilly Streib l'avait confirmé.
— Ce que Jim Chee a entendu dire correspond à la vérité, lui avait-il dit. Ils ont trouvé une petite perle enfoncée dans l'une des blessures faites par le couteau. Du fil, un peu de poussière, et une perle. Je l'ai. Je vais la faire examiner pour voir si elle est identique à la première.
Streib avait alors demandé à Leaphorn ce que cela signifiait, au-delà du simple rapport ainsi établi avec les meurtres d'Endocheeney et de Bistie et la tentative perpétrée contre

Chee. Leaphorn avait répondu qu'il n'en savait vraiment rien. Et c'était vrai. Il savait ce que ça pouvait signifier. Ça pouvait signifier que l'assassin pensait qu'Endocheeney était un sorcier. Il avait pu penser qu'Endocheeney, le porteur-de-peau, lui avait transmis la maladie du cadavre en projetant le morceau d'os prescrit à l'intérieur de son corps. Puis, au lieu de s'en remettre au rite guérisseur de la Voie de l'Ennemi pour retourner l'effet de la sorcellerie, il l'avait lui-même retourné en ré-insérant l'os mortel dans le corps du sorcier. Ou cela pouvait signifier que l'assassin, par quelque raisonnement insensé, s'imaginait être lui-même un sorcier qui ensorcelait Endocheeney en enfonçant l'os dans son corps exactement au moment même où il le tuait avec son couteau. Cela semblait tiré par les cheveux mais de toute façon tout ce qui touchait à la sorcellerie navajo semblait, aux yeux de Leaphorn, tiré par les cheveux. Ou cela pouvait signifier que l'assassin avait mêlé la notion de sorcellerie à ce crime particulier simplement pour égarer tout le monde. Si tel avait été son but, le plan avait réussi. Leaphorn était complètement égaré. Si seulement Chee avait tiré les vers du nez à Bistie. Si seulement Bistie leur avait dit pourquoi il avait cette perle d'os dans son portefeuille, ce qu'il avait l'intention d'en faire, pourquoi il voulait tuer Endocheeney.

La douleur dans son bras s'était calmée. Il sortit de la Chevy, franchit la bande de terre tassée qui le séparait du panneau proclamant la volonté de McGinnis de quitter Short Mountain Wash pour un monde meilleur et passa le seuil de chez McGinnis, abandonnant la lumière éblouissante et la chaleur pour la fraîcheur de la pénombre.

— Ça alors, s'éleva quelque part la voix de McGinnis. Je me demandais qui c'était qui était garé dehors. Qui vous a vendu cette voiture ?

Il était assis sur une chaise de cuisine en bois dont le dossier incliné en arrière reposait contre le comptoir à côté de sa vieille caisse enregistreuse noire-et-chromes. Il portait ce seul et unique uniforme que Leaphorn lui eût jamais vu porter : une salopette bleue à bandes blanches décolorée par des années de lavages, et, en dessous, une chemise bleue de toile grossière comme celles que portent les prisonniers.

— C'est celle d'Emma.

— Parce qu'elle est à transmission automatique et que vous vous êtes fait amocher le bras, fit McGinnis en regardant le plâtre. Le vieux John Manymules[1] est passé ici avec ses fils y a pas longtemps et il m'a dit qu'un flic avait reçu un coup de fusil, là-bas dans les Chuskas, mais je ne savais pas que c'était vous.

— Malheureusement si.

— D'après la façon dont Manymules me l'a raconté, y a un vieux type qui s'est fait descendre à son hogan et quand la police est arrivée pour voir ce qui se passait, l'un des policiers a reçu une balle en plein ventre.

— Juste le bras.

Leaphorn n'était plus surpris par la vitesse ahurissante avec laquelle McGinnis accumulait les informations, mais il en était encore impressionné.

— Qu'est-ce qui vous amène par ici, du mauvais côté de la réserve ? demanda McGinnis. Bras cassé et tout ?

— Juste histoire de faire une petite visite.

McGinnis l'observa à travers ses lunettes à double foyer cerclées de fer, une expression sceptique sur le visage. Il passa sa main sur son menton, dans les poils gris de sa barbe naissante. Leaphorn avait gardé de lui le souvenir d'un personnage plutôt petit, court sur pattes mais doté d'une certaine force grâce à son torse massif. Mais il lui paraissait plus petit, rabougri dans sa salopette, toute sa robustesse disparue. Son visage également avait perdu les rondeurs dont il avait gardé le souvenir, et dans la pénombre du comptoir d'échanges, ses yeux bleus semblaient délavés.

— Tiens donc, fit McGinnis. C'est gentil, ça. Je suppose que je devrais vous offrir quelque chose à boire. Me montrer accueillant. Enfin, si mes clients peuvent se passer de moi.

---

1. Manymules : Mules-Nombreuses.

Il n'y avait pas de clients. La grande femme était partie et le seul véhicule garé devant le comptoir était la Chevrolet d'Emma. McGinnis marcha jusqu'à la porte, en boitant un peu et plus voûté que Leaphorn ne s'en souvenait. Il la ferma, glissa le verrou dans le pêne.
— Faut que je ferme boutique, alors, dit-il en s'adressant à demi à Leaphorn. Ces foutus Navajos voleraient les vitres des fenêtres s'ils en avaient besoin.
Il se dirigea en boitant vers la porte qui communiquait avec son logement, faisant signe au policier de le suivre tout en ajoutant :
— Mais seulement s'ils en avaient besoin. Les Blancs, eux, ils volent juste pour le plaisir. J'en ai connu qui volaient quelque chose et qui le jetaient tout de suite après. Vous, les Navajos, c'est pas pareil, si vous volez un de mes sacs de farine, je sais que quelqu'un a faim. Un tournevis qui disparaît, je sais que quelqu'un a perdu le sien et qu'il a une vis qu'a besoin d'être revissée. Je crois que c'est votre grand-père qu'a été le premier à m'expliquer ça, quand j'étais nouveau par ici.
— Ouais, fit Leaphorn. Je crois que vous me l'avez dit.
— Voilà que j'en suis à me répéter, maintenant, dit McGinnis sans accent de regret dans la voix. Hosteen Klee, les gens l'appelaient avant sa mort. Le père de votre mère. Je l'ai connu à l'époque où ils l'appelaient encore Dresseur-de-Chevaux.
Il avait ouvert la porte d'un vieux et énorme réfrigérateur et il parlait sans se retourner :
— Je ne vous offre pas à boire parce que vous ne buvez pas de whisky, ou en tout cas vous n'en buviez pas, et le whisky c'est tout ce que j'ai. A moins que vous vouliez boire de l'eau.
— Non, merci.
McGinnis émergea, une bouteille de bourbon et un verre Coca-Cola à la main. Il les porta jusqu'à un fauteuil à bascule, s'assit, versa du bourbon dans le verre, l'examina,

puis, le verre levé à la hauteur des yeux, en fit couler davantage jusqu'à ce que le niveau atteigne le bas de la marque. Cela une fois fait, il posa la bouteille par terre et fit signe à Leaphorn de s'asseoir. Le seul emplacement disponible était un canapé recouvert d'une sorte de plastique vert. Leaphorn s'assit. Le plastique raide fit entendre des craquements sous son poids et un petit nuage de poussière s'éleva autour de lui.

— Vous êtes ici pour votre travail, déclara McGinnis.

Leaphorn fit oui de la tête.

McGinnis but.

— Vous êtes ici parce que vous pensez que le vieux McGinnis sait quelque chose sur Wilson Sam. Qu'il va vous le dire, qu'ensuite vous l'ajouterez à ce que vous savez déjà et que vous en déduirez qui l'a tué.

Leaphorn fit oui de la tête.

— Par pur hasard, reprit McGinnis, je connais ce jeune gaillard depuis son adolescence et je ne sais rien sur lui qui peut vous aider.

— Vous y avez réfléchi.

— Bien sûr. Un type que vous connaissez qui se fait tuer, on y réfléchit.

Il but à nouveau.

— Ça fait un client de perdu, ajouta-t-il.

— Rien de ce côté-là ? s'enquit Leaphorn. D'inhabituel, je veux dire. Comme par exemple, il n'est pas venu avec de l'argent pour récupérer ce qu'il avait en gage ? Ou pour acheter quelque chose d'inhabituel ? Ou des gens qui seraient venus demander où ils pouvaient le trouver ?

— Rien, confirma McGinnis.

— Il est parti en voyage ? Allé quelque part ? Il est tombé malade ? Pas de rites guérisseurs pour lui ?

— Rien de ce genre. Il venait de temps en temps pour faire ses achats. Me vendre sa laine. Des trucs comme ça. Prendre son courrier. Je me souviens qu'il s'est fait une vilaine coupure à la main il y a longtemps cet hiver et il est allé dans cette clinique que cet Indien Sioux a ouvert à Badwater Wash, et ils lui ont recousu ça et lui ont fait une piqûre contre le tétanos. Mais pas de maladie. Pas de chant pour lui. Aucun voyage nulle part sauf qu'il m'a dit il y a deux mois qu'il était allé à Farmington avec sa fille pour s'acheter des habits. (McGinnis avala une nouvelle gorgée de bourbon). Bien trop à la mode pour continuer à s'acheter ses putains d'habits chez moi. Tout le monde qui se met à porter des jeans de styliste.

— Et son courrier ? Vous lui écrivez ses lettres ? Il n'a rien reçu d'inhabituel ?

— Il savait lire et écrire. Mais il a pas acheté de timbres cette année. Pas à moi en tout cas. Ni envoyé de lettres. Ou reçu de courrier inhabituel. La seule chose inhabituelle, c'est qu'il y a deux mois il a reçu une lettre au milieu du mois.

Il ne fournit pas d'explication, il n'en avait nul besoin. Aux confins extrêmes de la réserve, le courrier consiste essentiellement en indemnités de subsistance envoyées par les bureaux de la tribu à Window Rock ou une agence fédérale quelconque. Elles arrivent le deuxième jour du mois sous la forme d'un tas d'enveloppes marron.

— En juin, c'est ça ?

C'était l'époque où Chee avait dit qu'Endocheeney avait reçu sa lettre envoyée par le bureau d'Irma Onesalt.

— Vers la deuxième semaine ?

— C'est bien ce que j'ai dit, déclara McGinnis. Il y a deux mois.

Leaphorn avait réussi à trouver une solution pour être assez confortablement installé sur le canapé. Il regardait McGinnis qui, lui, avait gardé ses yeux délavés fixés sur le bourbon pendant qu'il parlait. Et pendant qu'il parlait il se balançait, lentement et régulièrement, coordonnant un mouvement de son avant-bras avec le mouvement du fauteuil. Le résultat concret était qu'alors que le verre de bourbon semblait bouger, le liquide qu'il contenait demeurait plan et immobile. Leaphorn avait déjà par le passé remarqué cette démonstration de mouvement hydraulique mais elle continuait à l'intriguer. Cependant, ce que McGinnis avait dit au sujet de la lettre captiva son attention toute entière. Il se pencha en avant.

— Pas d'énervement, dit McGinnis. Vous allez vous attendre à ce que je vous dise qu'à l'intérieur de cette enveloppe il y avait une lettre envoyée par quelqu'un qui disait à Wilson Sam de ne pas bouger parce qu'il allait venir le tuer. Quelque chose comme ça. (McGinnis gloussa.) Vous placez vos espoirs trop haut. Ça ne venait de personne en particulier. Ça venait de Window Rock.

Leaphorn n'était pas surpris que McGinnis l'eût remarqué ou qu'il s'en fût souvenu. Une lettre qui arrivait au milieu du mois avait de quoi intriguer.

— De quoi s'agissait-il ?

L'expression sereine de McGinnis se fit revêche.

— Je ne lis pas le courrier des gens.

— Bon, d'accord, de qui ça venait ?

— D'un de ces bureaux, là-bas, à Window Rock. Comme je l'ai déjà dit.

— Vous vous souvenez duquel ?

— Pourquoi je me souviendrais d'un truc comme ça ? Ça me regarde pas.

Parce que tout ce qui se passe ici vous regarde, pensa Leaphorn. Parce que la lettre avait dû rester posée quelque part pendant des jours tandis que vous attendiez que Wilson Sam vienne, ou que vienne un de ses proches qui pouvait la lui porter, et chaque jour vous la regardiez et vous vous demandiez ce qu'il y avait à l'intérieur. Et parce que vous vous souvenez de tout.

— Je pensais juste que vous pourriez vous en souvenir, dit-il en surmontant la tentation d'annoncer à McGinnis que la lettre émanait des Services Sociaux.

— Services Sociaux, dit McGinnis.

Services Sociaux. Exactement. Il regrettait de ne pas avoir trouvé le temps de vérifier. Si la lettre n'était pas dans les archives, si personne là-bas ne se souvenait avoir écrit à

Endocheeney, ou à Wilson Sam, ce serait un élément de preuve suffisant pour indiquer que c'était Onesalt qui avait écrit et que les lettres étaient à un certain égard non-officielles. Pourquoi les Services Sociaux auraient-ils écrit à l'un ou à l'autre ?

— Y avait-il un nom dessus ? Je veux dire, à l'emplacement réservé à l'adresse de l'expéditeur. Ou seulement le bureau ?

— Maintenant que vous m'y faites penser, ouais.

McGinnis but à nouveau et inspecta le niveau du bourbon de ses yeux larmoyants :

— Ça pourrait avoir de l'intérêt pour vous, dit-il sans quitter le verre des yeux. Parce que cette femme dont le nom figurait avec l'adresse de l'expéditeur, c'était celle qui s'est fait descendre un peu plus tard, là-bas, de votre côté à vous de la réserve. Même nom, en tout cas.

— Irma Onesalt, dit Leaphorn.

— Affirmatif. Irma Onesalt.

Ainsi donc le cercle était bouclé. Les perles d'os établissaient un lien entre Wilson Sam et Endocheeney, Jim Chee et Roosevelt Bistie. Les lettres reliaient Onesalt au schéma général. Maintenant il disposait de ce dont il avait besoin pour résoudre ce puzzle. Il n'avait aucune idée de la manière dont il allait y parvenir. Mais il se connaissait. Il savait qu'il allait le résoudre.

Chapitre 18

C'était un jour de congé pour Chee, et dans un petit moment il serait temps de partir pour le long trajet qui le mènerait à l'endroit où habitait Hildegarde Goldtooth afin d'y rencontrer Alice Yazzie. Cent cinquante kilomètres environ, dont une partie sur de mauvaises routes, et il avait l'intention de partir tôt. Il avait l'intention de faire le détour par la clinique de Badwater pour voir s'il pourrait y apprendre quelque chose. Et il ne voulait pas faire attendre Alice Yazzie. Il voulait faire sa Voie de la Bénédiction. Pour l'instant, Chee passait le temps dans ce que le capitaine Largo appelait son "laboratoire". Largo en avait ri.

— Votre laboratoire, ou peut-être est-ce votre studio, avait-il dit lorsqu'il y avait surpris Chee occupé à travailler.

En fait, ce n'était rien d'autre qu'une surface plane de terre tassée, en haut de la pente qui partait de sa petite maison mobile. Il l'avait choisie parce qu'un vieux tremble noueux ombrageait cet endroit-là. Il l'avait préparée avec soin, creusant, nivelant, ratissant pour enlever les petits graviers, lui conférant la taille et la forme approximative du sol d'un hogan. Il s'en servait pour s'entraîner à représenter, au moyen des peintures* de sables, les images des cérémonies qu'il apprenait.

Pour l'instant, il était accroupi à la limite de ce sol. Il achevait l'image de la Création du Soleil, un épisode de l'histoire des origines utilisé dans la seconde nuit de la Voie de la Bénédiction. Il fredonnait, prononçant les mots de la poésie qui relataient cet épisode, laissant un filet bien déterminé de sable bleu couler entre ses doigts pour former l'extrémité de la plume qui était accrochée à la corne gauche du Soleil.

> Le Soleil sera créé, on dit que c'est prévu comme ça.
> Le Soleil sera créé, on dit qu'il a tout prévu.
> Son visage sera bleu, on dit qu'il a tout prévu.
> Ses yeux seront jaunes, on dit qu'il a tout prévu.
> Son front sera blanc, on dit qu'il a tout prévu.

La plume une fois terminée, il prit appui sur les talons, versa le surplus de sable bleu de sa paume dans la boîte de café dans laquelle il le rangeait, s'essuya la main sur sa jambe de jean et inspecta son travail. C'était bien. Il avait omis l'une des trois plumes qui aurait dû prolonger vers l'est la parure posée sur la tête de Garçon Pollen, debout face au soleil, évitant ainsi de conférer tout son pouvoir à cette image sacrée en ce lieu et en cet instant. Pour le reste, la peinture sèche semblait parfaite. Les lignes de sable, noires, bleues, jaunes, rouges et blanches, étaient définies avec netteté. Les symboles étaient corrects. Le sable rouge était légèrement trop épais mais il allait arranger ça en faisant à nouveau passer le contenu de la boîte dans le moulin à café. Il était prêt. Il connaissait cette version de la Voie de la Bénédiction avec exactitude et précision : chaque parole de chaque chant, chaque symbole des peintures sèches. Elle allait guérir pour lui. Il s'accroupit, mémorisant à nouveau la formule compliquée des symboles qu'il avait créés sur la terre devant lui, s'imprégnant de sa beauté. Bientôt il allait exécuter ce rite ancien et sacré ainsi qu'il avait été conçu, pour rendre à quelqu'un de son peuple la beauté et l'harmonie*. Il sentit la joie monter en lui à cette perspective et repoussa cette pensée. De la modération en toute chose.

Sur le versant de la colline, plus haut que le genévrier, la chatte le regardait. Elle était restée en vue la majeure partie de la matinée, disparaissant pendant un moment vers la rive de la San Juan, mais réapparaissant après moins d'une heure pour s'allonger dans l'ombre du genévrier. Chee avait placé le panier de voyage sous l'arbre le soir précédent, l'insérant sous les branches aussi près de l'endroit où dormait la chatte qu'il lui avait été possible de le faire en forçant. Dedans, il avait mis une veste en jean sur laquelle la chatte s'asseyait parfois quand elle venait dans la caravane. Il avait ajouté, comme appât, un morceau de hamburger qu'il avait pris dans son réfrigérateur. Il l'avait mis de côté pour un repas futur mais les bords s'étaient racornis et avaient pris une teinte foncée. Ce matin il avait remarqué que la viande n'y était plus et il avait supposé que la chatte était entrée dans le panier pour la récupérer. Mais il ne voyait aucun signe indiquant qu'elle y eût dormi. Ce n'était pas un problème. Il était patient.

Le panier était en fait une cage avec une poignée pour le transport et elle avait coûté presque quarante dollars à Chee, taxes comprises. Ça avait été l'idée de Janet Pete. Il avait soulevé le problème de la chatte et du coyote au moment où ils avaient quitté la Turquoise Coffee Shop, essayant de poursuivre la conversation, de penser à quelque chose à dire qui empêcherait mademoiselle Pete de monter dans sa Chevrolet officielle blanche et propre et de le laisser là sur le trottoir.

— Je ne pense pas que vous vous y connaissiez en chats ? lui avait-il demandé.

Et elle avait répondu :

— Pas beaucoup, mais quel est le problème ?

Et il lui avait parlé de la chatte et du coyote. Puis il avait patienté un moment pendant qu'elle réfléchissait. Pendant qu'il patientait (avec Janet Pete qui était là, appuyée avec grâce contre la Chevy, sourcils froncés, lèvre inférieure coincée entre les dents, envisageant sérieusement le problème), il avait pensé à ce que Mary Landon aurait dit.

Mary lui aurait demandé qui était le propriétaire de la chatte. Mary aurait dit : Eh bien, gros bêta, tu n'as qu'à la faire rentrer chez toi et la garder dans ta caravane jusqu'à ce que le coyote fiche le camp et aille chasser autre chose. Des solutions parfaitement adaptées à un chat *belagana* dans un monde *belagana*, mais qui omettaient de tenir compte de la nature de Jim Chee, un Navajo, et du rôle des animaux dans Dine'Bike'yah*, où Scarabée du Maïs, Oiseau Bleu et Blaireau avaient figuré au même rang quand le Peuple Sacré avait émergé dans ce Monde de la Surface de la Terre.

— Je ne pense pas que vous ayez envie d'avoir une chatte, avait dit Janet Pete en regardant Chee.

Chee avait fait la grimace.

— Est-ce que vous pouvez lui installer quelque chose ? De façon à ce que le coyote ne puisse pas l'attraper ?

— Vous connaissez les coyotes, avait dit Chee.

Janet Pete avait souri, pris un air désabusé puis son visage s'était éclairé.

— Je sais, avait-elle dit. Procurez-vous une de ces cages pour les voyages aériens.

Elle avait tracé les contours de l'une d'elle, de la taille d'un chat, avec ses mains :

— Elles sont solides. Un coyote ne pourrait pas l'attraper là-dedans.

— Je ne sais pas.

Chee doutait que la chatte acceptât d'entrer dans ce genre de chose. Il doutait que ce fût suffisant pour mettre un coyote en échec.

— Je ne pense pas en avoir jamais vu, avait-il dit. Où peut-on se les procurer ? A l'aéroport ?

— Dans un magasin d'animaux, avait-elle répondu.

Et elle l'avait conduit à celui de Farmington. La cage de voyage que Chee avait fini par acheter avait été conçue pour un petit chien. Elle était constituée de tiges d'acier rigides qui paraissaient à l'épreuve des coyotes. Et elle était suffisamment grande, dans l'opinion de Chee, pour sembler accueillante aux yeux de la chatte. Janet Pete s'était souvenue d'un rendez-vous et l'avait ramené en toute hâte jusqu'à sa voiture restée au tribunal.

Alors même qu'il roulait vers Shiprock avec la cage posée sur le siège à côté de lui, ça lui avait de moins en moins paru être une bonne idée. Il allait lui falloir rétrécir l'entrée pour que ce soit juste assez grand pour la chatte et trop petit pour la tête du coyote. Cela paraissait relativement simple. En fait cela n'avait nécessité que l'utilisation de ce fil de fer qui sert à lier les balles de foin. Mais il restait la question de savoir si la chatte accepterait d'en faire sa chambre, et si elle serait suffisamment intelligente pour reconnaître la sécurité qu'elle lui procurait quand le coyote la pourchassait.

Chee réfléchissait à tout cela tout en balayant, utilisant pour mener cette tâche à bien le bâton orné de plumes provenant de sa bourse jish*. Après avoir créé les premiers clans navajo, Femme-qui-Change* leur avait enseigné comment exécuter leurs rites guérisseurs. Elle avait fait les premières peintures sèches en utilisant les nuages, les chassant de son souffle une fois leur rôle rempli. Et elle avait enseigné aux premiers des Navajos à éparpiller leurs sables qui servaient à peindre en les confiant aux vents, exactement comme Chee le faisait, récupérant le tout dans une pelle à poussière puis le projetant dans les airs pour qu'il soit emporté. Il effaça les dernières traces des images et reprit les boîtes de café dans lesquelles il gardait ses réserves de sables non utilisés. Pas la peine de penser à la chatte, maintenant. Le temps ferait son office. Peut-être utiliserait-elle la cage. Sinon, il serait temps de chercher une autre solution. Et il y avait d'autres problèmes plus graves. Comment se débrouillerait-elle quand sa grossesse lui aurait arrondi le ventre ? Comment sa portée survivrait-elle ? Pire, elle chassait moins maintenant, tout au moins c'était l'impression qu'elle lui donnait. Elle comptait davantage sur la nourriture qu'il lui fournissait. C'était exactement ce qu'il ne pouvait pas laisser se développer. Si la chatte devait opérer la transition (entre être la propriété de quelqu'un et être un prédateur qui se suffit à lui-même), elle ne pouvait pas compter sur lui, ni sur quiconque. Le faire était synonyme d'échec. Chee avait été surpris de se rendre compte que la façon dont cette lutte allait se terminer lui importait. Maintenant il l'acceptait. Il voulait que la chatte rompe les entraves à sa liberté. Il voulait que la chatte *belagana* devienne une chatte naturelle. Il voulait qu'elle s'endurcisse et survive.

Il empila les boîtes de sable dans le compartiment de rangement extérieur de la carrosserie de sa maison mobile, là où il rangeait toutes ses affaires pour les cérémonies. Il décida de prendre avec lui sa *jish* juste au cas où les circonstances nécessiteraient, lors de sa rencontre avec Alice Yazzie, une bénédiction ou une autre. De plus, la boîte qui la contenait en même temps que les autres objets cérémoniels avait de quoi impressionner. A cet égard, Chee était un perfectionniste. Ses bâtons* de prière étaient peints exactement comme il le fallait, cirés, polis, avec exactement les plumes qu'il fallait, attachées comme elles devaient l'être. Le sac qui contenait son pollen était en peau de biche très douce ; des flacons de plastique étiquetés que l'on utilise en pharmacie contenaient les fragments de mica, de coquilles d'abalones et les autres "bijoux solides" exigés par sa profession. Et sa bourse des Quatre* Montagnes (quatre minuscules sachets contenus dans un sac en peau de biche), contenait exactement les herbes et les minéraux requis qu'il avait prélevés sur les quatre montagnes sacrées exactement comme les *yei* l'avaient enseigné. Il allait prendre sa *jish.* Il espérait que l'occasion se présenterait de la sortir et de l'ouvrir.

Dans sa caravane, il remplaça son jean poussiéreux par un autre qu'il venait d'acheter à Farmington. Il enfila la chemise rouge et blanche qu'il réservait pour les grandes occasions, ses bottes "de ville" cirées et son chapeau de feutre noir. Puis il se regarda dans le miroir au-dessus du lavabo. Très bien, pensa-t-il. Mais encore mieux s'il avait paru beaucoup plus âgé. Le Dinee aimait que ses *yataalii* fussent vieux et sages : des hommes comme Frank Sam Nakai, le frère de sa mère.

— Ne t'inquiète pas pour ça, lui avait dit Frank Sam Nakai. Tous les chanteurs réputés ont commencé quand ils étaient jeunes. Hosteen Klah a commencé quand il était jeune. Frank Mitchell a commencé quand il était jeune. Moi, j'ai commencé quand j'étais jeune. Contente-toi d'être attentif et d'essayer d'apprendre.

Maintenant, enfin, il allait commencer à faire usage de ce que Frank Sam Nakai lui inculquait depuis tant d'années. En remontant la pente qui s'éloignait de la rivière au volant de son pick-up truck, il remarqua que la formation nuageuse qui se constituait chaque après-midi sur les pentes derrière Shiprock était aujourd'hui plus grosse, sombre à sa base, et que son sommet en enclume constitué de cristaux de glace se formait plus tôt que d'habitude en cet été de sécheresse. Howard Morgan, le présentateur de la météo sur Channel 7 avait annoncé qu'il y avait ce jour-là trente pour cent de chances pour qu'il pleuve sur les Four* Corners. C'était à ce jour le pourcentage le plus élevé de l'été. Morgan avait déclaré que la mousson d'été pourrait enfin faire son apparition. De la pluie. Ce serait le présage parfait. Et Morgan avait souvent raison.

Quand il prit vers l'ouest sur la 504, ça donnait l'impression que Morgan avait raison une fois de plus. Des fronts orageux s'étaient rencontrés au-dessus de la chaîne des Carrizo, formant un mur d'un bleu-noir qui s'étendait à l'ouest loin dans l'Arizona. Le soleil de l'après-midi en éclairait les sommets qui culminaient déjà suffisamment haut pour projeter des cristaux de glace dans les courants d'air internes. Le temps qu'il bifurque au sud au-delà de Dennehotso pour traverser Geasewood Flats, il roulait dans l'ombre du nuage. Des vents de proximité soulevaient par-ci par-là des tourbillons de poussière. Mais Chee avait grandi dans ce conditionnement propre aux gens du désert qui est destiné à éviter la déception. Il s'autorisa à penser un peu à la pluie qui balayait le désert de sa bénédiction, le mouillait en le rafraîchissant, mais à ne pas l'attendre. Et maintenant il lui fallait penser à autre chose. La clinique de Badwater de l'autre côté de la prochaine crête.

Le vent capricieux né des immenses courants ascendants faisait rebondir une touffe d'herbes-qui-roulent sur le parking non macadamisé de la clinique au moment où il y immobilisa son véhicule. Il coupa le moteur et attendit que la rafale s'apaise. Le bâtiment avait été érigé seulement cinq ou six ans plus tôt : un long rectangle de plain-pied au toit plat, bâti au cœur d'un ensemble de bâtiments annexes. Un cube de béton qui abritait le puits d'alimentation en eau de la clinique se trouvait juste derrière, surmonté par une citerne qui avait été blanche. Derrière se trouvait un groupe de ces affreuses unités d'habitation à structure en bois garnie de plâtre marron que le Bureau des Affaires Indiennes avait disséminées par milliers sur la réserve indienne depuis Point Barrow jusqu'à la Réserve Pagago. Aussi récente que fût l'enceinte de la clinique, la réserve y avait déjà apposé sa marque ainsi qu'elle semblait le faire pour toutes les formes contre nature qui lui étaient imposées, un aspect immédiat de délabrement. La peinture blanche du bâtiment de la clinique n'était plus blanche, le sable poussé par le vent l'avait arrachée par plaques sur les blocs de béton des murs. Rien de tout cela ne s'inscrivit dans la conscience de Chee qui, à la manière des Navajos, avait regardé le décor et non les constructions. C'était un bon endroit. Splendide. Une immense vue sur la vallée vers les falaises qui dominaient Chilchinbito Canyon et Long Flat Wash, vers la silhouette massive de Black Mesa dont la couleur vert foncé virait au bleu glacé à cause de la distance et de l'ombre des nuages. Cette vue le remplissait de joie. Il se sentait pris d'exaltation, un état d'esprit qu'il n'avait pas ressenti depuis qu'il avait lu la lettre de Mary Landon. Il se dirigea vers l'entrée de la clinique, sentant une bourrasque de sable projetée contre ses chevilles et ayant le sentiment qu'aujourd'hui il allait enfin

pleuvoir et qu'il allait avoir de la chance.
Et il en eut. La personne qui était assise au comptoir du hall d'entrée était la Femme du Yoo'l Dinee, le Peuple de la Perle. L'excellente mémoire de Chee, entretenue à la manière des Navajos, lui communiqua également son nom : Eleanor Billie. C'était elle qui avait été de service à la réception en ce jour froid de fin de printemps où il était venu avec la dénommée Onesalt pour prendre le mauvais Begay. Sa mémoire semblait aussi bonne que celle de Chee.
— Monsieur le policier, dit-elle avec un très léger sourire. Qui pouvons-nous aller vous chercher ? Est-ce qu'il vous faut un autre Begay ?
— Ce qu'il me faut c'est juste que vous m'aidiez à comprendre quelque chose. Sur la fois où on a emmené le mauvais gars.
Madame Billie n'avait rien à répondre à ça. Son sourire, s'aperçut Chee, n'avait pas été un sourire amical. Peut-être n'avait-il pas autant de chance que ça.
— Ce qu'il faut que je sache c'est si cette femme qui était avec moi, celle de Window Rock, si elle a jamais contacté quelqu'un pour cette histoire. Ecrit une lettre. Téléphoné. Quelque chose de ce genre. Est-ce qu'elle avait des questions à poser ? A qui est-ce que je devrais demander ça ?
Madame Billie parut surprise. Elle émit un ricanement ironique.
— Elle a fait un foin du tonnerre, dit-elle. Elle est venue ici le lendemain et s'est montrée très désagréable. Elle voulait voir le docteur Yellowhorse. Je ne sais pas comment elle a été avec lui. Avec moi elle a été vraiment mauvaise.
— Elle est revenue ? fit Chee en riant. Je suppose que ça ne devrait pas me surprendre. Elle était suffisamment furieuse pour tuer quelqu'un.
Il rit à nouveau. Madame Billie esquissa un sourire et cette fois, remarqua-t-il, il paraissait sincère. En fait il se transforma en un très large sourire.
— Je me suis toujours demandé ce qui s'était passé. Pour

coller cette garce dans une rage pareille.
— Eh bien, nous avons emmené Begay au bâtiment administratif de Lukachukai. Ils y tenaient une réunion... ils essayaient de décider si une famille du Clan du Tissage ou un groupe élargi du Peuple des Hogans Nombreux avaient le droit de vivre sur une terre qui se trouve par là-bas. Quoi qu'il en soit, Onesalt avait découvert que ce vieux Begay y habitait depuis pratiquement mille ans et il était censé dire au conseil que la famille des Hogans Nombreux avaient été les premiers sur place et qu'ils avaient le pacage, l'eau et tout. Je n'ai pas assisté à tout mais à ce qu'on m'a raconté, quand ils se sont adressés à ce Begay que vous nous avez remis pour qu'il leur parle de ça, il leur a servi un long discours comme quoi il n'y avait jamais habité du tout. Qu'il était né au Peuple du Col du Coyote, pour le Peuple du Monstre, et que lui et les siens vivaient loin à l'est sur la Réserve-aux-Mille-Parcelles.
Chee avait le sourire aux lèvres en terminant car il se souvenait de la fureur incohérente d'Irma Onesalt quand elle était sortie du bâtiment administratif en martelant le sol et s'était dirigée vers la voiture de police.
— Vous auriez dû entendre ce qu'elle m'a dit, commenta-t-il.
Ce qu'Irma Onesalt lui avait dit se traduirait de manière très claire de navajo en anglais. C'était l'équivalent de :
— Espèce de sale connard, c'est le mauvais Begay que vous avez amené.
Le sourire de madame Billie révéla une rangée de dents très blanches dans un visage très arrondi :
— J'aurais aimé voir ça.
Chee avait maintenant acquis, au même titre qu'elle, le statut bien établi de victime. Elle poursuivit :
— Vous auriez dû entendre ce qu'elle m'a dit à moi. Je lui ai simplement rappelé qu'elle avait téléphoné pour dire qu'elle passait prendre Frank Begay pour le conduire à sa fichue réunion, et nous lui avons donné le seul Begay que nous avions. Franklin Begay. C'était vraiment pas loin.

— Vraiment pas loin, confirma Chee.
— Et le seul Begay qu'on avait. Et ça n'a pas changé, d'ailleurs.
— Je me demande ce qui a pu faire qu'elle se trompe de nom, ou ce qui a bien pu se passer.
— Oh, on a eu Frank Begay. C'était un diabétique avec toutes sortes de complications. Mais il est mort au début de l'hiver. Avant ça. Le trois octobre. C'était lui qui était de Lukachukai.
— Je me demande si c'est ce qui l'a fait tromper. Elle ne m'a pas donné l'impression d'être quelqu'un qui se tromperait facilement.
Madame Billie hocha la tête en signe d'approbation. Elle paraissait songeuse.
— Ce qu'elle a dit, c'était que nos registres déconnaient complètement. Elle a dit qu'on l'avait sur nos listes en tant que malade. J'ai regardé et je lui ai dit que non. Et elle m'a répondu "Bordel, bien sûr que si. Peut-être pas aujourd'hui," qu'elle a dit, "mais il y a deux semaines, oui."
Madame Billie montra ses dents blanches dans un autre sourire tout joyeux à ce souvenir et ajouta :
— C'est pour ça que je sais exactement quand Frank Begay est mort. Je suis retournée voir dans les archives pour le trouver.
Un moment Chee se laissa aller à imaginer quel plaisir madame Billie avait dû éprouver à donner cette information à Irma Onesalt. Il se souvint à quel point il s'était senti mal à l'aise, au bâtiment administratif, avec cette femme penchée à la portière de sa voiture de police qui le regardait avec mépris en le bombardant de questions sur la raison pour laquelle il avait amené Franklin Begay alors qu'elle lui avait dit d'amener Frank Begay. Une femme d'une arrogance rare, cette Irma Onesalt. Il se demanda, de manière à demi sérieuse, si Dilly Streib, ou celui qui était chargé d'enquêter sur son assassinat pour le compte du FBI, avait envisagé que cela pouvait être un mobile pour la tuer. Quelqu'un avait tout

simplement pu en avoir assez de supporter les manières détestables d'Irma Onesalt.
— Qu'est-ce qu'elle a dit d'autre ? interrogea-t-il.
— Elle voulait voir le docteur pour parler de ça avec lui.
— Le docteur Yellowhorse ?
— Ouais. Alors je l'ai fait entrer.
Yellowhorse et Onesalt, se dit Chee. Deux drôles de coyotes. Pour des raisons différentes, il ne les aimait ni l'un ni l'autre, mais Yellowhorse, il le respectait. Ses désaccords avec le docteur étaient purement d'ordre philosophique : le croyant et l'agnostique qui exploitaient la croyance des autres. Onesalt n'était, ou n'avait été, qu'une emmerdeuse de première.
— J'aurais bien aimé les voir ensemble tous les deux, dit-il. Qu'est-ce qui s'est passé ?
Madame Billie haussa les épaules.
— Elle est entrée. Cinq minutes peut-être et elle est ressortie.
La sonnerie du téléphone retentit à côté de son coude bien en chair.
— Clinique de Badwater, dit-elle. Quoi ? D'accord. Je vais le lui dire.
Elle raccrocha.
— Elle est sortie en furie, continua-t-elle. Folle de rage ce coup-là. Le docteur, il peut être assez méchant, si on l'asticote trop.
Chee se souvint de ce que Janet Pete lui avait dit : la remarque qu'avait faite Irma Onesalt selon laquelle l'histoire du mauvais Begay l'avait mise sur la piste de quelque chose. Cette conversation n'avait rien apporté sur ce dont il pourrait s'agir. A moins que... ?
— Elle a dit autre chose ? Fait des remarques ou autre chose ?
— Non. Enfin, pas grand-chose. Elle était presque arrivée à la porte quand elle s'est retournée et elle est revenue pour me demander quelle était la date du décès de Frank Begay.
— Vous lui avez dit le trois octobre ?

— Non. Je n'avais pas encore regardé. Je lui ai dit à l'automne, je suppose. Et ensuite elle m'a demandé si elle pouvait voir la liste des malades que nous avions dans l'établissement. (Le visage de madame Billie exprimait la désapprobation au souvenir de cette demande scandaleuse.) Vous vous rendez compte un peu le culot ! Et je lui ai répondu qu'il faudrait qu'elle demande ça au docteur alors elle a répondu qu'elle en avait rien à foutre, qu'elle se la procurerait d'une autre façon. (Madame Billie paraissait encore plus désapprobatrice.) En fait, ce qu'elle m'a dit était encore pire que ça. Quelle grossièreté de langage !

Une Noire d'une quarantaine d'années qui portait un uniforme d'infirmière arrivait du couloir avec une jeune Navajo qui poussait un fauteuil roulant. Dans le fauteuil se trouvait une femme dont la jambe était plâtrée.

— Bon, répétez-lui que ça va la démanger, qu'elle n'est pas censée se gratter. Tant pis si ça démange. Faut penser à autre chose.

La Navajo dit : "Ne vous grattez pas," en navajo, et Femme au Plâtre répondit en anglais : "Ne vous grattez pas. Vous me l'avez déjà dit."

— Elle parle anglais, dit madame Billie à l'infirmière. Mieux que moi.

— C'est tout ? demanda Chee pour regagner l'attention de madame Billie. Rien d'autre ?

— Elle est sortie tout de suite après ça.

— Elle vous a dit qu'elle pouvait se procurer la liste des malades d'une autre façon ?

— Ouais. Et ça ne m'étonnerait pas, en plus. Ils doivent tous figurer sur des listes de remboursement de soins médicaux, Medicare, Medicaid, ou une police d'assurance quelconque s'ils en avaient une. La majorité, non.

— Il n'y a qu'à s'adresser à la bureaucratie?

— Probablement pas bien difficile. Elle travaillait à Window Rock avec tous les autres gratte-papiers. Probablement juste une question de demander à quelqu'un, chez le comptable

approprié, de lui faire une photocopie ou de la laisser jeter un coup d'œil.
Chee, depuis un moment, revoyait Leaphorn qui, dans sa caravane, posait la liste sur le plan de travail. Il le revoyait qui scrutait son visage tandis qu'il lisait la liste des noms. Qui lui demandait s'il en connaissait certains. Qui paraissait déçu qu'il dise non. Qui lui demandait si ces noms lui suggéraient quelque chose. Ils ne lui avaient rien suggéré. Mais maintenant, si. Maintenant ils paraissaient terriblement importants.
— Moi, je n'ai pas d'amis parmi les gratte-papiers de Window Rock. Y a-t-il un moyen pour que je puisse savoir qui était dans l'établissement ce jour-là ?
— Vous pourriez le demander au docteur Yellowhorse.
— Bon, fit-il. Je peux entrer le voir ?
— Il n'est pas là.
Chee arbora une expression aussi déçue que possible. Il haussa les épaules, prit un air désabusé.
— Vous faites partie de la police. Je suppose que vous pourriez dire que c'est pour une enquête officielle.
— C'est pour une enquête officielle.
— Ça va demander un petit moment, dit-elle en se levant. Appelez-moi si le téléphone sonne.
Il fallut une dizaine de minutes et le téléphone ne sonna pas.
— Je vous ai simplement recopié ceux qui étaient là à cette date, dit-elle. J'espère que vous pouvez lire mon écriture.
Son écriture était belle, claire, symétrique : elle aurait remporté des concours de calligraphie si les concours de calligraphie existaient encore. Chee le remarqua avant de regarder les noms.

Ethelmary Largewhisker
Addison Etcitty
Wilson Sam

C'était la liste dont Leaphorn lui avait parlé. Les noms pour lesquels Irma Onesalt cherchait à mettre la main sur les certificats de décès. Celui de Wilson Sam était le troisième. Et en second en partant du bas, Chee vit Dugai Endocheeney.

— Merci, dit-il.

Il plia le papier d'un air absent et le mit dans son portefeuille en pensant : Sam et Endocheeney étaient en vie au moment où Onesalt cherchait à mettre la main sur leurs certificats de décès. Sam avait dû être hospitalisé pour la jambe cassée que Leaphorn avait mentionnée et Endocheeney pour Dieu sait quoi. Mais ils étaient encore en vie. Qu'est-ce que Onesalt... ?

Son cerveau trouva la réponse à cette question avant même qu'il ne l'eût formulée complètement. Il savait pourquoi Irma Onesalt était morte, et pratiquement tout le reste aussi. Tout ce qu'il restait de l'énigme, c'était pourquoi quelqu'un avait essayé de le tuer lui. Il consulta sa montre. Il avait passé plus de temps ici qu'il n'en avait eu l'intention.

— Il faut que j'utilise votre téléphone, dit-il à madame Billie.

Il allait appeler Leaphorn et lui dire ce qu'il avait appris. Après, il fallait qu'il se dépêche. Depuis un moment il entendait le tonnerre et ça semblait se rapprocher. Il allait devoir prévoir un petit délai au cas où ça deviendrait boueux. Après être parvenu à un accord avec Alice Yazzie pour l'exécution d'une Voie de la Bénédiction, il verrait s'il pouvait deviner pourquoi le fantôme de Jim Chee était censé se joindre aux *chindis* de Onesalt, Sam et Endocheeney. Mais le moment n'était pas à avoir des pensées aussi déplaisantes.

Chapitre 19

Le téléphone sonnait quand Leaphorn franchit le seuil de son bureau.

— Vous venez de rater un coup de fil, lui annonça le préposé au standard. Je vous ai pris le message.

— D'accord, dit-il.

Il était fatigué. Il voulait nettoyer rapidement le dessus de son bureau, rentrer chez lui, prendre une douche, essayer de se détendre quelques minutes puis retourner à Gallup. Emma devait passer la nuit là-bas pour les analyses qu'ils lui faisaient, pour ce qu'ils font quand il y a quelque chose qui ne va pas à l'intérieur du crâne. Pourquoi ? Leaphorn ne comprenait pas. Alors que ça ne lui ressemblait pas du tout, il n'avait pas insisté pour qu'on lui fournisse une explication. Tout ce qui concernait la maladie d'Emma lui laissait le sentiment désespéré que tout lui échappait. Il se produisait des choses qui allaient changer leurs vies (dévaster sa vie), et il n'y avait rien qu'il puisse faire pour influer là-dessus. Il se sentait prisonnier d'un sentiment d'inévitabilité... quelque chose de nouveau pour Joe Leaphorn. Cela lui donnait l'impression d'être comme les gens qui se trouvent pris dans un tremblement de terre, d'après ce qu'il avait entendu dire, les pieds reposant sur une terre ferme qui ne l'était plus.

Il régla rapidement le sort des notes de service "à régler d'urgence", et n'en trouva aucune qui nécessitât qu'on la réglât d'urgence. Les deux plus pressées concernaient le rodéo. D'abord, une bootlegger, une femme qui conduisait un pick-up truck de couleur bleue, semblait vendre plus ou moins ouvertement, à en croire les plaintes, mais n'avait pas été arrêtée. Ensuite, un problème d'organisation de la circulation était apparu aux endroits où les voies d'accès à l'enceinte du rodéo se mêlaient au flot principal des véhicules sur la Route Navajo 3. Leaphorn rédigea d'abord l'ordre nécessaire pour régler le problème de la circulation. Celui de la trafiquante d'alcool exigeait de la réflexion. Qui pouvait être cette femme ? Il interrogea le savoir qu'il avait accumulé tout au long de sa carrière sur le trafic d'alcool, étudia rapidement sa carte. En général, cinq ou six bootleggers couvraient un événement aussi populaire que le rodéo, dont deux ou trois femmes. L'une de ces femmes était malade, Leaphorn le savait, probablement à l'hôpital. Des deux qui restaient, celle qui habitait à Ruines Larges conduisait un grand pick-up truck. Leaphorn évoqua les liens familiaux qui étaient les siens. Elle était née au Peuple de la Maison Haute, pour le Peuple de la Brèche dans le Roc. Mentalement, il établit la comparaison avec les clans des policiers qu'il avait mis sur le rodéo... selon la théorie simple et vraie que personne ne va arrêter sa propre sœur de clan s'il peut l'éviter. Il trouva ce à quoi il s'attendait. Le sergent qui était chargé de faire respecter l'ordre sur place était un homme de la Maison Haute.

Leaphorn déchira l'ordre qu'il avait rédigé dans le but de régler le problème de l'accès et en écrivit un autre, faisant passer le sergent de la Maison Haute à la surveillance de la circulation et le remplaçant par le caporal qui s'était jusqu'alors occupé de la circulation. Puis il consulta ses messages téléphoniques.

Celui qu'il venait de rater émanait de Jim Chee.

Lieutenant Leaphorn : Irma Onesalt est revenue à la clinique de Badwater le lendemain du jour où j'y ai pris Franklin Begay. Elle était en colère. Elle a découvert que Frank Begay était mort en octobre dernier. Elle a demandé à avoir une liste des malades qui étaient dans la clinique, est allée voir le docteur Yellowhorse à ce sujet, s'est fait envoyer promener, a dit qu'elle se procurerait les noms autre part. J'ai une liste des noms inscrits à la date où Onesalt était là. La liste comprend Endocheeney et Wilson Sam. Je me souviens avoir entendu qu'Endocheeney se trouvait à la clinique à peu près à cette époque-là pour une jambe cassée.

Le reste du message était une liste de tous ceux qui avaient été soignés à la clinique de Badwater en ce jour d'avril. Elle incluait les noms dont le docteur Jenks s'était souvenu, les noms bizarres.

Leaphorn relut le message. Puis il le laissa tomber d'entre ses doigts et s'empara du téléphone.

— Appelez Shiprock et passez-moi Chee, ordonna-t-il.

— Je crains qu'on ne puisse pas l'avoir, lui répondit le responsable des transmissions. Il appelait de la clinique de Badwater. Il a dit qu'il partait tout de suite. Qu'il prenait la direction de Dinebito Wash et qu'on ne pourrait pas le joindre pendant un certain temps.

— Dinebito Wash ?

Qu'est-ce qu'il pouvait bien aller fabriquer par là-bas ? Même dans la réserve où l'isolement était la norme, la région de Dinebito était une zone vide. Là-bas, le désert grimpait jusqu'aux limites nord des hautes terres de Black Mesa. Leaphorn demanda au standard de lui passer le capitaine Largo à Shiprock.

Il attendit, debout à côté de la fenêtre. Le ciel tout entier, au sud et à l'ouest, était d'un noir d'orage. Comme tous les gens qui vivent beaucoup dehors et dont la culture repose sur les conditions météorologiques, Leaphorn avait appris à étudier le ciel. Celui-ci était assez facile à lire. Cet orage n'allait pas se désagréger ainsi que les autres l'avaient fait pendant tout l'été. Celui-ci était porteur d'eau, et empreint de force. Il devait pleuvoir sérieusement en ce moment sur les mesas hopi, à Ganado et sur les terres d'herbages de ses cousins, autour de Klagetoh, de Cross Canyons et de Burntwater. D'ici demain, ils entendraient parler de torrents soudain jaillis de nulle part dans le Wash des Ruines Larges, le Jonc Solitaire et la Ravine des Saules Dispersés, et de ces voies d'écoulement poussiéreuses propres au paysage désertique qui se convertissent en déferlements d'eau rugissante quand arrivent les pluies mâles. Demain serait une journée difficile pour les cent vingt hommes et femmes de la Police Tribale Navajo.

Leaphorn regardait les éclairs et les premières gouttes d'eau froide qui s'écrasaient sur la vitre, et il ne pensait pas à Emma endormie dans sa chambre d'hôpital. Au lieu de cela il laissait les chaînons apportés par le message de Chee se mettre en place. La motivation de Onesalt ? La malveillance, bien sûr. Leaphorn y réfléchit. Ce fut une réflexion improductive mais cela valait mieux que de penser à Emma. Mieux que de penser à ce qu'il allait apprendre demain quand les analyses seraient finies.

Le téléphone sonna.

— J'ai le capitaine Largo, lui annonça le standard tandis que derrière lui la voix de Largo disait quelque chose à propos des heures de travail.

— Leaphorn ici. Est-ce que vous savez où allait Jim Chee aujourd'hui ?

Chee ? fit Largo en riant. Oui. Le petit salaud a fini par réussir à se décrocher un chant. Il devait aller voir pour régler tout ça. Drôlement excité, qu'il était.

— Il faut que je lui parle. Il travaille demain ? Est-ce que vous pourriez appeler le bureau et vérifier ça pour moi ?

— J'y suis, au bureau. Je ne suis pas mieux loti que vous pour ce qui est de quitter le travail. Une minute.

Leaphorn attendit, entendant la respiration de Largo et un bruit de papiers que l'on tourne.

— Y pleut déjà par chez vous ? interrogea Largo. On dirait qu'on va peut-être finir par en avoir un peu par ici.
— Ça commence tout juste.
Il tambourina du bout des doigts sur le tableau de son bureau. A travers la vitre striée de pluie il vit un éclair triple.
— Demain, dit Largo. Non, il est de congé.
— Merde, alors, fit Leaphorn.
— Mais voyons un peu. Il était censé rester en contact. A cause de quelqu'un qui essaye de le truffer de plomb. Je lui ai dit, et il y a des fois où Chee fait ce qu'on lui demande. Voyons s'il y a un message là-dessus.
D'autres bruits de papiers. Leaphorn attendit.
— Eh ben ça, alors. Pour une fois il l'a fait.
Le ton de Largo passa de celui de quelqu'un qui parle à celui de quelqu'un qui lit :
— Je vais me rendre aujourd'hui chez Hildegarde Goldtooth, vers Dinebito Wash, pour la voir, elle et Alice Yazzie, à propos d'un chant pour quelqu'un de malade.
La voix de Largo redevint normale :
— Il a été convié à exécuter ce chant la semaine dernière. Il en était très fier. Il a fait le tour pour montrer la lettre à tout le monde.
— Rien sur quand il reviendra ?
— Avec Chee, ce serait trop demander.
— Je ne suis pas allé par là-bas depuis l'époque où j'étais stationné à Tuba City, dit Leaphorn. Il est bien obligé de passer par Piñon, non ?
— A moins d'être à pied. C'est la seule route.
— Bon, merci. Je vais appeler le gars qu'on a là-bas et lui demander de l'intercepter dans l'un ou l'autre sens.
Le policier qui avait pour tâche de travailler à partir du bâtiment administratif de Piñon était du Peuple du Rocher qui Dort, du nom de Leonard Skeet. Leaphorn avait travaillé avec lui quand il était plus jeune, à Tuba City, et se rappelait de lui comme de quelqu'un sur qui on pouvait compter si on n'était pas trop pressé. La voix qui fit "Allô" était féminine :

madame Skeet. Leaphorn se présenta.

— Il est parti à Rough Rock, l'informa-t-elle.

— Quand pensez-vous qu'il va rentrer ?

— Je ne sais pas.

Elle rit mais l'orage, la distance, ou la façon dont les fils téléphoniques étaient fixés sur des kilomètres de poteaux de clôture avant d'atteindre ce poste isolé faisait qu'il était difficile de dire si c'était par amusement ou par ironie :

— Il est policier, vous savez.

— Je voudrais lui laisser un message. Voulez-vous lui dire que Jim Chee, un policier, va passer par chez vous en voiture. Il faut que votre mari l'arrête et lui dise de m'appeler.

Il donna son numéro de téléphone personnel. Il valait mieux qu'il aille chez lui en attendant que ce soit l'heure de retourner à Gallup.

— Quand est-ce que vous pensez qu'il va passer, à peu près ? Lenny va me poser la question.

— C'est de la devinette. Il est parti quelque part du côté de Dinebito Wash. Pour aller voir Hildegarde Goldtooth, je ne sais pas quelle distance ça peut faire.

Il s'en suivit quelque chose qui était aussi proche du silence que le permettaient les crépitements de la ligne mal isolée.

— Vous êtes toujours là ? demanda Leaphorn.

— C'était la sœur de mon père, dit madame Skeet. Elle est morte. Décédée le mois dernier.

Et ce fut au tour de Leaphorn de répondre par ce même long silence.

— Qui y habite maintenant ?

— Personne. L'eau était mauvaise de toute façon. Alcaline. Et quand elle est morte, il n'y avait plus personne à part sa fille et son gendre. Et ils viennent de partir.

— Il n'y a personne par là-bas, alors ?

— C'est ça. Si quelqu'un s'y était installé, je le saurais.

— Sauriez-vous m'indiquer exactement comment faire pour y aller depuis Piñon ?

Elle le savait. Tandis que Leaphorn dessinait les indications qu'elle lui donnait dans son calepin, il faisait mentalement le tour des autres bureaux des sous-agences de la Police Navajo qui pourraient envoyer quelqu'un à Piñon plus vite qu'il ne pouvait s'y rendre lui-même de Window Rock. Many Farms serait plus proche. Kayenta serait plus proche. Mais qui donc travaillerait à une heure pareille ? Et il ne voyait rien dans ce qu'il pourrait leur dire (rien de spécifique), qui fût susceptible de leur insuffler le terrible sentiment d'urgence qu'il ressentait lui-même.

Il pouvait y être dans deux heures, estima-t-il. Peut-être un peu moins. Puis trouver Jim Chee et être de retour à temps pour arriver à Gallup aux environs de minuit. Emma dormirait de toute façon. Il n'avait pas le choix.

— Fini pour aujourd'hui, vous rentrez chez vous ? lui demanda le policier de l'accueil quand il descendit les marches.

— Je vais à Piñon, répondit-il.

Chapitre 20

A Albuquerque, dans les studios de KOAT-TV, Howard Morgan était en train d'expliquer la situation. Le bulletin d'informations était capté puis retransmis par des stations automatisées de façon à couvrir la Réserve-aux-Mille-Parcelles, à pénétrer dans la région des Four Corners et jusqu'aux limites est de la Grande Réserve Navajo. Jim Chee eût-il été chez lui, dans sa petite maison mobile, sa télé à piles allumée, il aurait vu Morgan qui se tenait devant la projection d'une photographie transmise par satellite, expliquant comment le jet-stream, aspirant l'air frais et chargé d'eau, avait fini par tourner au sud où cette masse rencontrait davantage d'humidité. L'humidité qui remontait du sud était tout ce qu'il y a de sérieux, ayant été poussée à travers la Basse Californie et les déserts du nord-ouest du Mexique par l'ouragan Evelyn.

— Les pluies, enfin, concluait Morgan. Une bonne nouvelle si vous cultivez la rhubarbe. Une mauvaise si vous prévoyez de pique-niquer. Et n'oubliez pas, en ce qui concerne les torrents éclairs, l'état d'alerte est donné pour toute la partie sud et ouest du Plateau du Colorado ce soir et, demain, pour tout le nord du Nouveau Mexique.

Mais Chee n'était pas chez lui à regarder les prévisions météo. Il faisait plus ou moins la course avec le front orageux, roulant tous phares allumés dans le crépuscule que les nuages avaient rendu précoce. Juste après avoir dépassé

Piñon, il était tombé sur une brusque et violente bourrasque de pluie : des gouttes de la taille de noyaux de pêches qui cinglaient la piste de terre en soulevant des jets de poussière. Puis s'en était suivi un bombardement de neige de la taille de pop-corns qui se déplaçait comme un écran en travers de la route, renvoyant la lumière de ses phares comme un rideau de faux diamants. Cela n'avait pas duré plus d'une centaine de mètres. Alors il s'était trouvé de nouveau dans l'air sec. Mais la pluie menaçait au-dessus de lui. Elle dominait les pentes nord-est de Black Mesa telle un mur illuminé de temps à autre par des éclairs en nappes jusqu'à paraître gris clair. L'odeur pénétrait par les orifices de ventilation du pick-up truck, se mêlait à celle de la poussière. Pour les narines de Chee rompues aux odeurs du désert, c'était là un parfum enivrant : l'arôme des bons herbages, de l'eau facile, des bonnes récoltes de pommes de pins pignons. L'odeur des temps heureux, celle du Ciel Père bénissant la Terre Mère.

Chee conduisait avec, étalée sur ses cuisses, la carte qu'Alice Yazzie avait tracée au dos de sa lettre. Le piton volcanique qui, juste devant lui, se dressait comme quatre doigts de géant repliés, devait être l'endroit qu'elle avait indiqué où il fallait faire attention à tourner à gauche. C'était ça. Juste après, deux ornières quittaient la route de terre qu'il avait suivie jusque-là.

Il était en avance. Il s'arrêta et descendit pour s'étirer et tuer un peu de temps ; en partie pour vérifier si la piste était encore utilisée et en partie pour le pur plaisir de se tenir sous l'immensité et la violence de ce ciel. A une époque, la piste avait été utilisée assez fréquemment, mais pas récemment. Maintenant les rares herbes comestibles et non comestibles de cet été aride avaient poussé sur la partie bombée entre les ornières. Mais une voiture était passée aujourd'hui. Il y avait très peu de temps, en fait. Les pneus étaient usés, mais les peu nombreuses traces de dessin qu'ils avaient laissées étaient fraîches. Un éclair fulgurant déchiqueta le nuage et se répéta, produisant une explosion de tonnerre aussi bruyante qu'un coup de canon. Un vent humide le dépassa, collant la toile de son pantalon contre ses jambes et apportant des odeurs d'ozone, de sauge mouillée et d'aiguilles de pins pignons. Puis il entendit le grondement assourdi de l'eau qui tombait. Elle venait vers lui telle une muraille grise. Il remonta dans la cabine au moment où une goutte glaciale s'écrasait sur le dos de son poignet.

Il franchit les trois derniers kilomètres et demi qu'Alice Yazzie avait indiqués sur la carte avec ses essuie-glaces qui balayaient le pare-brise et la pluie qui martelait le toit. La piste changeait plusieurs fois de direction pour ressortir d'une large vallée, grimpait vers les hautes terres de Black Mesa, devenant de plus en plus rocailleuse. Chee avait été un peu inquiet en dépit des chaînes à boue qu'il avait toujours avec lui. La rocaille éliminait cette inquiétude. Il ne risquait pas de rester coincé en roulant sur ça. Soudain, le ciel s'éclaircit. La pluie cessa, une de ces brèves accalmies communes aux orages qui se produisent en altitude. Les traces escaladaient une crête bordée de gros blocs de granite érodés, les suivaient brièvement puis tournaient pour plonger brusquement. En contrebas, Chee vit l'endroit où vivait Goldtooth. Un hogan rond en pierre avec un toit de terre conique, une maison en bois au toit pointu, un corral, un abri de stockage, et un appentis de troncs, de planches et de papier goudronné qui s'appuyait contre le mur d'une falaise basse. De la fumée montait du hogan, restait en suspens dans l'air humide en donnant naissance à une tache bleue qui s'étendait sur l'étroit cul-de-sac dans lequel la famille Goldtooth élargie avait élu domicile. Un vieux camion était garé à côté de la maison de planches. Derrière elle dépassait l'arrière d'une conduite intérieure Ford très ancienne. Chee voyait une faible lumière, probablement celle d'une lampe à pétrole, qui éclairait l'une des fenêtres latérales de la maison. A part cela, et la fumée, l'ensemble donnait une impression d'abandon.

Il se gara à une distance polie de la maison et demeura assis

un moment avec les phares braqués sur elle, à attendre. La porte d'entrée s'ouvrit et la lumière souligna une silhouette vêtue de la longue jupe volumineuse et du chemisier à manches longues de la femme navajo traditionnelle. Elle regarda droit dans les phares puis fit le geste de bienvenue traditionnel et disparut à l'intérieur de la maison.
Chee éteignit ses phares, ouvrit la portière et sortit dans la pluie qui reprenait. Il marcha vers la maison, passa devant le camion garé. Il vit que le Ford n'avait pas de roues arrière. L'air humide était porteur des mille odeurs soulevées par la pluie. Mais il manquait quelque chose. L'odeur âcre qui emplit l'air quand la pluie mouille le fumier encore frais des corrals et des enclos à moutons. Où se trouvaient-ils ? L'intelligence de Chee possédait ses diverses forces et faiblesses : une mémoire superbe, une tendance à rejeter les données nouvelles pendant qu'elle se concentrait trop exclusivement sur une seule pensée, une tendance à être trop distrait par la beauté etc. L'une de ses forces était sa capacité à traiter une information nouvelle et à la collationner avec d'anciennes de manière remarquablement rapide. En un millième de seconde, Chee identifia le parfum absent, en tira la signification et l'homogénéisa avec ce qu'il avait déjà remarqué sur l'endroit où habitait la famille Goldtooth. Pas d'animaux. Un site peu utilisé. Pourquoi l'utiliser maintenant ? Son cerveau identifia un assortiment d'explications possibles. Mais tout cela le transforma, au milieu d'une enjambée, pour faire d'un homme heureux qui s'avançait sous la pluie vers une rencontre longtemps attendue, un homme légèrement inquiet qui gardait la mémoire d'avoir été pris pour cible.
Ce fut alors qu'il remarqua l'huile.
Ce qu'il vit était un reflet qui luisait dans le crépuscule, un miroitement d'un bleu-vert là où l'eau de pluie avait nettoyé le sol sous le camion et s'était chargée d'une émulsion huileuse. Ce qui l'arrêta net. Il regarda la tache d'huile, puis la maison. Il ressentait toutes ces étranges et intenses

sensations qui se manifestent quand une peur intense déclenche le fonctionnement des glandes qui sécrètent l'adrénaline. Peut-être rien à voir, disait une région de son cerveau. Une coïncidence. Les carters d'huile qui fuient sont suffisamment fréquents chez les vieux camions si répandus sur la réserve. Mais il s'était montré négligent. Imprudent. Et il fit demi-tour pour revenir à son pick-up truck, d'abord en marchant puis en se mettant à courir. Son pistolet était enfermé dans la boîte à gants.

Il n'eut pas conscience d'un écart entre la détonation et l'impact qui le fit trébucher. Il vacilla contre le hogan, s'agrippant au bord du linteau de porte pour se soutenir. Puis le second coup l'atteignit, plus haut cette fois : il eut la sensation que des griffes déchiraient les muscles du haut de son dos et de son cou ainsi que l'arrière de sa tête. Il en perdit l'équilibre et se retrouva à genoux, les mains dans la boue froide. Un fusil automatique, limité comme le veut la loi, contient trois cartouches. Trois trous qui avaient déchiqueté la carrosserie de sa caravane. Un autre coup allait venir. Il se jeta contre la porte du hogan, pénétra à l'intérieur en poussant comme il pouvait au moment précis où il entendait le troisième coup de feu.

Il repoussa la porte derrière lui, s'assit en s'y adossant, essayant de contrôler l'état de choc et la panique qui s'étaient emparés de lui. Le hogan était désert, entièrement vidé et éclairé par la lueur vacillante des braises d'un feu qui avait été allumé sur le sol de terre sous le trou à fumée. A ses oreilles résonnaient les coups de feu, mais en arrière-plan il distinguait les bruits d'éclaboussures que faisait quelqu'un en courant sous la pluie. Le côté droit de son corps était tout engourdi. Il tendit le bras gauche derrière lui et enclencha le loquet de bois.

Quelque chose poussa contre la porte, timidement.

Il y appuya son épaule.

— Si vous ouvrez la porte, je vous tire dessus, dit-il.

Silence.

— Je suis un policier. Pourquoi m'avez-vous tiré dessus ?
Silence. Le bourdonnement s'atténua dans ses oreilles. Il distinguait un léger bruit métallique : celui de la pluie qui frappait l'écran de métal placé au-dessus du trou à fumée pour garder le hogan au sec. Le bruit de pieds qui se déplaçaient sur la terre boueuse. Des bruits métalliques. Chee tendit l'oreille. On était en train de recharger le fusil. Il réfléchit à ce que cela signifiait. La personne qui lui avait tiré dessus n'avait pas pris la peine de recharger avant de se lancer à sa poursuite. Elle avait vu qu'il avait été touché, jeté au sol. Apparemment elle avait présumé que les coups de feu l'avaient tué. Qu'il ne représentait pas un danger.
La douleur était maintenant violente, surtout à l'arrière de son crâne. Il y porta prudemment les doigts et s'aperçut que ses cheveux étaient couverts de sang. Il sentait également le sang qui coulait sur son flanc droit, sa chaleur sur la peau le long de ses côtes. Il regarda la paume de sa main, l'inclina de telle sorte que le faible rougeoiement des braises puisse l'atteindre. Dans cette lumière, le sang frais paraissait presque noir. Il allait mourir. Pas tout de suite, probablement, mais bientôt. Il voulait savoir pourquoi. Cette fois, il cria.
— Pourquoi m'avez-vous tiré dessus ?
Silence. Il essaya de trouver un autre moyen d'obtenir une réponse. N'importe laquelle. Il testa son bras droit, s'aperçut qu'il pouvait le bouger. La douleur la pire venait de l'arrière de son crâne. Une souffrance à faire grincer des dents en ce qui semblait être vingt points différents où les plombs de chasse avaient atteint l'os du crâne. Surmontant l'ensemble il y avait la sensation qu'on était en train de lui ébouillanter le crâne. La douleur rendait toute réflexion difficile. Mais il lui fallait réfléchir. Ou mourir.
Puis la voix :
— Porteur-de-peau ! Pourquoi tuez-vous mon bébé ?
C'était une voix de femme.
— Ce n'est pas vrai, dit-il lentement et clairement.
Pas de réponse. Il essaya de se concentrer. D'ici pas très

longtemps, il allait se vider de son sang. Ou, avant que cela n'arrive, il allait s'évanouir et à ce moment-là cette femme en proie à la folie pousserait la porte du hogan et le tuerait avec son fusil.

— Vous croyez que je suis un sorcier, dit-il. Pourquoi croyez-vous cela ?

— Parce que vous êtes un *adan'ti*, dit-elle. Vous avez projeté un os dans mon corps avant la naissance de mon bébé, ou vous avez projeté un os dans le corps de mon bébé et maintenant il est en train de mourir.

Cela lui en apprenait un tout petit peu plus : dans le monde des Navajos où la sorcellerie est importante, où l'attitude quotidienne est organisée de manière à en éviter les effets, à les prévenir et à les guérir, il y a autant de mots associés à ses différentes formes qu'il y a de mots pour les différents types de neige chez les esquimaux. Si cette femme pensait qu'il était *adan'ti*, elle pensait qu'il avait le pouvoir de sorcellerie : celui de se changer en animal, de voler, peut-être de devenir invisible. Des idées très précises. Où les avait-elle prises ?

— Vous pensez que si je reconnais que c'est moi qui ai ensorcelé votre bébé, alors il va guérir et c'est moi qui vais mourir très vite, dit-il. C'est bien ça ? Ou que si vous me tuez, le sort va disparaître.

— Vous devriez le reconnaître, répondit la femme. Vous devriez le dire que c'est vous qui l'avez fait. Sinon je vais vous tuer.

Il fallait qu'il la fasse rester là. Il fallait qu'il la fasse parler jusqu'à ce qu'il puisse faire fonctionner son cerveau. Jusqu'à ce qu'il puisse apprendre d'elle ce dont il avait besoin pour sauver sa peau. Peut-être était-ce impossible. Peut-être se mourait-il déjà. Peut-être le vent de sa vie le quittait-il déjà, pour se mêler à la pluie du dehors. Peut-être n'y avait-il rien qu'il pût apprendre et qui pût l'aider. Mais son conditionnement le poussait à résister et survivre. Il réfléchit, le front plissé sous l'effort de concentration, repoussant par sa volonté la douleur et la connaissance terrifiante que le sang ruisselait le long de ses flancs et formait une flaque sous ses fesses. Pour l'instant, il fallait qu'il continue à la faire parler.

— Ça n'aidera pas votre bébé si je reconnais que c'est moi car je ne suis pas votre sorcier. Pouvez-vous me dire qui vous a dit que j'étais le sorcier ?

Silence.

— Si j'étais un sorcier... si j'avais le pouvoir de sorcellerie, on vous a appris ce que je pourrais faire ?

— Oui, on me l'a appris.

La voix était hésitante.

— Alors vous savez que si j'étais un sorcier je pourrais me changer en autre chose. En chouette. Je pourrais m'envoler par le trou à fumée et disparaître dans la nuit.

Silence.

— Mais je ne suis pas un sorcier. Je ne suis qu'un homme. Un chanteur. Un *yataalii*. J'ai appris les voies qui guérissent. Plusieurs. Je connais les chants qui protègent contre un ensorcellement. Mais je ne suis pas un sorcier.

— Ils disent que si.

— Qui ça ? Qui sont-ils, ceux qui disent ça ?

Mais il connaissait déjà la réponse.

Silence.

L'arrière de sa tête était en feu, et sous ce feu la souffrance épouvantable de son crâne commençait à se localiser en une douzaine de points de douleur : les endroits où les plombs s'étaient logés dans l'os. Mais il lui fallait réfléchir. On l'avait désigné comme sorcier à cette femme, exactement comme Roosevelt Bistie avait dû être désigné comme bouc émissaire à Endocheeney. Bistie se mourait d'une maladie du foie. Et cette femme regardait mourir son nouveau-né. Une conclusion prit forme dans le cerveau de Chee.

— Où votre bébé est-il né ? demanda-t-il. Et quand il est tombé malade, est-ce que vous l'avez emmené à la clinique de Badwater ?

Avant que la réponse ne vienne, il avait décidé qu'elle ne viendrait pas.
— Oui.
— Et le docteur Yellowhorse vous a dit qu'il était un homme-qui-lit-dans-le-cristal et qu'il pouvait vous dire ce qui causait la maladie de votre bébé, c'est bien ça ? Et il vous a dit que c'était moi qui avais ensorcelé votre bébé.
Ce n'était plus une question. Chee savait que c'était vrai. Et il se disait qu'il savait peut-être comment rester en vie. Comment convaincre cette femme de poser son fusil, d'entrer pour l'aider à empêcher le sang de couler et l'emmener à Piñon ou quelque part où il y aurait de l'aide. Il utiliserait le peu de vie qui lui restait pour dire à cette femme qui était le vrai sorcier. Chee croyait aux sorciers d'une manière abstraite. Peut-être possédaient-ils ces pouvoirs, ainsi que les légendes le prétendaient et que les rumeurs l'assuraient, de se changer temporairement en animal, de voler, de courir plus vite que n'importe quelle voiture. A cet égard, Chee était un sceptique qui était prêt à accepter toute véritable preuve. Mais il savait que la sorcellerie, dans son principe fondamental, traquait le Dinee. Il le voyait chez les gens qui avaient, par méchanceté délibérée, tourné le dos à la beauté des coutumes navajo et embrassé le mal qui en était le contraire. Il le voyait tous les jours dans son travail de policier : chez ceux qui vendaient du whisky aux enfants, chez ceux qui achetaient des magnétoscopes alors que les membres de leur famille avaient faim, dans les combats à coups de couteaux au cœur des ruelles de Gallup, dans les femmes battues et les enfants abandonnés.
— Je vais vous le dire qui est le sorcier, dit-il. D'abord, je vais vous jeter les clefs de mon camion. Vous les prenez et vous ouvrez la boîte à gants à l'intérieur, et vous y trouverez mon pistolet. Je vous ai dit que je l'avais ici avec moi parce que j'avais peur. Maintenant je n'ai plus peur. Allez vérifier et vous verrez que je n'ai pas mon pistolet avec moi. Ensuite je veux que vous rentriez ici où il fait chaud, où il ne pleut pas,

et où vous pourrez regarder mon visage pendant que je vous le dis. Comme ça vous saurez si je dis la vérité. Et ensuite je vous répèterai que je ne suis pas un sorcier qui a fait du mal à votre enfant. Et je vous dirai qui est le sorcier qui vous a jeté ce mauvais sort.

Silence. Le bruit des bourrasques de pluie. Puis un claquement métallique. La femme qui faisait quelque chose avec le fusil.

Le bras droit de Chee était à nouveau engourdi. De sa main gauche il sortit ses clefs de camion, repoussa le loquet et tira légèrement la porte vers lui. Tout en jetant ses clefs par l'ouverture, il attendit le coup de feu. Le fusil ne tira pas. Il entendit le bruit que faisait la femme en marchant dans la boue.

Il laissa échapper un souffle immense. Maintenant il lui fallait repousser assez longtemps la douleur et l'étourdissement pour pouvoir organiser ses pensées. Il fallait qu'il sache exactement ce qu'il devait dire.

Chapitre 21

La voiture de patrouille du policier Leonard Skeet, né au Clan des Oreilles Dressées, l'homme qui était chargé de faire respecter la loi et l'ordre sur les environs déserts et accidentés de Piñon, était garée sous la pluie devant le poste de police de la sous-agence. Le poste lui-même, une maison mobile double largeur, était installé sur la rive de Wepo Wash. Il servait également de domicile à Leonard Skeet et à Aileen Beno, sa femme. Leaphorn quitta l'asphalte de la Route Navajo 4 pour la boue du terre-plein, frappa à la porte de Skeet et l'emmena avec lui.

Skeet n'avait pas vu trace du pick-up truck de Chee. Sa maison était placée de telle sorte qu'elle avait vue sur la Navajo 4 et sur la route qui partait vers le nord-ouest dans la direction du bâtiment administratif de Forest Lake puis, après, jusque chez Goldtooth.

— Il était probablement déjà passé par là bien avant que je ne rentre. Mais il n'est pas encore revenu. J'aurais vu son camion.

Parvenu devant la voiture d'Emma, Skeet hésita.

— Elle n'est pas bien pour la boue et peut-être que je ferais mieux de conduire, annonça-t-il en regardant le plâtre de Leaphorn. Vous feriez probablement mieux de reposer un peu votre bras.

Sous le plâtre, le bras était douloureux depuis le poignet jusqu'au coude. Le bon sens de Leaphorn luttait sous la pluie contre l'instinct conditionné qui voulait qu'il fût aux commandes. Ce fut le bon sens qui l'emporta. Skeet connaissait la route. Ils bifurquèrent vers sa voiture de police, abandonnèrent derrière eux le très petit nombre de bâtiments dispersés qui constituait Piñon, abandonnèrent l'asphalte pour les gravillons et, bientôt, les gravillons pour la terre nivelée. Elle était glissante maintenant et Skeet conduisait avec le savoir-faire parfait de quelqu'un de sportif qui, tous les jours ouvrables, parcourt les mauvaises routes de l'arrière-pays. Leaphorn se surprit à penser à Emma et repoussa cette pensée. Skeet ne lui avait pas posé de questions et la politique de Leaphorn, depuis des années, consistait à ne pas en dire plus aux gens qu'ils n'avaient besoin d'en savoir. Skeet avait besoin d'en savoir un petit peu.

— Nous perdons peut-être notre temps, dit Leaphorn.

Il n'avait pas besoin de parler à Skeet de la tentative faite contre la vie de Chee : tout le monde au sein de la PTN en connaissait tous les détails et tout le monde, pensait Leaphorn, devait avoir sa théorie là-dessus. Il apprit à Skeet que Chee avait été invité chez Goldtooth pour discuter de l'exécution d'un chant.

— Ah, ah, fit Skeet. Intéressant. Peut-être y a-t-il une explication à ça.

Il se concentra sur sa conduite pour rattraper un dérapage des roues arrière sur la surface boueuse puis ajouta :

— Il ne savait pas que personne n'habite là-haut. Impossible de le savoir, pour lui, je suppose. N'empêche que si quelqu'un m'avait tiré dessus...

Il laissa sa phrase en suspens.

Leaphorn s'était installé à l'arrière où il pouvait s'appuyer contre la portière du côté du conducteur et maintenir le plâtre sur le haut des sièges arrière. En dépit du rembourrage, les cahots et soubresauts de la route bosselée se communiquaient à l'os. Il n'avait pas envie de parler, ni de défendre Chee.

— On ne fait pas passer de tests de QI aux candidats policiers, dit-il. Mais peut-être mon inquiétude est-elle exagérée. Peut-être y a-t-il une explication au fait que la rencontre ait lieu là.
— Peut-être, fit Skeet.
Le ton de sa voix était sceptique.
Il ralentit en approchant d'un piton de basalte volcanique de forme étrange.
— Si je me souviens bien, la bifurcation se trouve ici, dit-il.
Leaphorn récupéra son bras posé sur le haut du siège.
— Allons jeter un coup d'œil, dit-il.
Par temps clair, en début de soirée, ce paysage désolé aurait encore reçu la lumière rouge des dernières lueurs du jour. Sous cette pluie battante, l'obscurité était presque totale. Ils se servirent de leurs lampes torches.
— Quelques passages de voitures, conclut Skeet. Dont une qui est repartie il y a très peu de temps.
La pluie avait émoussé les traces des pneus sans les effacer. Et la profondeur des ornières dans la terre plus tendre de l'intersection montrait que le véhicule était passé après que l'eau s'était infiltrée. D'autre part, les traces les plus récentes en avaient partiellement recouvert d'autres qui étaient antérieures, moins profondes, et que la pluie avait pratiquement aplanies.
— Alors peut-être qu'il y est allé et qu'il est revenu, dit Skeet.
Mais au moment même où il le disait, il douta. Deux véhicules au moins s'étaient engagés là. L'un était reparti depuis que la pluie était devenue dense.
Leurs phares se reflétèrent d'abord sur le toit luisant de pluie d'un camion, puis ils découvrirent les fenêtres de la maison Goldtooth. Aucune lumière visible nulle part. Skeet se gara à une distance de cinquante mètres.
— Je les laisse allumés ? demanda-t-il. Qu'est-ce que vous en pensez ?
— Eteignez-les pour l'instant, répondit Leaphorn. Jusqu'à ce

que nous soyons sûrs que c'est le camion de Chee. Et que nous ayons découvert qui il y a ici.
Ils trouvèrent une abondance de traces à demi effacées et à demi lavées par la pluie mais aucun signe d'une présence à l'extérieur.
— Jetez un coup d'œil au camion, dit Leaphorn. Je m'occupe de la maison.
Il dirigea sa lampe vers la construction en la tenant précautionneusement dans sa main gauche, aussi loin de son corps que cela était possible. "Un coup de sabot rend deux fois plus prudent," lui aurait dit sa mère. Et, dans le cas présent, il se pouvait qu'ils eussent affaire à un fusil de chasse. Leaphorn pensa ironiquement qu'il lui faudrait un bras télescopique comme l'inspecteur Gadget du dessin animé de la télévision.
La porte de la maison était ouverte. Le faisceau de sa torche éclaira le vide à l'intérieur. Devant la porte, sur la terre tassée et mouillée, elle fit briller un petit cylindre de couleur rouge. Il éteignit la torche, renifla l'extrémité ouverte de la cartouche, aspira l'odeur âcre de la poudre récemment brûlée.
— Merde, dit-il.
Il se sentait morne et abattu, était conscient de la froideur de la pluie contre ses côtes.
Skeet arriva derrière lui en éclaboussant.
— Camion pas fermé, dit-il. Boîte à gants ouverte. Trouvé ça sur le siège.
Il montra à Leaphorn un pistolet calibre 38 :
— Le sien ?
— Probable.
Leaphorn vérifia la culasse, renifla le canon. Il n'avait pas servi. Il secoua la tête, montra à Skeet la cartouche de fusil de chasse vide. Ils allaient découvrir le corps de Jim Chee et ils appelleraient ça un homicide. Peut-être devraient-ils dire un suicide. Ou une mort pour cause de stupidité.
La maison était vide. Totalement vide. De gens, de meubles, de tout à l'exception d'un reste d'ordures éparpillées. Ils

trouvèrent des petites empreintes de pieds du côté de la porte, humides mais pas boueuses. Celui ou celle qui s'y était tenu avait été là avant que la pluie ne tombe sérieusement. Etait parti. N'était pas revenu.

De la porte d'entrée, Leaphorn éclaira le hogan avec sa torche. La porte en était à demi ouverte.

— Je vais voir, dit Skeet.

— On y va tous les deux, répondit Leaphorn.

Ils trouvèrent Jim Chee de l'autre côté de la porte, recroquevillé contre le mur juste au sud de l'entrée, (l'endroit convenable où doit se tenir un Navajo s'il pénètre dans le hogan en "suivant le trajet du soleil", lequel va de l'est au sud puis à l'ouest et au nord). Dans la lumière des deux lampes, l'arrière de sa tête et le côté de son torse semblaient couverts de graisse séchée. Dans la lumière indirecte, les traits de Skeet paraissaient tirés, son long visage accablé.

Par le chagrin ? Ou avait-il conscience de se tenir dans un hogan placé sous l'emprise d'un fantôme, d'être contaminé par le fantôme virulent de Jim Chee, le policier ? Leaphorn qui, depuis longtemps, n'était plus troublé par les fantômes, observait le visage de Skeet, essayant de faire la part de la peine et de déceler la peur.

— Je crois qu'il est peut-être vivant, dit Skeet.

Chapitre 22

Comme c'est en général le cas sur le Plateau du Colorado, la nuit eut raison de l'orage. Il s'éloigna vers le nord-est, privé de la puissance solaire qui l'avait nourri, et épuisa son énergie au-dessus des canyons de l'Utah et des montagnes du nord du Nouveau Mexique. A minuit, il n'y avait plus du tout de tonnerre ; la formation nuageuse s'était affaissée sur elle-même, s'aplatissant pour donner une pluie répartie sur une grande surface, le genre de pluie que les Navajos appellent pluie femelle, et qui arrosa paisiblement une région allant du Désert Peint jusqu'à Sleeping Ute Mountain au nord.

Du quatrième étage de l'hôpital du Service Indien de la Santé à Gallup, Joe Leaphorn voyait le bleu profond du ciel matinal nouvellement nettoyé, vide de nuages à l'exception de lambeaux de brume sur les Monts Zuni au sud-est et sur les falaises rouges qui couraient vers l'est jusqu'à Borego Pass. D'ici l'après-midi, si l'humidité du Pacifique continuait à s'infiltrer à l'intérieur des terres, les têtes d'orages se reformeraient en altitude et projetteraient sur la terre éclairs, vent et pluie. Mais pour l'instant le monde situé de l'autre côté de la vitre devant laquelle il se tenait était plongé sous un soleil éclatant : propre et paisible.

Il en avait à peine conscience. Sa tête était pleine de ce que la neurologue lui avait dit. Emma n'avait pas la maladie d'Alzheimer. La maladie d'Emma était due à une tumeur qui exerçait une pression sur le lobe droit de son cerveau. La

doctoresse, une jeune femme qui s'appelait Vigil, lui avait dit beaucoup d'autres choses, mais ce qui était important tenait en peu de choses. Si la tumeur était cancéreuse, Emma mourrait probablement, et mourrait assez vite. Si elle était bénigne, Emma serait guérie lorsqu'on la lui retirerait par intervention chirurgicale.
— Quel pourcentage de chances ?
La doctoresse Vigil n'avait pas voulu se risquer à émettre un pronostic. L'après-midi même, elle allait appeler un docteur qu'elle connaissait à Baltimore. Un docteur dont elle avait suivi les cours. Les cas de ce genre étaient sa spécialité. Lui, il saurait.
— Je veux en parler avec lui avant de me livrer à un pronostic.
La doctoresse était âgée d'une petite trentaine d'années, avait évalué Leaphorn. Elle faisait partie de ceux qui vont à la faculté de médecine grâce à une bourse du gouvernement puis qui doivent s'acquitter de leur dette en travaillant pour le Service Indien de la Santé. Elle était restée là, debout derrière son bureau, les mains posées dessus, attendant que Leaphorn s'en aille.
— Dites-moi où je peux vous joindre plus tard, avait-elle dit.
— Appelez-le maintenant, lui avait-il répondu. Je veux savoir.
— Il est en chirurgie le matin. Je ne vais pas pouvoir le joindre.
— Essayez. Essayez quand même.
Elle avait dit :
— Mais enfin, je ne crois pas...
Puis ses yeux avaient rencontré ceux de Leaphorn. Elle avait dit :
— Ça ne peut pas faire de mal d'essayer.
Il avait attendu dans le couloir, juste devant la porte de la doctoresse, regardant fixement le matin par la fenêtre, digérant ces nouvelles données. La nouvelle était bonne. Mais elle le prenait de court, à essayer à nouveau de vivre

avec l'espoir. C'était un luxe qu'il avait abandonné des semaines auparavant. Le moment exact, pensait-il, avait été quand il s'était assis à son bureau et qu'il avait lu les documents envoyés par l'association d'Alzheimer et qu'il avait vu, décrite noir sur blanc, l'affreuse confusion mentale dans laquelle se trouvait Emma. Ça avait été une matinée horrible, la souffrance la pire qu'il eût jamais endurée. Maintenant tous ses instincts le mettaient en garde contre une répétition de cette souffrance, contre la tentation de franchir à nouveau cette porte que l'espoir ouvrait grand devant lui. Mais le fait indéniable était là : il était possible qu'Emma se rétablisse. Il avait envie de fêter ça. Il voulait hurler de joie. Mais il avait peur.

Alors il attendait. Pour éviter le piège de l'espoir, il pensait à Jim Chee. Plus spécialement à ce que Jim Chee leur avait dit dans l'ambulance qui l'avait emporté à la clinique de Badwater. Quelques mots seulement, mais beaucoup de renseignements dans ces mots s'il savait comment les prendre.

— Femme, avait-il dit d'une voix si faible que Leaphorn l'avait uniquement entendue parce qu'il était penché vers lui, le visage à quelques centimètres de ses lèvres.

— Qui vous a tiré dessus ? lui avait-il demandé pendant que les infirmiers transféraient le brancard sur un chariot d'hôpital.

Chee avait bougé la tête.

— Vous le savez ?

Chee avait à nouveau bougé la tête, un geste de dénégation. Puis il avait dit :

— Femme.

— Jeune ? avait demandé Leaphorn.

Il n'avait pas obtenu de réponse.

— Nous allons la trouver.

Et cela avait provoqué le reste des renseignements que Chee avait fourni.

— Bébé mourant, avait-il dit.

Il s'était exprimé distinctement, en anglais. Puis il avait répété la même chose dans un navajo marmonné, d'une voix de plus en plus faible.
Il semblait donc que la personne qui avait tiré sur Chee chez Goldtooth fût une femme ayant un enfant atteint d'une maladie incurable. Probablement la même personne que celle qui avait tiré trois coups de fusil de chasse à travers la cloison extérieure de sa caravane. Quand Chee sortirait de la salle d'opération il serait assez facile de la trouver. Il pourrait identifier le véhicule qu'elle conduisait, probablement même leur donner le numéro d'immatriculation s'il avait été à moitié vigilant avant les coups de feu. Et s'il savait qu'elle avait un enfant malade, il fallait qu'il lui ait parlé face à face. Ils auraient aussi une description physique. Mais même si Chee ne survivait pas pour pouvoir la décrire, ils pourraient la trouver. Une jeune femme avec un enfant atteint d'une maladie incurable et qui connaissait la maison Goldtooth, qui savait qu'elle était abandonnée. Cela leur fournirait ce dont ils avaient besoin pour concentrer leurs recherches.
Ils la trouveraient. Elle leur dirait pourquoi elle voulait la mort de Jim Chee. Alors tous ces meurtres déments prendraient un sens.
Au-dessous de l'endroit où il se tenait, un vol de corneilles se dirigea vers le centre de Gallup, leurs croassements étouffés par le verre. Beaucoup plus loin, une file ininterrompue de wagons-citernes avançaient vers l'est sur la ligne principale de Santa Fe.
Ou bien, pensa Leaphorn, ils ne la trouveraient pas. Ou ils la trouveraient morte. Ou encore, comme Bistie, elle ne leur dirait absolument rien. Et il en serait exactement au même point qu'il en était actuellement. Ce qui voulait dire ?
Les corneilles disparurent de son champ de vision. Le convoi de marchandises continua à ramper inexorablement vers l'est.
Leaphorn se demanda pourquoi le travaillait l'idée que ces homicides obéissaient à une raison bien définie, que Chee avait, d'une manière ou d'une autre, par ces trois mots, glissé

la clef dans la serrure et l'avait fait tourner.

— Femme, avait-il dit.

Une femme que Chee ne connaissait pas. En quoi cela aidait-il ? Parmi les victimes, seule Irma était de sexe féminin. Elle avait été tuée d'un coup de carabine, pas d'un coup de fusil de chasse. Pas de lien apparent à ce niveau-là.

— Bébé mourant, avait-il dit.

Vraisemblablement le bébé de la femme qui lui avait tiré dessus. Vraisemblablement c'était elle qui l'avait dit à Chee. Pourquoi ?

— Monsieur Leaphorn ? fit une voix de femme à côté de son coude. Elle m'a demandé de vous appeler. La doctoresse Vigil.

La doctoresse était venue à la porte à sa rencontre.

— Je suis maintenant en mesure de vous donner les statistiques, commença-t-elle avec un léger sourire. Rétablissement à la suite de l'opération elle-même, proche de quatre-vingt-dix-neuf pour cent. Nature de la tumeur : maligne, un peu plus de trente-trois pour cent, bénigne, un peu plus de soixante-seize pour cent.

Et ainsi, Joe Leaphorn s'autorisa-t-il à nouveau à courir le risque douloureux de l'espoir. Il alla dans la chambre d'Emma pour le lui annoncer, la trouva endormie et lui laissa un mot. Le mot lui disait ce que la doctoresse Vigil lui avait appris à lui, qu'il l'aimait, qu'il serait de retour aussi vite que possible.

Puis il partit pour le long trajet vers la clinique de Badwater. Il voulait y être quand Chee reprendrait conscience après l'anesthésie. Et il voulait parler de la liste d'Irma Onesalt avec Yellowhorse, apprendre ce que Onesalt avait dit à Yellowhorse à ce sujet ; particulièrement si elle lui avait dit pourquoi elle voulait les dates de décès de gens qui n'étaient pas encore morts. Le docteur cambodgien sous la responsabilité duquel se trouvait l'établissement quand ils avaient fait admettre Chee leur avait dit que Yellowhorse était à Flagstaff, qu'il allait rentrer dans la journée, qu'il

devrait être de retour d'ici le début de l'après-midi.
Leaphorn s'arrêta à Ganado pour prendre de l'essence et appela la clinique pendant qu'on lui remplissait son réservoir. Oui, Chee avait survécu à l'intervention. Il était encore dans la salle de réanimation. Non, Yellowhorse n'était pas encore rentré de Flagstaff. Mais il avait appelé et ils l'attendaient après le déjeuner.
Leaphorn éprouvait des difficultés à réfléchir aux homicides. Il était préoccupé, véritablement fasciné, par ses propres émotions. Il n'avait jamais ressenti quelque chose d'aussi fort que ça, que cette joie incommensurable. Ce soulagement. Emma, qu'il avait perdue pour toujours, il venait de la retrouver. Elle allait vivre. Elle allait redevenir elle-même. Il pensa à la doctoresse Vigil qui l'avait regardé au moment où il recevait de ses lèvres ces nouvelles pleines d'espoir. Les docteurs doivent voir quantité de réactions émotionnelles aussi violentes... plus encore, même, que les policiers. Comprendre quelle intensité de sentiments l'amour peut produire devait être une conséquence de cette profession. La doctoresse Vigil comprendrait comment un enfant en train de mourir pouvait entraîner le meurtre. Si elle ne le pouvait pas encore, elle le pourrait quand elle serait plus âgée. Leaphorn avait cette pensée en tête lorsqu'il dépassa la bifurcation menant à Blue Gap. Puis il en arriva à analyser ses propres émotions. Le fait d'être spectateur de ce qui arrivait à Emma avait relégué tout le reste dans le domaine du dérisoire. D'autres valeurs avaient cessé d'exister pour lui. Y eût-il eu quelque chose qu'il eût pu faire pour l'aider, n'importe quoi, il l'eût fait. Après la bifurcation menant à l'Ecole de Whippoorwill, ses pensées revinrent à une question qui l'avait intrigué plus tôt. Pourquoi cette femme avait-elle dit que son bébé se mourait ? Il avait l'impression de connaître la réponse. Elle avait dit ça à Chee pour expliquer pourquoi elle le tuait. Elle le tuait pour inverser la sorcellerie qui tuait son bébé. Logique. Pourquoi y avait-il toujours quelque chose qui le ramenait à ça ?

A ce moment-là, il vit comment tout s'organisait. Toutes les épingles présentes sur sa carte se rapprochèrent pour former un groupe compact à la clinique de Badwater. Quatre homicides et demi devinrent un crime unique avec un mobile unique. Sa voiture dérapa de l'arrière sur la route boueuse tandis qu'il écrasait l'accélérateur. S'il n'atteignait pas la clinique avant le docteur Yellowhorse, les quatre homicides et demi en deviendraient cinq.

Chapitre 23

Tout était très vague pour Chee. L'infirmière qui l'avait poussé le long du couloir à sa sortie de la salle de réanimation lui avait montré une tasse en papier qui contenait une pleine cuillerée de plombs.

— Ce que le docteur Wu a retiré de votre dos, de votre cou et de votre tête, lui avait-elle expliqué. Le docteur Wu a pensé que vous aimeriez les garder.

Chee, complètement vaseux, n'avait rien trouvé à répondre à ça. Il avait levé les sourcils.

— Un genre de souvenir, avait-elle expliqué. Pour mieux vous rappeler.

Puis elle avait ajouté quelque chose sur le docteur Wu qui était chinois, mais plus précisément chinois du Cambodge, comme si cela pouvait clarifier la raison pour laquelle il pensait que le policier aimerait garder un aide-mémoire.

— Hum, avait fait Chee.

L'infirmière l'avait regardé avec une expression moqueuse et avait conclu :

— C'est seulement si vous voulez.

Elle avait dit tout un tas d'autres choses, mais Chee n'en avait pas gardé grand souvenir. Il se rappelait avoir eu l'intention de lui demander où il était et ce qui s'était passé, mais n'avait pas eu l'énergie nécessaire. Maintenant, l'arrière de sa tête l'aidait à se souvenir. L'analgésique qu'ils avaient utilisé pour l'insensibiliser commençait à ne plus faire effet et il pouvait isoler et identifier sept endroits environ où le chirurgien avait extrait un morceau de plomb dans l'épaisseur de l'os à la base de son crâne. Cela lui remit en mémoire une époque très lointaine où un cheval d'un an qu'ils marquaient lui avait expédié un coup de sabot en plein sur le tibia. Les os meurtris semblaient adresser au système nerveux une protestation particulièrement puissante.

Mais il tenait la douleur en échec en célébrant la joie d'être en vie. Cela le surprenait. Il ne se rappelait que vaguement la femme qui entrait dans le hogan de manière hésitante, le fusil de chasse braqué sur lui. Il se rappelait ces secondes pendant lesquelles il avait pensé qu'elle allait simplement lui tirer à nouveau dessus et que ce serait la fin de l'histoire. Peut-être était-ce ce qu'elle avait eu l'intention de faire. Mais elle l'avait laissé parler, et il s'était obligé à s'exprimer avec une certaine cohérence. Maintenant cela paraissait très nébuleux, et en grande partie totalement effacé. La profession médicale appelait cela l'amnésie temporaire post-traumatique et Chee l'avait vue chez suffisamment de victimes de bagarres à coups de couteaux et d'accidents de la route pour la reconnaître appliquée à lui-même. Il n'essayait pas de forcer sa mémoire. Ce qui était important, évidemment, c'était que cette femme l'avait cru. Elle semblait l'avoir amené ici, quoiqu'il ne pût se souvenir de ce qui s'était passé, ni imaginer comment elle l'avait porté du hogan jusqu'à son camion. La dernière chose dont il se souvenait c'était de lui avoir exposé ce qui avait dû se passer, s'en remettant à ce dont il se rappelait de l'époque où, alors qu'il était enfant, on l'avait conduit chez un homme-qui-lit-dans-le-cristal, se remémorant l'œil du vieil homme, immensément magnifié et déformé, qui regardait au fond de son œil à lui, se remémorant sa propre peur.

— Je pense que je sais ce qui s'est passé, lui avait-il dit. Yellowhorse prétend être un homme-qui-lit-dans-le-cristal. Je pense que vous avez emmené votre bébé à la clinique de Badwater et Yellowhorse l'a examiné et ensuite il a sorti son cristal, il a fait semblant d'être un shaman et il vous a raconté que votre bébé avait été ensorcelé. Et ensuite il a fait la cérémonie de la succion et il a fait semblant en suçant de retirer un os de la poitrine de votre bébé.

Il se souvenait qu'à ce moment il avait commencé à être à bout de forces. Ses yeux ne parvenaient plus à accommoder et il lui était difficile d'émettre le souffle nécessaire pour former les mots navajo gutturaux. Mais il avait poursuivi.

— Ensuite il vous a dit que j'étais le porteur-de-peau qui avait ensorcelé votre bébé et que l'unique façon de le soigner était de me tuer. Et il vous a donné l'os en vous disant de le projeter à l'intérieur de mon corps d'un coup de fusil.

La femme, distante et diffuse, était juste restée assise là, le fusil entre les mains. Il n'y voyait pas suffisamment pour savoir si elle l'écoutait.

— Je pense qu'il veut me tuer parce que j'ai dit aux gens qu'il n'est pas vraiment un shaman. J'ai dit aux gens qu'il n'a pas de vrais pouvoirs. Mais peut-être qu'il y a une autre raison. Cela n'a pas d'importance. Ce qui en a c'est que je ne suis pas le porteur-de-peau. C'est Yellowhorse le porteur-de-peau. Yellowhorse a fait de vous quelqu'un qui tue.

Il avait dit beaucoup d'autres choses, ou pensait l'avoir fait, mais peut être cela faisait-il partie du rêve dans lequel il avait versé en s'endormant. Il ne parvenait pas à opérer la distinction.

L'infirmière était de retour dans la chambre. Elle posa un plateau sur la table à côté de son lit : une serviette éponge blanche, une seringue, divers autres objets.

— Il vous faut un peu de ça, maintenant, lui dit-elle en consultant sa montre.

— D'abord il faut que je fasse plusieurs choses, que je sache des choses. Y a-t-il des policiers ici ?

— Je ne pense pas, répondit-elle. C'est une matinée tranquille.

— Alors il faut que je passe un coup de fil.

Elle ne prit pas la peine de le regarder.

— Et puis quoi encore ? fit-elle.

— Alors il faut que quelqu'un passe un coup de fil pour moi. Qu'il appelle le quartier général de la police tribale à Window Rock et transmette un message à un certain lieutenant Leaphorn.

— C'est l'un de ceux qui vous ont amené ici. Avec l'ambulance. Si vous voulez lui apprendre qui vous a tiré dessus, je suis prête à parier que ça peut attendre que vous alliez mieux.

— Est-ce que Yellowhorse est là ? Le docteur Yellowhorse ?

— A Flag, répondit-elle. Une réunion à l'hôpital de Flagstaff.

Chee avait la tête qui lui tournait et se sentait un peu nauséeux mais grandement soulagé. Il ne comprenait pas pourquoi Yellowhorse voulait le tuer, pas de manière très précise, en tout cas. Mais il savait qu'il ne tenait pas à se trouver endormi dans cet hôpital quand Yellowhorse serait là.

— Ecoutez, dit-il.

Essayer d'adopter le ton du policier quand on a la tête, le bras, l'épaule et le côté pris dans des bandages et que l'on est allongé sur le dos, n'est pas facile.

— C'est important. Je dois dire des choses à Leaphorn sinon il y a un assassin qui va peut-être s'échapper. Et qui tuera peut-être à nouveau.

— Vous êtes sérieux ? demanda l'infirmière qui doutait encore.

— On ne peut plus sérieux.

— Quel est le numéro ?

Chee lui donna le numéro de Window Rock.

— Et s'il n'y est pas, appelez la sous-agence de Piñon. Dites-leur que j'ai dit qu'il nous faut un policier ici tout de suite.

Il essaya de réfléchir à qui pouvait être en poste à Piñon en ce moment, ne trouva pas. Il était seulement conscient que ses yeux se déplaçaient sans arrêt et que sa tête le faisait souffrir en sept endroits au moins.

— Et ce numéro-là, vous le connaissez ?

Chee fit non de la tête.
Elle alla à la porte, laissant le plateau dans la chambre.
— Le voilà qui arrive, dit-elle.
Leaphorn, pensa Chee. Super !
Le docteur Yellowhorse franchit le seuil, la démarche rapide.
Chee ouvrit la bouche, s'apprêta à hurler et trouva ses mâchoires bloquées par la main du docteur qui interdisait à tout son de sortir.
— Pas un bruit, lui ordonna-t-il.
De son autre main, il appuyait énergiquement quelque chose contre la gorge du policier. C'était une nouvelle source de douleur, mais pas comparable à l'arrière de sa tête.
— Débattez-vous et je vous tranche la gorge.
Chee essaya de se détendre. Impossible.
La main de Yellowhorse libéra sa bouche. Chee l'entendit qui tripotait quelque chose sur le plateau.
— Je ne veux pas vous tuer. Je vais vous faire cette piqûre pour que vous dormiez un peu. Et rappelez-vous, vous ne pouvez pas hurler avec la trachée ouverte.
Chee essayait de réfléchir. L'objet qui était maintenu pressé contre sa gorge appuyait trop fort pour que crier pût être réalisable. Presque aussitôt, la sensation de l'aiguille qui pénétrait dans son épaule s'ajouta à l'ensemble de ses autres douleurs. Puis la main de Yellowhorse fut à nouveau sur sa bouche.
— Ça ne me plaît pas du tout de faire ça, dit-il, et son expression montrait qu'il le pensait. C'est à cause de cette garce de Onesalt. Mais à longue échéance, ça fait plus que faire pencher la balance de mon côté.
Les traits de Chee, pour autant que Yellowhorse pouvait le voir avec sa main qui lui recouvrait le visage, devaient exprimer le doute.
— Ça fait largement pencher la balance en faveur de la défense de la clinique, répéta-t-il d'une voix insistante. Quatre vies. Parmi lesquelles trois étaient celles d'hommes qui n'étaient plus dans la fleur de l'âge et dont l'un était en

train de mourir rapidement. Et dans la balance de l'autre côté, je sais de façon certaine que nous avons déjà sauvé des dizaines de vies, et que nous en sauverons encore des dizaines. Et mieux que ça, nous mettons un terme aux défauts de naissance et nous prenons les cas de diabète très tôt.

Il se tut un instant, les yeux fixés sur ceux de Chee.

— Et le glaucome. Je sais que nous en avons décelé une dizaine de cas suffisamment tôt pour préserver une bonne vision. Cette salope de Onesalt allait mettre un terme à tout ça.

Chee, qui n'était pas en position de parler, ne dit rien.

— Vous avez sommeil ? demanda Yellowhorse. Ça devrait déjà venir.

Chee avait, en dépit d'un effort intense de volonté, très très sommeil. Il n'y avait absolument aucun doute : Yellowhorse allait le tuer. S'il existait une autre possibilité, il ne serait pas là à lui raconter tout ça, à se justifier de la sorte. Chee essaya de réunir ses forces, de tendre ses muscles pour essayer de s'emparer du couteau. Tout ce qu'il put rassembler fut une terrible faiblesse. Yellowhorse la sentit néanmoins et resserra sa prise.

— N'essayez pas ça, dit-il. Ça ne marchera pas.

Et ça n'aurait pas marché. Chee le reconnut à part lui. Le temps était son seul espoir, s'il en avait. Rester éveillé. Il émit un bruit interrogatif contre la paume de Yellowhorse. Il allait lui demander pourquoi il fallait que Onesalt et les autres soient assassinés. C'était, visiblement, pour dissimuler quelque chose qui se passait à la clinique, mais quoi ?

Yellowhorse relâcha sa prise sur la bouche du policier.

— Quoi ? fit-il. Mais pas fort.

— Qu'est-ce que Onesalt savait ?

La main raffermit sa prise. Yellowhorse eut l'air surpris.

— Je pensais que vous l'aviez deviné. Le jour où vous êtes venu et où vous avez embarqué le mauvais Begay. Onesalt a deviné juste. Je me disais que vous aussi. Ou qu'elle vous le

dirait.
Chee marmonna contre la paume.
— Vous nous avez remis le mauvais Begay. Je me suis demandé ce qu'il était advenu du bon. Mais je n'avais pas deviné que vous le gardiez sur vos registres.
— Eh bien, moi, je croyais que vous aviez deviné. J'ai toujours su que vous y arriveriez tôt ou tard. Et une fois que vous y parviendriez, cela demanderait du temps mais serait inévitable. Vous trouveriez.
— Vous vous livriez à des dépassements de facturation ? demanda Chee. Pour des patients qui n'étaient pas là ?
— Je forçais le gouvernement à payer sa part. Vous n'avez jamais lu le traité ? Celui que nous avons signé à Fort Sumner. Des promesses. Un maître pour vingt enfants, tout le reste. Le gouvernement n'a jamais tenu ses promesses.
— Vous faisiez payer pour des gens qui étaient morts? marmonna Chee.
Il ne parvenait absolument plus à garder les yeux ouverts. Quand ils se fermeraient, Yellowhorse le tuerait. Pas tout de suite, mais très bientôt. Quand ses yeux se fermeraient ils ne se rouvriraient plus jamais. Yellowhorse s'arrangerait pour qu'il continue à dormir jusqu'à ce qu'il ait trouvé un moyen de faire paraître ça normal et naturel. Chee le savait. Il devait garder les yeux ouverts.
— Vous avez sommeil ? demanda Yellowhorse d'une voix bienveillante.
Les yeux de Chee se fermèrent. Il sombra dans le sommeil, un sommeil agité, rêvant qu'il y avait quelque chose qui lui faisait mal à l'arrière du crâne.

Chapitre 24

Leaphorn se gara juste à la porte, sans respecter la zone bleue réservée aux handicapés, et entra dans la clinique au petit trot. D'un coup d'œil, il avait effectué son inventaire habituel et instantané des véhicules présents. Il y en avait une douzaine dont une Oldsmobile qui portait le symbole des médecins sur la plaque d'immatriculation et devait être la voiture de Yellowhorse, et trois pick-up trucks très usagés qui pouvaient inclure celui que conduisait la femme qui était bien décidée à tuer Chee. Leaphorn franchit la porte d'entrée en toute hâte. L'employée de la réception se tenait derrière son bureau à demi circulaire et hurlait quelque chose. Une femme de grande taille qui portait un uniforme d'infirmière était de l'autre côté du bureau, les mains dans les cheveux, apparemment terrifiée. Toutes deux regardaient vers la partie du hall qui se trouvait sur la droite de Leaphorn et se poursuivait par un couloir desservant des chambres de malades.

Le trot de Leaphorn se changea en course.

— Elle a un fusil, criait la réceptionniste. Un fusil.

La femme était debout sur le seuil d'une chambre, quatre portes plus loin, et elle avait, effectivement, un fusil. Leaphorn ne la voyait que de dos, chemisier traditionnel bleu foncé en velours, jupe volante bleue claire qui descendait en haut de ses bottes de squaw, cheveux sombres attachés en un petit chignon soigneusement agencé sur l'arrière de la tête, et

la crosse du fusil de chasse qui dépassait de sous son bras.
— Ne tirez pas, cria-t-il en essayant de la main gauche de s'emparer de son pistolet.
Braqué comme l'était le fusil vers l'intérieur de la chambre et du côté opposé, le bruit qu'il fit fut étouffé. Une détonation, un cri, le bruit que faisait quelqu'un en tombant, des bris de verre. Avec le bruit, la femme disparut à l'intérieur de la pièce. Leaphorn était à la porte deux secondes plus tard, pistolet dégainé.
— Le porteur-de-peau est mort, dit la femme.
Elle se dressait au-dessus de Yellowhorse et le fusil pendait au bout de son bras droit.
— Cette fois-ci, je l'ai tué.
— Posez votre arme, ordonna Leaphorn.
Elle l'ignora. Elle regardait le docteur qui était étalé par terre sur le dos à côté du lit de Jim Chee. Chee semblait dormir. Leaphorn transféra le pistolet entre les doigts qui dépassaient du plâtre et prit le fusil dans la main de la femme. Elle ne fit aucun effort pour le garder. Yellowhorse respirait encore, de manière difficile et inégale. Un homme qui portait une blouse d'hôpital bleue pâle apparut à la porte, le même docteur de type chinois qui était de service quand ils avaient amené Chee. Dans une langue inconnue de Leaphorn, il marmonna quelque chose qui ressemblait à un juron.
— Pourquoi lui avez-vous tiré dessus ? demanda-t-il à Leaphorn.
— Ce n'est pas moi. Regardez si vous pouvez le sauver.
Le docteur s'agenouilla à côté de Yellowhorse, cherchant son pouls, examinant l'endroit où le coup de feu l'avait atteint au cou à bout portant. Il secoua la tête.
— Mort ? demanda la femme. Le porteur-de-peau est mort ? Alors je veux amener mon bébé. je l'ai avec moi dans le camion. Peut-être qu'il est vivant à nouveau.
Mais, bien sûr, il ne l'était pas.
Il fallut presque quatre heures à Jim Chee pour sortir de son sommeil et il le fit à son corps défendant, son subconscient

redoutant ce à quoi il allait s'éveiller. Mais lorsqu'il émergea du sommeil, il se trouvait seul dans la chambre. Le soleil couchant éclairait le pied de son lit. Sa tête lui faisait toujours mal et son épaule ainsi que son flanc étaient douloureux mais il avait chaud à nouveau. Il sortit sa main gauche de sous les couvertures, plia les doigts. Une main forte et puissante. Il bougea ses orteils, ses pieds, plia les genoux. Tout marchait. Pour le bras droit c'était différent. Il disparaissait du coude à l'épaule sous un épais bandage et était immobilisé au moyen d'adhésif.

Où était Yellowhorse ? Il réfléchit à la question. Visiblement, il s'était trompé sur les intentions du docteur. Il ne l'avait pas tué, comme le bon sens lui dictait de le faire. Apparemment Yellowhorse avait pris la fuite, s'était rendu, s'était entretenu avec son avocat, ou autre chose encore. Il paraissait extrêmement peu vraisemblable qu'il revienne pour l'achever. Mais juste histoire d'en être sûr, Chee décida qu'il allait se lever, enfiler ses vêtements et partir ailleurs. Appeler d'abord Leaphorn. Le mettre au courant de tout ça.

Ce fut pratiquement au même moment que l'idée lui vint de la façon dont il allait résoudre le problème de la chatte. Il allait la mettre dans la cage à quarante dollars, l'emporter à l'aéroport de Farmington et l'envoyer à Mary Landon. Mais d'abord il allait lui écrire et tout lui expliquer : lui expliquer comment cette chatte *belagana* n'allait tout simplement pas réussir à survivre en tant que chatte navajo. Elle mourrait de faim, serait dévorée par le coyote ou quelque chose de ce genre. Mary était quelqu'un de très intelligent. Elle comprendrait cela parfaitement. Peut-être mieux que lui.

Prudemment, lentement, il se tourna sur son côté valide, fit passer ses pieds par-dessus le rebord du lit, parvint à se mettre debout. Presque. Avant qu'il eût achevé son geste, la faiblesse et le vertige s'emparèrent de lui. A nouveau il se retrouva sur le côté, avec l'arrière de la tête qui l'élançait, tandis qu'un plateau métallique qu'il avait fait tomber de la table de nuit placée à proximité de son lit résonnait encore sur le sol.

— Je vois que vous êtes réveillé, fit une voix féminine. Dites au lieutenant que monsieur Chee est réveillé.

Le visage du lieutenant Leaphorn, quand il franchit la porte derrière l'infirmière, pourrait être décrit essentiellement comme étant sans expression. Il s'assit sur la chaise à côté du lit de Chee, posant délicatement son plâtre sur les couvertures.

— Vous connaissez son nom ? A la femme qui vous a tiré dessus ?

— Aucune idée, répondit Chee. Où est-elle ? Où est Yellowhorse ? Est-ce que vous savez...

— Elle a abattu Yellowhorse. Ici même. Elle a mieux réussi son coup avec lui qu'avec vous. Nous l'avons mise en état d'arrestation mais elle refuse de nous donner son nom. Ou autre chose, d'ailleurs. Elle ne veut parler que de son bébé.

— Qu'est-ce qu'il a ?

— Il est mort. Les docteurs disent qu'il est mort depuis deux ou trois jours.

Leaphorn déplaça son plâtre qui était essentiellement grisâtre et avait, sur le dessous, une traînée de terre séchée d'un bleu noir.

— Elle pensait qu'il avait été ensorcelé, expliqua Chee. C'est pour ça qu'elle voulait me tuer. Elle pensait que c'était moi le sorcier et qu'elle pouvait retourner le sort.

Leaphorn avait un air désapprobateur.

— Il avait quelque chose qu'on appelle la maladie de Werdnig-Hoffmann, dit-il. De naissance. Le cerveau ne se développe jamais correctement. Les muscles ne se développent jamais. Ils vivent quelque temps puis ils meurent.

— Ah, fit Chee. Ça elle ne le comprenait pas.

— Il n'y a pas de remède. Pas même en tuant les porteurs-de-peau de votre espèce.

— Est-ce que vous savez pourquoi Yellowhorse faisait tout ça ? Il m'a dit qu'il essayait d'amener le gouvernement à payer sa part, ou quelque chose d'approchant, que Onesalt l'avait découvert, ou était sur le point de le découvrir, et il s'est dit que tôt ou tard je comprendrais moi aussi à cause de ce que je savais.

Chee se tut un moment, légèrement confus de devoir avouer ce qui allait suivre.

— Je suppose que je me suis cru plus intelligent que je ne le suis. Je suppose que j'aurais dû en déduire qu'il réclamait des frais d'hospitalisation pour des patients après leur décès. Je suppose que c'est pour ça que Onesalt cherchait ces dates de décès.

— C'est pratiquement ça. Après leur décès ou longtemps après qu'ils aient quitté l'hôpital et soient rentrés chez eux. Dilly Streib est dans le bureau des archives en ce moment. Ils passent les factures au crible.

— Je commençais à comprendre comment il s'y prenait, reconnut Chee. Je n'arrivais pas à voir pourquoi. Je croyais qu'il utilisait énormément de son argent à lui pour faire tourner l'établissement, non ?

— Ouais. Surtout son argent à lui. Par l'intermédiaire de sa fondation. Et il avait aussi de l'argent qui lui venait d'autres fondations privées. Et un soutien financier de la tribu. Medicare. Medicaid. Il faut croire que ça ne suffisait pas, ces derniers temps, même en engageant des médecins arrivés de l'étranger.

— Je comprends comment il a tué Endocheeney et Wilson Sam. Mais pourquoi ?

— Streib pense qu'il va découvrir qu'ils étaient sortis d'ici des mois avant que Yellowhorse ne cesse d'établir des factures à leur nom. Il devait y en avoir beaucoup comme ça. Mais c'étaient les deux seuls qui se trouvaient sur la liste de Onesalt. Après avoir tué Onesalt, il a pu respirer un peu. Ce n'était plus aussi urgent. Mais je suppose qu'il s'est dit que puisque vous étiez avec Onesalt, vous étiez au courant de la liste et que tôt ou tard vous découvririez tout ça tout naturellement. Ou si ce n'était vous, ce serait quelqu'un d'autre. Il a donc décidé de se débarrasser de Sam, d'Endocheeney et de vous aussi.

— Il m'a dit que tout s'équilibrait. Onesalt allait faire fermer la clinique, laquelle sauvait plus de vies qu'il ne lui fallait en prendre.
Leaphorn n'avait rien à répondre à ça. Il souleva son plâtre du lit, grimaça, le reposa.
— *Anti'll*, dit-il d'un ton aigre en utilisant le mot navajo qui signifie la sorcellerie.
Jim Chee se contenta de hocher la tête.
— Pas bête du tout, c'est vrai, ajouta Leaphorn. Il n'était pas pressé, par conséquent il pouvait choisir les gens qu'il voulait avec beaucoup de prudence. Parmi ceux qui n'avaient plus rien à perdre. Comme Bistie, qui était mourant. Ou la femme qu'il a envoyée contre vous. Les gens refusent de parler des sorciers donc il n'y avait pas grand risque que l'on remonte la piste jusqu'ici.
— Je présume qu'il en a envoyé deux contre Endocheeney. Peut-être Bistie était-il trop lent et il s'est dit qu'il n'allait pas le faire.
— Apparemment. Et ensuite il a découvert que nous avions arrêté Bistie, par conséquent il fallait qu'il le tue... juste au cas où nous parviendrions effectivement à le faire parler.
— Je suppose qu'on pourrait les trouver maintenant. Celui qui a tué Endocheeney. Celui qui a tué Wilson Sam. Il n'y a qu'à éplucher les archives des dossiers médicaux qu'ils ont ici en les regardant du même œil que Yellowhorse a dû le faire.
— Sans doute, oui.
Chee réfléchit un certain temps à cette réponse. C'était, après tout, le problème des agents fédéraux.
— Vous pensez que Streib va y penser ?
— Ça m'étonnerait, répondit Leaphorn.
Il eut un rire dépourvu d'humour avant d'ajouter :
— Les gens savent que je déteste la sorcellerie. Dilly, lui, il déteste ne serait-ce qu'en envisager l'idée.
— Aucune importance, de toute façon, conclut Chee. C'est fini.

GLOSSAIRE

Acoma : dans les villages pueblos de cette réserve du Nouveau-Mexique vivent 2700 Indiens agriculteurs qui, pour les cérémonies religieuses, remontent au pueblo d'Acoma, la Cité du Ciel, situé au sommet d'une mesa isolée de cent vingt mètres de haut.

Arroyo : terme espagnol désignant le lit sec, en général au fond d'une gorge ou d'un canyon, d'une rivière dont l'eau se tarit en été.

Athabascan : cette famille de tribus vivant de la pêche et de la chasse occupait des territoires situés entre les Rocheuses et le Labrador. L'émigration vers le sud-ouest aux quatorzième ou quinzième siècles entraîna l'apparition de nouveaux groupes (Navajos, Apaches).

Bâtiment administratif tribal : la réserve est divisée en 78 "chapters" ou divisions administratives ; on trouve donc 78 sièges administratifs locaux, ou "chapter houses" placés sous l'autorité du Conseil Tribal (v. ce mot).

Bâtons de prières : offrande faite aux esprits tutélaires. Le plus souvent il s'agit d'une tige de saule rouge décorée de plumes. Egalement appelée plume de prière.

Belagana (mot navajo) : homme blanc.

Bench : terme géographique pour désigner un plateau en faux-plat.

Bijoux : les Indiens du sud-ouest fabriquent des bijoux de renommée mondiale, travaillant essentiellement l'argent et la turquoise (v. concha et squashblossom).

Chant : v. chanteur.

Chanteur (yataalii ou hatathali en navajo) : chez les Navajos, il est celui que l'on appelle pour tenir les rites guérisseurs car il est le dépositaire de ces procédures extrêmement complexes destinées à libérer le malade de l'emprise d'un sorcier au moyen de chants et de prières associés à des peintures de sable (v. ce mot). Un chanteur ne peut donc connaître que plusieurs "chants" et certains rites disparaissent actuellement. Mais le chanteur n'est ni un medecine-man, ni un shaman : la guérison est collective, profite d'abord au patient puis, par voie de fait, à l'univers tout entier qui retrouve l'harmonie (hozro).

Chindi : mot navajo désignant le fantôme. Les Navajos ne croient pas à un au-delà plaisant après la mort. Au mieux, ils trouvent le néant. Au pire, la partie malsaine et malfaisante de l'individu revient hanter les vivants et leur apporter la maladie et la mort.

Clan : concept familial très élargi. Chez les Navajos, on en dénombre soixante-cinq (v. famille).

Concha : les ceintures concha se composent d'une forme unique répétée ou de deux formes alternées en argent rappelant des coquillages.

Conseil Tribal : créé vers 1930, il siège à Window Rock et administre la Grande Réserve et ses richesses naturelles. Ses membres, élus au suffrage universel à bulletin secret, représentent les 78 divisions administratives constituant la réserve.

Dineh ou Dinee : le Peuple (également le Clan) ; tel est le nom que se donnent les Navajos. Ils habitent la région qu'ils appellent Dinetah.

Dineh Bike'yah ou Dinetah : les limites des terres du Peuple, marquées par les quatre montagnes sacrées qui correspondent grossièrement aux points cardinaux ; Dook o' ooshid (ou Monts San Francisco à l'ouest, associés à la couleur jaune), Tso'dzil (ou Mont Taylor au sud, bleue), Sis no jin (ou Blanca Peak à l'est, blanche), et Debe'ntsa (ou La Plata Mountains au nord, noire).

Dualisme : Dieu-qui-Parle et Dieu-qui-Appelle, Premier Homme et Première Femme, Garçon Abalone et Fille Abalone, la source de vie qui contient à la fois la "matière" nécessaire à la vie et le moyen lui permettant de passer l'épreuve du temps, la forme non physique dissimulée à l'intérieur de la forme physique des choses, tous ces éléments de la mythologie navajo relèvent d'un dualisme presque systématique.

Emergence : avant d'atteindre la surface de la terre, les hommes durent émerger des mondes inférieurs (de 4 à 12 suivant les mythologies) en empruntant le tronc d'un arbre perçant les différentes couches successives. Les Navajos émergèrent du dernier monde souterrain, alors envahi par les eaux, en empruntant un roseau (sipapu).

Famille : système matrilinéaire chez les Navajos ; les jeunes époux se mettent en quête d'un endroit où construire leur hogan, tant pour s'isoler que pour avoir suffisamment d'espace pour pratiquer l'élevage des moutons. Il faut ici distinguer la notion de clan de ce que Hillerman appelle "outfit" : une sorte de famille ou de clan géographique élargi permettant aux Navajos isolés de se regrouper pour participer à certains travaux ou à certains rites. Cette famille élargie peut regrouper de 50 à 200 personnes.

Fantôme : v. chindi.

Femme-qui-Change : dans la mythologie navajo, elle est fille de Premier Homme et de Première Femme ; elle s'accoupla avec Shivanni, le Soleil-Père, pour donner naissance aux Jumeaux Héroïques, Tueur-de-Monstres et Fils-Né-des-Eaux. Elle est la seule représentante du Peuple Sacré à être entièrement bonne.

Fort Stanton/Fort Sumner : tous deux situés au Nouveau-Mexique, ils sont synonymes de détention et de trahison de leur parole par les Blancs ; le célèbre Kit Carson mena une campagne sauvage contre les Navajos tout au long de l'année 1863 et au début de 1864, tuant sans merci et pratiquant la politique de la terre brûlée. Huit mille Navajos rescapés furent acheminés en plusieurs convois au cours d'une "Longue Marche" de près de cinq cents kilomètres, puis parqués à Bosque Redondo, à côté de Fort Sumner (Nouveau-Mexique), jusqu'en 1868 : les sept mille survivants purent alors regagner leur territoire.

Four Corners : la région des Etats-Unis où, fait unique dans le pays, les frontières séparant quatre Etats (Arizona, Utah, Colorado, Nouveau-Mexique), se coupent à angle droit.

Harmonie : v. hozro.

Heure navajo : selon Tony Hillerman, c'est le concept navajo le plus difficile à saisir : "Pour eux, ce n'est pas un continuum, un flot régulier. Ils se le représentent sous la forme de blocs. De rencontres. Et par voie de conséquence des mots comme "en avance" ou "en retard" n'ont pour eux aucun sens. (...) Les Navajos ne sont jamais où ils sont censés être. Les autres Indiens appellent cela "l'heure navajo", ce qui signifie "Dieu sait quand !" (Interview accordée au traducteur, octobre 1987).

Hogan : la maison de l'Indien Navajo, sorte de structure au toit arrondi faite de rondins et de boue séchée. Un abri et un corral au minimum viennent la compléter. Le hogan d'été, utilisé pendant le pacage des moutons, est de facture plus grossière. Des règles précises commandent l'orientation de l'habitation traditionnelle : la porte fait face à l'est qui symbolise la vie ; l'ouverture pratiquée dans un mur après un décès doit être dirigée vers le nord qui représente le mal ; l'ouest figure la mort.

Hopi : dans la langue de ces Indiens pueblos, hopitu signifie "le peuple paisible". Leur réserve se trouve enclavée dans la réserve navajo du nord de l'Arizona : 3000 d'entre eux environ vivent dans des villages perchés sur trois mesas. Leur mythologie est proche de celles d'autres pueblos. Ils sont célèbres pour leur Danse du Serpent et leurs cérémonies religieuses. Ce sont avant tout des cultivateurs et des chasseurs.

Hosteen : mot navajo exprimant le respect dû à l'homme adulte à qui l'on s'adresse.

Hozro : mot navajo signifiant l'harmonie, la beauté.

Jish (bourse des quatre montagnes ou bourse à médecine) : mot navajo. Indispensable pour assurer la réussite des rites guérisseurs, elle symbolise l'harmonie, la substance de la vie et la force de vie (v. dualisme), et est constituée d'un ensemble d'objets sacrés parmi lesquels des échantillons provenant du sol des quatre montagnes sacrées.

Laguna : ce pueblo du Nouveau-Mexique, fondé en 1699, abrite une population de 1300 personnes auxquelles il faut ajouter les quelque 3700 habitants des pueblos frères. L'uranium et le marbre constituent les principales sources de revenus, la broderie étant la forme artisanale la plus représentative.

Loup Navajo : v. porteur-de-peau.

Medecine-man : v. shaman.

Mesa (mot espagnol) : montagne aplatie caractéristique des Etats du sud-ouest. Lorsqu'elles ressemblent plus à des collines qu'à des plateaux, elles deviennent des buttes. Et les buttes au sommet arrondi sont des collines. Parmi les mesas les plus connues, citons Mesa Verde, dans le Colorado, haut lieu archéologique, et les Première, Deuxième et Troisième Mesas sur lesquelles se perchent les villages hopi ancestraux.

Mort : les Navajos ont une crainte maladive de la mort au point de s'entourer de toutes sortes de précautions et d'éprouver une intense répugnance à toucher un cadavre qu'ils enterrent le plus vite possible dans un lieu secret. Pour eux, il n'y a pas de "paradis", au mieux le repos. Dans la mythologie navajo, les Jumeaux Héroïques, après avoir dérobé les armes au Soleil et massacré les monstres qui apportaient la mort au Peuple, épargnent une sorte de mort appelée Sa qui regroupe la Vieillesse, la Saleté, la Misère, la Faim et quelques autres.

Native American Church : organisation religieuse indienne regroupant plusieurs tribus ; elle adapte le christianisme à des croyances et à des rites locaux et autorise l'utilisation sacramentelle du peyote (v. ce mot).

Navajo : les prêtres espagnols les appelaient "Apaches del nabaxu" ; le terme actuel est la corruption espagnole du mot pueblo signifiant "grands champs cultivés". Arrivés tardivement en Arizona, ils se rendirent odieux par leur violence et leurs rapines avant d'acquérir, au contact des autres civilisations, nombre de techniques et de connaissances. Leur faculté d'adaptation s'est une nouvelle fois vérifiée lors de la Deuxième Guerre mondiale. Ils habitent la plus grande réserve des USA, la terre de leurs ancêtres, et exploitent eux-mêmes les ressources naturelles d'un sous-sol riche par l'intermédiaire du Conseil Tribal (v. ce mot) qui est une création récente. Par le passé en effet, ce peuple ne constituait pas une tribu à proprement parler, ce qui explique le non-respect de certains traités au XIXème siècle : la parole d'un chef de clan n'engageait pas les autres Navajos. Ils constituent la nation indienne la plus importante du pays (environ 150 000 habitants).

Oncle : appellation commune chez les Navajos, due à la particularité du système clanique. De même, le terme "grand-père" n'a qu'un rapport fort lointain avec ce qu'il évoque dans les sociétés occidentales.

Peintures de sables (ou peintures sèches) : elles font partie des rites guérisseurs et ont donc pour but de permettre au "malade" de retrouver une unité d'harmonie entre le monde et lui-même. Le chanteur et ses aides y travaillent pendant des heures et utilisent pollens, pierres écrasées, charbon de bois etc. pour représenter des sujets ayant trait au Peuple Sacré. L'œuvre est détruite avant la tombée de la nuit de peur que les esprits mauvais ne reprennent le dessus et ne rendent la guérison impossible.

Peuple : le nom que se donnent les Navajos.

Peuple Sacré (yei en navajo) : concept navajo. Ils sont capables du bien comme du mal et l'on peut arriver à les manipuler avec les chants et les prières appropriés : ce sont des animaux (le Coyote), le Peuple du Vent, le Peuple du Tonnerre, etc.

Peyote (peyotl en américain) : terme mexicain. Plante qui contient de la mescaline, laquelle possède la particularité de provoquer des hallucinations. Les Navajos l'utilisent pour avoir des visions (cf. religion).

Porteur-de-peau : nom donné par les Navajos aux sorciers, hommes ou femmes décidés à apporter le mal à leurs congénères et à les voler : ils commettent leurs méfaits la nuit en se dissimulant souvent sous des peaux d'animaux.

Pueblo : village en espagnol. Au contraire des bergers navajos, semi-nomades, les Indiens pueblos (Hopis, Zunis, etc.) sont des agriculteurs sédentaires. On les trouve exclusivement dans le sud-ouest des USA. Taos, au Nouveau-Mexique, est le plus visité des pueblos.

Quatre : ce chiffre joue un grand rôle chez les Navajos qui dénombrent quatre plantes sacrées, quatre bijoux sacrés etc.

Religion : Pour l'essentiel, les Indiens du Sud-Ouest croient à l'interdépendance des choses de la nature et à l'harmonie, ou beauté, hozro en navajo, qui doit régner dans leur réserve et, par voie de conséquence, dans l'univers tout entier.
Mais les rites navajo sont, à l'exception de la Voie de la Bénédiction, destinés à guérir, à redonner la santé à l'individu et à restaurer l'équilibre de l'univers, alors que chez les Indiens pueblos, les cérémonies religieuses ont pour but d'appeler les bienfaits que les kachinas, ou esprits

ancestraux, pourront leur apporter sous la forme de nuages de pluie.
Des Navajos convertis au christianisme, on dit qu'ils suivent la route de Jésus. Certains se convertissent à la foi mormone. D'autres adhèrent par exemple aux croyances de la Native American Church (v. ce mot).

Réserve aux Mille Parcelles ou Réserve en Damier (Checkerboard Reservation en américain) : selon les propres termes de Tony Hillerman, "au dix-neuvième siècle, lorsque la politique nationale fut de construire des voies de chemin de fer d'un bout à l'autre du continent, le Congrès attribua aux compagnies ferroviaires des portions de terres qui s'étendaient sur presque cinquante kilomètres (30 miles) de part et d'autre de la voie. Une parcelle sur deux, chacune de 2,5 km² était donnée à la compagnie alors que l'autre restait la propriété du gouvernement, c'est ce que nous appelons les terres appartenant au domaine public. Par la suite, une part de ce domaine public a été attribuée aux Navajos comme faisant partie intégrante de leur réserve. D'où le damier que constituent terres navajo et terres privées. Aujourd'hui, une grande partie de ces terres privées ont été acquises par la tribu."

Riche : le désir de posséder est, chez les Navajos, le pire des maux, pouvant même rejoindre la sorcellerie. Citons Alex Etcitty, un Navajo dont une citation est placée en exergue de ce livre : "On m'a appris que c'était une chose juste de posséder ce que l'on a. Mais si on commence à avoir trop, cela montre que l'on ne se préoccupe pas des siens comme on le devrait. Si l'on devient riche, c'est que l'on a pris des choses qui appartiennent à d'autres. Prononcer les mots "Navajo riche" revient à dire "eau sèche". (Arizona Highways, août 1979).

Rites guérisseurs : à chaque maladie correspond chez les

Navajos un rite guérisseur qui peut durer jusqu'à neuf jours. Parfois, pour un seul chant, plusieurs centaines de prières et d'incantations doivent être exécutées au mot près. Si le chanteur est à la hauteur, la guérison suivra.
Par exemple, la Voie de l'Ennemi permet de guérir celui qui est sous l'emprise d'un sorcier, la Voie du Sommet de la Montagne soulagera celui qui s'est trop approché d'un ours...

Scarabée du Maïs : également surnommé Celui-qui-fait-mûrir (ou Celle-qui-fait-mûrir lorsqu'il s'agit de Fille Scarabée du Maïs, v. dualisme), il tient un rôle extrêmement important dans la mythologie de la fécondité. Dans la Voie de la Bénédiction, Femme-qui-Change qui, à ce moment-là, a obtenu le pouvoir de création, fait notamment appel à lui dans le processus de l'apparition du maïs sur la terre. Le Chant du Scarabée du Maïs a également valeur purificatrice et est utilisé lors des bains rituels.

Shaman (ou medecine-man) : terme quelque peu impropre pour désigner le chanteur navajo.

Soleil Père : v. Femme-qui-Change.

Sorciers : hommes et femmes qui ont décidé de faire le mal, très présents chez les Navajos.

Squashblossom : les colliers de ce style reproduisent un motif en "fleur de courge".

Végétation : genévrier (juniperus), genévrier monosperme (juniperus monosperma), olivier de Bohême (elaeagnus angustifolia), pin pignon (pinus pinea), pin ponderosa (pinus ponderosa), saule, tamaris, tremble d'Amérique (populus tremuloides) pour les arbres. Pour herbes et buissons : chamiso ou chamiza (terme indien dont la traduction est herbe-aux-lapins), herbes-qui-roulent (tumbleweeds, terme collectif américain, peut-être traduit du hopi ou du navajo, qui désigne ces plantes épineuses que le vent arrache et fait rouler sur le sol), jonc (scirpus lacustris), sauge (artemisia tridentata). Pour certaines de ces plantes nous avons préféré le terme local au terme français.

Voie : rite guérisseur navajo telles la Voie de la Beauté ou la Voie du Sommet de la Montagne. Seule, la Voie de la Bénédiction a un but préventif en enseignant comment le Peuple Sacré a créé le Peuple de la Surface de la Terre, et comment il lui a communiqué les techniques nécessaires pour y vivre.

Wash : le lit, souvent asséché, d'un important cours d'eau, que des pluies torrentielles tombées parfois très loin en amont peuvent soudain transformer en un fleuve en furie.

Ya te'eh ou Ya-ta-hey : salutation navajo.

Yei : v. Peuple Sacré.

Zunis : Peu nombreux, vivant en accord avec leurs coutumes ancestrales, ils ont su préserver leur identité au fil des siècles. Ce sont avant tout des agriculteurs travaillant une terre aride. Ils sont 5500 à vivre sur la réserve du pueblo le plus important du Nouveau-Mexique.

RIVAGES/NOIR

1. Jim Thompson : *Liberté sous condition*
2. Charles Williams : *La Fille des collines*
3. Jonathan Latimer : *Gardénia rouge*
4. Joseph Hansen : *Par qui la mort arrive*
5. J. Van de Wetering : *Comme un rat mort*
6. Tony Hillerman : *Là où dansent les morts*
7. John P. Marquand : *Merci, Mister Moto*
8. John P. Marquand : *Bien joué, Mister Moto*
9. David Goodis : *La Blonde au coin de la rue*
10. Mildred Davis : *Dark Place*
11. Joan Aiken : *Mort un dimanche de pluie*
12. Jim Thompson : *Un nid de crotales*
13. Harry Whittington : *Des feux qui détruisent*
14. Stanley Ellin : *La Corrida des pendus*
15. William Irish : *Manhattan Love Song*
16. Tony Hillerman : *Le Vent sombre*
17. Hugues Pagan : *Les Eaux mortes*
18. John P. Marquand : *Mister Moto est désolé*
19. Donald Westlake : *Drôles de frères*
20. Jonathan Latimer : *Noir comme un souvenir*
21. John D. Mac Donald : *Réponse mortelle*
22. Jim Thompson : *Sang mêlé*
23. William McIlvanney : *Les Papiers de Tony Veitch*
24. William McIlvanney : *Laidlaw*
25. Diana Ramsay : *Approche des ténèbres*
26. Donald Westlake : *Levine*
27. James Ellroy : *Lune sanglante*
28. Harry Whittington : *Le diable a des ailes*
29. John D. Mac Donald : *Un temps pour mourir*
30. J. Van de Wetering : *Sale temps*
31. James Ellroy : *A cause de la nuit*
32. Jim Thompson : *Nuit de fureur*
33. J. Van de Wetering : *L'Autre Fils de Dieu*
34. J. Van de Wetering : *Le Babouin blond*
35. Tony Hillerman : *La Voie du fantôme*
36. W.R. Burnett : *Romelle*
37. David Goodis : *Beauté bleue*
38. Diana Ramsay : *Est-ce un meurtre ?*
39. Jim Thompson : *A deux pas du ciel*
40. James Ellroy : *La Colline aux suicidés*

41. Richard Stark : *La Demoiselle*
42. J. Van de Wetering : *Inspecteur Saito*
43. J. Van de Wetering : *Le Massacre du Maine*
44. Joseph Hansen : *Le petit chien riait*
45. John D. Mac Donald : *Un cadavre dans ses rêves*
46. Peter Corris : *La Plage vide*
47. Jim Thompson : *Rage noire*
48. Bill Pronzini : *Hidden Valley*
49. Joseph Hansen : *Un pied dans la tombe*
50. William Irish : *Valse dans les ténèbres*
51. John D. Mac Donald : *Le Combat pour l'île*
52. Jim Thompson : *La mort viendra, petite*
53. J. Van de Wetering : *Un vautour dans la ville*
54. James Ellroy : *Brown's Requiem*
55. Jim Thompson : *Les Alcooliques*
56. W.R. Burnett : *King Cole*
57. Peter Corris : *Des morts dans l'âme*
58. Jim Thompson : *Les Arnaqueurs*
59. J. Van de Wetering : *Mort d'un colporteur*
60. W.R. Burnett : *Fin de parcours*
61. Tony Hillerman : *Femme qui écoute*
62. Kinky Friedman : *Meurtre à Greenwich Village*
63. Jim Thompson : *Vaurien*
64. Robin Cook : *Cauchemar dans la rue*
65. Peter Corris : *Chair blanche*
66. David Goodis : *Rue Barbare*
67. David Goodis : *Retour à la vie*
68. Barry Gifford : *Port Tropique*
69. J. Van de Wetering : *Le Chat du sergent*
70. Joseph Hansen : *Obédience*
71. Roger Simon : *Le Clown blanc*
72. Robert Edmond Alter : *Attractions meurtres*
73. Charles Williams : *Go Home Stranger*
74. John D. Mac Donald : *L'Héritage de la haine*
75. David Goodis : *Obsession*
76. Joseph Hansen : *Le Noyé d'Arena Blanca*
77. Jim Thompson : *Une combine en or*
78. Bill Pronzini : *La nuit hurle*
79. Joseph Hansen : *Pente douce*
80. Peter Corris : *Le Garçon merveilleux*
81. J. Van de Wetering : *Cash-cash millions*
82. Charles Williams : *Et la mer profonde et bleue*
83. Jim Thompson : *Le Texas par la queue*

84. Jim Nisbet : *Les damnés ne meurent jamais*
85. Howard Fast : *Sylvia*
86. Charles Willeford : *Une fille facile*
87. John P. Marquand : *Rira bien, Mister Moto*
88. Chester Himes : *Qu'on lui jette la première pierre*
89. Dolores Hitchens : *La Victime expiatoire*
90. William McIlvanney : *Big Man*
91. Masako Togawa : *Le Baiser de feu*
92. James Crumley : *Putes*
93. Geoffrey Homes : *Pendez-moi haut et court*
94. Geoffrey Homes : *La Rue de la Femme qui pleure*
95. George Chesbro : *Une affaire de sorciers*
96. Tony Hillerman : *Porteurs-de-peau*
97. James Ellroy : *Clandestin*
98. Tony Hillerman : *La Voie de l'Ennemi*
99. Charles Willeford : *Hérésie*
100. James Ellroy : *Le Dahlia noir*
101. J. de Wetering : *Le Chasseur de papillons*
102. Peter Corris : *Héroïne Annie*
103. Jim Nisbet : *Injection mortelle*
104. Joseph Hansen : *Le Garçon enterré ce matin*
105. Helen McCloy : *La Somnambule*
106. Howard Fast : *L'Ange déchu*
107. Barry Gifford : *Sailor et Lula*
108. Kinky Friedman : *Quand le chat n'est pas là*
109. James Ellroy : *Un tueur sur la route*

RIVAGES/MYSTERE

1. Rex Stout : *Le Secret de la bande élastique*
2. William Kotzwinkle : *Fata Morgana*
3. Rex Stout : *La Cassette rouge*
4. John P. Marquand : *A votre tour, Mister Moto*
5. John Dickson Carr : *En dépit du tonnerre*
6. Rex Stout : *Meurtre au vestiaire*
7. Josephine Tey : *Le plus beau des anges*

Achevé d'imprimer le 4 avril 1991
sur les presses de l'Imprimerie «La Source d'Or»
63200 Marsat
Dépôt légal Avril 1991
Imprimeur N° 3939

3e édition